U0045492

古典詩歌研究彙刊

第十七輯

龔鵬程 主編

第 11 冊

陸游詞接受史（下）

陳 宥 伶 著

國家圖書館出版品預行編目資料

陸游詞接受史（下）／陳宥伶 著—初版—新北市：花木蘭
文化出版社，2014〔民 103〕
目 4+206 面；17×24 公分
（古典詩歌研究彙刊 第十七輯；第 11 冊）
ISBN 978-986-404-079-7（精裝）
1.（宋）陸游 2. 宋詞 3. 詞論
820.91   103027252

ISBN-978-986-404-079-7

9 789864 040797

古典詩歌研究彙刊
第十七輯 第十一冊   ISBN：978-986-404-079-7

陸游詞接受史（下）

作　　者　陳宥伶
主　　編　龔鵬程
總 編 輯　杜潔祥
副總編輯　楊嘉樂
編　　輯　許郁翎
出　　版　花木蘭文化出版社
社　　長　高小娟
聯絡地址　235 新北市中和區中安街七二號十三樓
　　　　　電話：02-2923-1455 ／傳真：02-2923-1452
網　　址　http://www.huamulan.tw 信箱 hml810518@gmail.com
印　　刷　普羅文化出版廣告事業
初　　版　2015 年 3 月
定　　價　第十七輯 14 冊（精裝）台幣 22,000 元

陸游詞接受史（下）

陳宥伶 著

目

次

第三章　陸游詞闡釋史研究

　　闡釋史是效果史的進一步深化，是在效果史的考察基礎上加以堆疊累積，以求對作品能更加深究了解。《接受美學與接受理論》一書曾提出每部文學作品無不潛藏著一個多元的「整體意義」，〔註1〕而此「整體意義」是無法在讀者第一次閱讀時便完全開展，反而是在每次閱讀時，皆會留下作品中令人回味點滴的意蘊，是一種無法完全理解透徹的餘韻，同時也是造成讀者對於文學作品再三閱讀的原因。經典的文學作品擁有豐富內涵，而此一內涵包含作品的「整體意義」，這是需要被挖掘，而且不只一次。因此，「整體意義」是被建構在一個歷史的理解上，只有透過歷史的進程，文學作品的「整體意義」才有可能被逐步展示出來。

　　闡釋史是以對文學作品的評論為主體，涉及作品的創作根源、意蘊內涵、風格特徵、審美意義等進行分析闡釋所形成的歷史；而闡釋史研究，則是對歷代闡釋的現代思考和重新分析，是闡釋的闡釋，以提供新的思考結果和學術見解為目標。〔註2〕評論或闡釋文學作品，通常透過整理舊說、排除誤解、解決疑點，或是提出新的

〔註1〕〔德〕姚斯、霍拉勃著，周寧、金元浦譯：《接受美學與接受理論・走向接受美學》（瀋陽：遼寧人民出版社，1987年9月），頁802。
〔註2〕陳文忠：《文學美學與接受史研究》（合肥：安徽人民出版社，2008年4月），頁297。

觀點作為標的，而這些針對作品的歷代闡釋，往往是構成作品「整體意義」不可或缺的一部分。若以詞作之闡釋史為研究，則可由歷代詞學批評資料著手，歷代詞學批評資料豐富浩瀚，或可通稱為「詞話」。

　　近代學者朱崇才將詞話按存在形式分為「詞話專著」與「散見詞話」兩大類，其中「詞話專著」即指唐圭璋所編《詞話叢編》一部、張綖《草堂詩餘別錄》、張星耀《詞論》、徐釚《詞苑叢談》等，〔註3〕可知朱崇才對「詞話專著」的蒐羅，是指歷代詞話成卷者；其內容之收錄，正如唐圭璋所言：「所收範圍，大抵以言本事、評藝文為主。……是編於通行之刊本，無論精粗，皆網羅之。時賢新論，亦並收之。」〔註4〕另一類「散見詞話」主要有詞籍序跋題記、單篇詞話論文、言之成話的詞作小序，以及詩話、筆記小說、別集、總集、類書中條目式的話詞之語等。又按具體內容言之，詞話可分為本事、品評、引用、考證、論述等類別。〔註5〕另台灣學者黃雅莉於《宋代詞學批評專題探究》一書中亦言及詞學批評的文本形式，分成詞話專書、專著，散見於宋人著述中的詞籍序跋和題記，裒雜於筆記、詩話、方志、野史等著述中的單則（篇）詞評資料，選本中對具體詞家、詞作的評語、

〔註3〕 朱崇才：《詞話理論研究》（北京：中華書局，2010年6月），頁3。

〔註4〕 唐圭璋編：《詞話叢編》（北京：中華書局，2005年10月），冊1，頁3。

〔註5〕 「本事類詞話應指詞人作詞大多因事而起，期間又以風流韻事為主，士大夫公事之餘，好以其詞其事為談資，有好事者輯錄成帙，即為本事詞話。品評類詞話是指簡短且精華的評點為主，評點形式靈活多變，三言兩語便可點出詞作或詞人之特色，可謂詞話的一種重要形式。引用類詞話則是本身並無本事，也無話詞者的評語或考證，僅是敘說某書或是某時有某詞，一般還抄錄詞作，以供讀者欣賞，此類詞話以存詞主要為目的，故可稱引用類詞話。考證類詞話，是以考證詞籍版本、文字、詞人生平等內容為主，其中以清代最為見長。論述類詞話，則是論及詞的本質、起源、價值、功能、風格、流派、品格、境界、作家、作品、創作及技巧等一系列問題，是詞話中最具理論價值的部份。」參朱崇才：《詞話理論研究》（北京：中華書局，2010年6月），頁3～5。

批語、按語等，詞集目錄及其附評。〔註6〕可見詞話不僅是指特定的詞話專著，或詞學批評之著述而已，它擁有不同的面相，散落於各個篇章之間，或文人的隨筆之記，若要探求詞作之「整體意義」，歷代詞話的蒐羅是有其必要的。

　　據朱崇才對詞話基本存在形式分類，筆者所蒐羅之「詞話專著」有：唐圭璋編《詞話叢編》、朱崇才編《詞話叢編續編》、映庵輯《彙輯宋人詞話──補詞話叢編》、張宗橚編、楊寶霖補正《詞林紀事補正》、張璋、職承讓等編《歷代詞話》、鄧子勉輯《宋金元詞話叢編》等書；〔註7〕另「散見詞話」則由金啓華、張惠民等編纂《唐宋詞集序跋匯編》、張惠民編《宋代詞學資料匯編》、施蟄存主編《詞籍序跋萃編》著手，〔註8〕此外孔凡禮、齊治平編《陸游資料彙編》〔註9〕也是主要文獻。本章即藉上述「詞話專著」與「散見詞話」，企圖勾勒陸游詞之闡釋史，依其中評論內容作一分類、歸納及析論探討，以期瞭解歷代對陸游詞之評論面向，藉以探究陸游詞之「整體意義」。

　　本章試分成四小節，首節爲「論陸游〈釵頭鳳〉本事」，期待將歷朝載記〈釵頭鳳〉之本事，作一爬梳、釐清，試以瞭解其接受情況。第二節至第四節，則爲陸游詞之歷代評論，由宋代至清代，企圖再探清其中歷史脈絡與評價流轉。

〔註6〕黃雅莉：《宋代詞學批評專題探究》（臺北：文津出版社，2008 年 4
　　　月），頁 31～39。
〔註7〕唐圭璋編：《詞話叢編》（北京：中華書局，2005 年 10 月）；朱崇才：
　　　《詞話叢編續編》（北京：人民文學出版社，2010 年 6 月）；映庵輯：
　　　《彙輯宋人詞話──補詞話叢編》（臺北：廣文書局，1960 年 10 月）；
　　　張宗橚編、楊寶霖補正：《詞林紀事補正》（上海：上海古籍出版社，
　　　1998 年 11 月）；張璋、職承讓等編：《歷代詞話》（鄭州：大象出版
　　　社，2002 年 3 月）；鄧子勉輯：《宋金元詞話叢編》（南京：鳳凰出版
　　　社，2008 年 12 月）。
〔註8〕金啓華、張惠民等編纂：《唐宋詞集序跋匯編》（臺北：臺灣商務印
　　　書館，1993 年 2 月）；張惠民編：《宋代詞學資料匯編》（廣州：汕頭
　　　大學出版社，1993 年 11 月）；施蟄存主編：《詞籍序跋萃編》（北京：
　　　中國社會科學出版社，1994 年 12 月）。
〔註9〕孔凡禮、齊治平編：《陸游資料彙編》（北京：中華書局，2004 年 1 月）。

第一節　論陸游〈釵頭鳳〉本事

　　陸游與唐琬〔註10〕的愛情故事，總是爲人所流傳，一闋〈釵頭鳳〉傷感得不禁令人泫然涕下。在此先將後人所撰之軼事置於一旁，筆者欲由陸游所作詩詞探究其中深切的原始情感，而後再從歷代文章筆記探求後人評價。

　　據夏承燾《放翁詞編年箋注》，陸游〈釵頭鳳〉乃是他二十餘歲時的創作，時間約在南宋高宗紹興二十一年至二十五年（1151～1155）之間，〔註11〕周密《齊東野語》以及于北山《陸游年譜》則將陸游與唐琬相遇於沈園，而賦〈釵頭鳳〉以寄意之本事，認爲此事應發生於高宗紹興二十五年（1155）。〔註12〕然陸游於光宗紹熙二年（1191）時，曾重遊沈園並作詩一首，其中提到「四十年前，嘗題小闋壁間」〔註13〕，若非陸游記憶模糊、粗心出錯，依據年代，陸游與唐琬相遇沈園之事，應發生於高宗紹興二十一年（1151 年）。陸游〈釵頭鳳〉詞如下：

〔註10〕陸游前妻之名爲「唐琬」，至清代才出現，可信度亦存疑，但後世多以此名認定，加以戲劇傳播、情感的渲染，後人對「唐琬」一名已賦予感情，故今以「唐琬」暫且稱之。

〔註11〕夏承燾言及此闋詞的編年曰：「務觀二十餘歲時，在山陰遊沈氏園，遇其故妻唐氏，作此詞。其年約在辛未與乙亥間（紹興二十一年至二十五年）。」〔宋〕陸游撰，夏承燾箋注：《放翁詞編年箋注》（臺北：漢京文化事業公司，1984 年 7 月），頁 2。

〔註12〕周密認爲陸游題詞於沈園壁上，「實爲紹興乙亥歲」，即紹興二十五年（西元 1155 年）。參〔宋〕周密：《齊東野語》，收錄於鄧子勉輯：《宋金元詞話叢編》（南京：鳳凰出版社，2008 年 12 月），頁 557。于北山：「務觀初娶唐氏，伉儷相得而爲姑所惡，迫于母命，忍痛仳離。在封建禮教殘酷壓抑下，美滿婚姻終成悲劇結局。務觀對此，思想上有極大矛盾，精神上有無限痛苦，屢在詩歌中以比較隱晦之手法表達其惆悵哀怨之心情，至於終身不忘。曾於春日出遊，相遇於沈氏園，務觀賦〈釵頭鳳〉以寄意。據各家筆記所載，蓋本年事也。」于北山：《陸游年譜》（上海：上海古籍出版社，2006 年 6 月），頁 56。

〔註13〕〔宋〕陸游：《陸放翁全集》（北京：中國書店，1995 年 5 月），中冊，頁 420。

> 紅酥手。黃縢酒。滿城春色宮牆柳。東風惡。歡情薄。一
> 懷愁緒，幾年離索。錯。錯。錯。　　春如舊。人空瘦。
> 淚痕紅浥鮫綃透。桃花落，閒池閣。山盟雖在，錦書難託。
> 莫。莫。莫。〔註14〕

對於陸游是否與唐琬相遇沈園之本事，吳熊和曾作〈陸游〈釵頭鳳〉本事質疑〉〔註15〕一文，提出〈釵頭鳳〉一詞應是陸游於蜀中時所作，且認為陸游作〈釵頭鳳〉與他與唐琬之間的愛情悲劇應為二事，不可混為一談。〔註16〕但從詞中情意觀之，描寫之情感可謂悲泣，王師偉勇言：「若非曾結連理之伴侶，何能感篆如是，終身繾綣？」〔註17〕

　　除〈釵頭鳳〉外，陸游也在詩歌上寄託他對唐琬的相思之情，曾於六十八歲時重遊沈園，當時陸游人在山陰故里，領祠錄，為中奉大夫提舉建寧府武夷山冲佑觀，撰詩懷念唐婉，題作〈禹跡寺南有沈氏園，四十年前，嘗題小闋壁間，偶復一到，而小園已三易主，讀之悵然〉：

> 楓葉初丹槲葉黃，河陽愁鬢怯新霜。林亭感舊空回首，泉
> 路憑誰說斷腸。壞壁醉題塵漠漠，斷雲幽夢事茫茫。年來
> 妄念消除盡，回向禪龕一炷香。〔註18〕

在楓丹槲黃的深秋，滿盈愁緒的陸游，憶懷唐琬，庭園猶在，再回首，人事已非，心中情愫，又與誰說之？

〔註14〕〔宋〕陸游：〈釵頭鳳〉，收錄於唐圭璋編：《全宋詞》（北京：中華書局，2009 年 3 月），冊 3，頁 1585。

〔註15〕吳熊和：〈陸游〈釵頭鳳〉本事質疑〉，收錄於《唐宋詞匯評・兩宋卷》（杭州：浙江教育出版社，2004 年 12 月），頁 1039～2045。

〔註16〕吳熊和提出三點依據，即「陳鵠、周密兩家之說多牴牾處」、「詞意及詞中時地同唐氏身分不合」、「〈釵頭鳳〉詞調流行於蜀中，陸游是承蜀中新詞體而作的」，由此三點認為陸游〈釵頭鳳〉詞與他和唐琬仳離相思之悲劇乃為二事。

〔註17〕王師偉勇：《南宋詞研究》（臺北：文史哲出版社，1987 年 9 月），頁274。

〔註18〕〔宋〕陸游：《陸放翁全集》（北京：中國書店，1995 年 5 月），中冊，頁 420。

妻子王氏〔註 19〕過世後，陸游悼念唐琬的詩作也相對漸多。寧
宗慶元五年（1199），陸游七十五歲，再次至沈園撫今追昔，作〈沈
園〉詩二首：

> 城上斜陽畫角哀，沈園非復舊池台。傷心橋下春波綠，曾
> 是驚鴻照影來。

> 夢斷香消四十年，沈園柳老不吹綿。此身行作稽山土，猶
> 吊遺蹤一泫然。〔註 20〕

「斜陽」、「非復」、「傷心」、「夢斷」、「柳老」、「泫然」等語詞，訴說
著陸游心底的悲涼、哀怨，時間流逝無返，只憶得當年春波橋下的驚
鴻倩影，如今池臺易改，老柳樹也不再吹綿，一切僅能成為追憶。陸
游八十一歲時，寧宗開禧元年（1205），在貧困衰疾之際，〔註 21〕縷
縷盈懷的沈園故事，過往場景歷歷翻轉於夢中，〈十二月二日夢遊沈
氏園亭〉：

> 路近城南已怕行，沈家園裡更傷情。香穿客袖梅花在，綠
> 蘸寺橋春水生。

> 城南小陌又逢春，只見梅花不見人。玉骨久成泉下土，墨
> 痕猶鏁壁間塵。〔註 22〕

〔註 19〕王氏乃陸游繼唐琬後再娶之妻，少陸游兩歲，育有六子，逝於寧宗
慶元三年（西元 1197 年），時陸游七十三歲，曾作〈令人王氏壙記〉：
「中大夫山陰陸某妻蜀郡王氏，享年七十有一，封令人。」又《劍
南詩稿》卷三十六〈自傷〉亦言：「白頭老鰥哭空堂，不獨悼死亦自
傷。」以上詩文引自〔宋〕陸游：《陸放翁全集》（北京：中國書店，
1995 年 5 月），上冊，頁 246；中冊，頁 550。

〔註 20〕〔宋〕陸游：《陸放翁全集》（北京：中國書店，1995 年 5 月），中冊，
頁 591。

〔註 21〕于北山《陸游年譜》在寧宗開禧元年（西元 1205 年），陸游八十一歲
時寫道：「因貧甚，新歲不能易鍾馗。至若米盡晏炊，樽空輟飲，忍飢
裁句，枵腹讀書……」于北山：《陸游年譜》（上海：上海古籍出版社，
2006 年 6 月），頁 510。《劍南詩稿》中也不乏〈衰疾〉、〈入冬病體差
健而貧彌甚戲作〉、〈病中雨夜〉等描述自身病疾的詩作出現。

〔註 22〕〔宋〕陸游：《陸放翁全集》（北京：中國書店，1995 年 5 月），下冊，
頁 913。

傷情沈園，梅花猶在，只是佳人已逝。往後，陸游近乎每年都有一首
作品來悼念唐琬。寧宗開禧二年（西元 1206 年），陸游作〈城南〉一
首：

> 城南亭謝鎖閒坊，孤鶴歸飛只自傷。塵漬苔侵數行墨，爾
> 來誰爲拂頹牆。〔註23〕

沈園位處城南，此首詩題作〈城南〉，陸游此時亦感懷沈園舊事。爾
後，陸游亦作〈春遊〉〔註24〕一首，詩作內容皆不脫憶懷唐琬，悲昔
傷今之感。

　　陸游一生對唐琬的無限追思，皆反映在他的作品當中，錢鍾書更
贊其愛情詩詞，有別他人，出類拔萃。〔註25〕或有人質疑沈園本事，
但「此種謹慎之意見，無可厚非」〔註26〕。〈釵頭鳳〉一詞已與之深
刻連結，加以陸游詩作中的寄情追憶，教人如何理性切割？歷代文人
或亦深感如是，多數文人若提及〈釵頭鳳〉一詞，當不遺漏陸游與唐
琬之憾事。筆者搜羅歷代對於陸游〈釵頭鳳〉與沈園舊事之載錄評論，
茲錄如下，並依朝代先後疏理析究，欲求詞作與本事的完整意蘊及多
重面向。

〔註23〕〔宋〕陸游：《陸放翁全集》（北京：中國書店，1995 年 5 月），下冊，
　　　　頁 956。

〔註24〕〈春遊〉：「沈家園裡花如錦，半是當年識放翁。也信美人終作土，
　　　　不堪幽夢太匆匆。」〔宋〕陸游：《陸放翁全集》（北京：中國書店，
　　　　1995 年 5 月），下冊，頁 1040。

〔註25〕錢鍾書曾言：「據唐宋兩代的詩詞看來，也可以說，愛情，尤其是古
　　　　代禮教的眼開眼閉的監視之下那種公然走私的愛情，從古體詩裡差
　　　　不多全部撤退到近體詩裡，又從近體詩裡大部分遷移到詞裡。除掉
　　　　陸游的幾首，宋代數目不多的愛情詩都淡薄、笨拙、套版。」錢鍾
　　　　書撰：《宋詩選注》（北京：生活・讀書・新知三聯書店，2001 年 1
　　　　月），頁 9。

〔註26〕王師偉勇：《南宋詞研究》（臺北：文史哲出版社，1987 年 9 月），頁
　　　　273。

一、宋代：筆記詩話，軼事之始

（一）陳鵠《耆舊續聞・二陸詞》

　　陳鵠（1140～1225）的《耆舊續聞》是最早記載陸游〈釵頭鳳〉本事的筆記小說，而關於陳鵠此人之生平記事卻很少，甚有各書載錄相異的情況發生。《宋人傳記資料索引》中載：「陳鵠，字西塘，南陽（今河南南陽）人，所著《耆舊續聞》，自汴京故事及南渡後名人言行，捃拾頗多。」〔註 27〕《全宋詞》則云：「鵠號西塘，南陽人。有《耆舊續聞》。」〔註 28〕「西塘」是陳鵠的字或號，《宋人傳記資料索引》與《全宋詞》似有不同說法，而《四庫全書總目提要》則直言《耆舊續聞》是「南陽陳鵠西塘撰」〔註 29〕，未表明「西塘」是陳鵠之字或號。由此可見，陳鵠本人之生平資料甚少，以致後人無法推論考證，才有說法異同之情況發生。關於陳鵠的生卒年亦未明確，據丁海燕〈南宋陳鵠《耆舊續聞》研究〉〔註 30〕一文中推斷，陳鵠約是生活在西元 1140～1225 年之間，即北宋高宗紹興十年至南宋理宗寶慶元年之際，此亦與《四庫全書總目提要》言陳鵠是寧宗開禧（西元 1205～1207年）以後之人相符。〔註 31〕

　　《耆舊續聞》其中有記輯軼聞舊事，或採自他人文章，更有陳鵠自撰之筆記，且此書應非一時而成，而是經過漫長時間積蓄完成，《四庫全書總目提要》云：「所錄自汴京故事及南渡後名人言行，捃拾頗多，間或於條下夾註書名及所說人名字，蓋亦雜采而成。其間如政和

〔註 27〕昌彼得等撰：《宋人傳記資料索引》（臺北：鼎文書局，1975 年 6 月），冊 3，頁 2523。

〔註 28〕唐圭璋編：《全宋詞》（北京：中華書局，2009 年 3 月），冊 4，頁 2232。

〔註 29〕〔清〕紀昀等：《四庫全書總目提要》（臺北：臺灣商務印書館，1971年 7 月），冊 3，頁 2929。

〔註 30〕丁海燕〈南宋陳鵠《耆舊續聞》研究〉，《廊坊師範學院學報》，第 25卷第 3 期，2009 年 6 月，頁 51。

〔註 31〕《四庫全書總目提要》：「書中載陸游、辛棄疾諸人遺事，又自記嘗與知辰州陸子逸遊，則開禧以後人也。」〔清〕紀昀等：《四庫全書總目提要》（臺北：臺灣商務印書館，1971 年 7 月），冊 3，頁 2929。

三年（1113 年）與外弟趙承國論學數條，乃出呂好問手貼。而雜置諸條之中，無所辨別，竟似承國爲鵠之外弟。又稱朱翌爲待制公，陸軫爲太傅公，沿用其家傳舊文，不復追改，亦類於不去葛龔。」〔註 32〕其中對陳鵠多收錄雜採且沿用舊文，不復追改之舉頗有微辭，但也因陳鵠如此，以致後人在文獻校勘方面，能有所貢獻。

　　《耆舊續聞》對陸游〈釵頭鳳〉本事敍寫如下：

> 余弱冠客會稽，遊許氏園，見壁間有陸放翁題詞，云：「紅酥手。黃縢酒。滿城春色宮牆柳。東風惡。歡情薄。一懷愁緒，幾年離索。錯。錯。錯。春如舊。人空瘦。淚痕紅浥鮫綃透。桃花落，閒池閣。山盟雖在，錦書難託。莫。莫。莫。」筆勢飄逸，書于沈氏園，辛未三月題。放翁先室內琴瑟甚和，然不當母夫人意，因出之，夫婦之情，實不忍離。後適南班士名某，家有園館之勝，務觀一日至園中，去婦聞之，遣遺黃封酒、果饌，通殷勤，公感其情，爲賦此詞。其婦見而和之，有「世情薄，人情惡」之句，惜不得其全闋。未幾，怏怏而卒，聞者爲之愴然。此園後更許氏，淳熙間，其壁猶存，好事者以竹木來護之，今不復有矣。〔註 33〕

《耆舊續聞》中有陳鵠本身經歷載記，故在這部份是較爲眞實且可信的。陳鵠於二十歲時遊會稽許氏園，見陸游題〈釵頭鳳〉於壁間，並書其本事，言陸游至園中，而「去婦聞之，遣遺黃封酒、果饌，通殷勤，公感其情，爲賦此詞。」文中未提陸游之「去婦」是何人，並未及姓名，文中最後提到其婦有和詞，但只見「世情薄，人情惡」之句，而不得全闋。陳鵠的敍述中，可知他未言此婦人就是唐琬，甚至連傳

〔註 32〕　〔清〕紀昀等：《四庫全書總目提要》（臺北：臺灣商務印書館，1971年 7 月），冊 3，頁 2929。

〔註 33〕　〔宋〕陳鵠：《耆舊續聞》，收錄於鄧子勉輯：《宋金元詞話叢編》（南京：鳳凰出版社，2008 年 12 月），頁 465。

聞唐琬所和的〈釵頭鳳〉都未見完整；陳鵠的生活年代，其實與陸游相去不遠，若據丁海燕的說法，二人之間的年代甚有重疊，因此，陳鵠所記之〈釵頭鳳〉本事應可信，由《耆舊續聞》看來，陳鵠喜沿用舊文，且不加改動，故其中應不易出現杜撰之情形，加以書中對陸氏兄弟記載頗多，從言語觀之似來往甚密。就此推斷，陳鵠所載應是當時實際傳聞及親眼所見，且未加渲染者。

（二）劉克莊《後村詩話・續集二卷》

劉克莊（1187～1269）初名灼，字潛夫，號後村居士，莆田（今福建莆田）人。《後村詩話》共分為《後村詩話前集》二卷、《後集》二卷、《續集》四卷、《新集》六卷。《前集》、《後集》與《續集》，通論漢魏唐宋詩人之作品，以唐宋為主要，而《新集》則詳論唐人詩歌作品，整部《後村詩話》表達劉克莊的詩歌見解，其中多採擷作品精華，並對詩人品評優劣，可從其間了解劉克莊自我之詩論，郭紹虞《宋詩話考》曾贊此書：「網羅眾作，見取材之博，評衡愜當，見學力之精。」〔註34〕劉克莊對陸游軼事如此記載：

> 放翁少時，二親教督甚嚴。初婚某氏，伉儷相得。二親恐其惰於學也，數譴婦。放翁不敢逆尊者意，與婦訣。某氏改事某官，與陸氏有中外。一日通家於沈園，坐間目成而已。翁得年甚高，晚有二絕云：「腸斷城頭畫角哀，沈園非復舊池臺，傷心橋下春波綠，曾見驚鴻照影來。」「夢斷香銷四十年，沈園柳老不吹緜，此身行作稽山土，猶弔遺蹤一泫然。」舊讀此詩，不解其意，後見曾溫伯言其詳。溫伯名黯，茶山孫，受學於放翁。〔註35〕

劉克莊於文末云，此事乃由曾黯得知，曾黯（生卒年未詳，為寧宗慶

〔註34〕郭紹虞：《宋詩話考》（臺北：漢京文化事業公司，1983 年 1 月），頁112。

〔註35〕〔宋〕劉克莊：《後村詩話》，收錄於四川大學古籍整理研究所編：《宋集珍本叢刊》（北京：線裝書局，2004 年），冊 82，頁 794。

元五年（1155）進士），字溫伯，號戇庵，曾黯為曾幾之孫。曾幾（1084
～1166），字吉甫，自號茶山居士。曾黯曾受學於陸游，而曾幾又是
陸游的老師，由此可知，由曾黯口中說出之事，應與真實相去不遠。

　　文中亦未言陸游前妻為誰，僅言「初婚某氏」，二人仳離之因也
有較為合理的解釋，乃因「二親恐其惰於學也」，故遣去其婦；而後
「某氏改事某官」，此某官「與陸氏有中外」，「中外」即表兄弟之意，
至此，劉克莊又賦予某官與陸游家族之關係，但不知這是否為後來傳
聞唐琬為陸游表妹有關。然陸游與某氏相遇沈園，僅「坐間目成」而
已，未載有遣果送酒之事，且引陸游〈沈園〉詩二首，無〈釵頭鳳〉
之詞，或《後村詩話》僅記詩歌軼事，故不言詞，而未提及此闋詞，
此外，文中稱「某氏」、「某官」或對陸家人之尊重，故不直言姓名。
大致而言，劉克莊所載，應為客觀、可信。

（三）周密《齊東野語・放翁鍾情前室》

　　周密《齊東野語》中記載的〈釵頭鳳〉本事，內容最為細靡詳盡，
同時亦為後人引用最多之版本。書中載：

　　　　陸務觀初娶唐氏，閎之女也，於其母夫人為姑侄。伉儷相得，
　　　　而弗獲於其姑。既出，而未忍絕之，則為別館，時時往焉。
　　　　姑知而掩之，雖先知挈去，然事不得隱，竟絕之，亦人倫之
　　　　變也。唐後改適同郡宗子士程。嘗以春日出遊，相遇於禹跡
　　　　寺南之沈氏園。唐以語趙，遣致酒肴，翁悵然久之，為賦〈釵
　　　　頭鳳〉一詞，題園壁間云：「紅酥手。黃縢酒。滿城春色宮
　　　　牆柳。東風惡。歡情薄。一懷愁緒，幾年離索。錯。錯。錯。
　　　　春如舊。人空瘦。淚痕紅浥鮫綃透。桃花落，閒池閣。山盟
　　　　雖在，錦書難託。莫。莫。莫。」實紹興乙亥歲也。翁居鑑
　　　　湖之三山，晚歲每入城，必登寺眺望，不能勝情。嘗賦二絕
　　　　云：「夢斷香銷四十年，沈園柳老不飛綿。此身行作稽山土，
　　　　猶吊遺蹤一悵然。」又云：「城上斜陽畫角哀，沈園無復舊

池臺。傷心橋下春波綠，曾是驚鴻照影來。」蓋慶元己未歲
也。未久，唐氏死。至紹熙壬子歲，復有詩。序云：「禹跡
寺南，有沈氏小園。四十年前，嘗題小詞一闋壁間。偶復一
到，而園已三易主，讀之悵然。」詩云：「楓葉初丹槲葉黃，
河陽愁鬢怯新霜。林亭感舊空回首，泉路憑誰說斷腸。壞壁
辭題塵漠漠，斷雲幽夢事茫茫。年來妄念消除盡，回向蒲龕
一炷香。」又至開禧乙丑歲暮，夜夢遊沈氏園，又兩絕句云：
「路近城南已怕行，沈家園裡更傷情。香穿客袖梅花在，綠
蘸寺橋春水生。」「城南小陌又逢春，只見梅花不見人。玉
骨久成泉下土，墨痕猶鎖壁間塵。」沈園後屬許氏，又爲汪
之道宅云。〔註36〕

由周密所記來看，陸游與唐琬的故事趨近完整，從陳鵠的「去婦」，
劉克莊的「某氏」，轉變成周密的「唐氏，閎之女也，於其母夫人爲
姑姪。」，其中亦未言唐氏名爲琬，可見陸游前妻名爲唐琬之故，非
從周密《齊東野語》得之。「某氏」改嫁的「某官」也予以姓名，即
趙士程。接著道出二人之間仳離經過，言「人倫之變也」，之後提及
相遇沈園，陸游「悵然久之」，賦〈釵頭鳳〉一闋。至此，除細節外，
大致與陳、劉二人所述相同，然周密在文中對陸游爲沈園所作之詩亦
加以載錄，或求情感之滿盈，而此舉也爲陸游與唐琬的沈園軼事增色
不少。有關周密文中時間歲次之錯誤，待清代吳騫《拜經堂詩話》條
則討論之，參後詳解。

周密（1232～1298），宋末元初人，字公謹，號草窗，又號四水
潛夫、弁陽老人、弁陽嘯翁。著述豐富，夏承燾《唐宋詞人年譜》：「著
書三十一種，現存者十三、已佚者十、其爲後人裁篇別出，不甚可信
者，另列存疑目附後，凡八種。」〔註37〕其中最爲後人樂道的是周密

〔註36〕〔宋〕周密：《齊東野語》，收錄於鄧子勉輯：《宋金元詞話叢編》（南
　　　　京：鳳凰出版社，2008 年 12 月），頁 557。
〔註37〕夏承燾：《唐宋詞人年譜》，收入《夏承燾集》（杭州：浙江古籍出版
　　　　社，出版年月不詳），冊 1，頁 367。

所著之筆記，如《齊東野語》、《武林舊事》、《癸辛雜識》等，而《齊東野語》一書保留大量史料，可與其他史書相互參證，富有價值；書名乃承《孟子・萬章》：「此非君子言，齊東野人語也。」周密祖籍山東，即爲齊人，故此言有寄懷故鄉之意，亦有自謙之詞，《四庫全書總目提要》：「所記南宋舊事爲多。」〔註38〕可補史料之缺。因此《齊東野語》中所載應非無故流傳、空穴來風之事，經由他的敘寫，整體事件更加有故事性，只是陳鵠《耆舊續聞》中所言殘缺之「和詞」，來到周密的筆記中，卻無所見矣。

二、明代：承宋載錄，唐和詞出

　　明代乃詞弱衰之時，明詞中衰，詞樂失傳，皆使當時文壇不以詞爲興，然亦有對陸游〈釵頭鳳〉一詞的接受、談論，如瞿佑《歸田詩話》略涉本事，談及詞闋片段；《古今詞統》對〈釵頭鳳〉之評點；夸娥齋主人的載記，更出現宋代已佚的唐琬和詞。可見明代對〈釵頭鳳〉一闋之接受，評論數量雖無爬升，但相關的記載，已成後人談論之資。

（一）瞿佑：《歸田詩話・沈園感舊》

　　瞿佑（1347～1433），字宗吉，號存齋，錢塘（今浙江杭州）人，著有《剪燈新話》、《歸田詩話》、《香台集》、《存齋遺稿》、《詠物詩》、《樂全詩集》、《樂府遺音》、《詩經正葩》等集。《歸田詩話》，又稱《存齋詩話》、《吟堂詩話》，凡三卷，上卷評唐詩，中卷主要論宋詩，下卷則以論元詩及近人詩爲主，內容爲：「平日耳有所聞，目有所見，及簡編之所紀載，師友之所談論，尚歷歷胸臆間，十已忘其五六。誠恐久而並失之也，因筆錄其有關於詩道者，得百有二十條，析爲上中下三卷，目曰《歸田詩話》。」〔註39〕可見此書乃多載錄「關於詩道者」，而陸游爲南宋詩歌大家，必不遺漏，篇名題作〈沈園感舊〉：

〔註38〕〔清〕紀昀等：《四庫全書總目提要》（臺北：臺灣商務印書館，1971年7月），冊3，頁2551。

〔註39〕〔明〕瞿佑：《歸田詩話・自序》，收錄於周維德集校：《全明詩話》（濟南：齊魯詩社，2000年6月），冊1，頁7。

陸放翁晚年過沈園二絕句云：「落日城頭畫角哀，沈園非復
舊池臺。傷心橋下春波綠，曾見驚鴻照影來。」「夢斷香消
四十年，沈園柳老不吹綿。此身行作稽山土，猶弔遺蹤一
泫然。」詩意極哀怨。初不曉所謂，後見劉克莊《續詩話》，
謂翁初婚某氏，伉儷相得，而失意於舅姑，竟出之。某氏
改事人，後遊沈園，邂逅相遇，翁作詞有「錯錯錯」、「莫
莫莫」之句，蓋終不能忘情焉爾。〔註40〕

瞿佑以陸游〈沈園〉二詩作為開頭，但同劉克莊，不明其中哀怨所自，
後見《後村詩話》才之其所以，文末云二人邂逅沈園之事，而陸游「終
不能忘情焉爾」。瞿佑所云大致與劉克莊相同，其間亦未見「某氏」
姓名，或因瞿佑典故來自劉克莊，而不予改動；同時，文中也未引〈釵
頭鳳〉整闋詞，僅提陸游作詞有「錯錯錯」、「莫莫莫」之句，此應是
《歸田詩話》以詩道為主，故未於詞上加以著墨，然引「錯錯錯」、「莫
莫莫」二句，乃因此為〈釵頭鳳〉詞牌特殊疊字，且此二句亦足以深
刻表達陸游內心之悔恨哀情。〔註41〕

（二）卓人月、徐士俊《古今詞統》

《古今詞統》實為詞選，由卓人月、徐士俊合編，全書錄詞兩千
零三十七闋，詞家四百八十六人，詞後附有本事及詞話，間有徐士俊
評語。此部詞選，共選錄陸游詞四十四闋，〈釵頭鳳〉亦在其間，後
有按語：

〔註40〕　〔明〕瞿佑：《歸田詩話》，收錄於周維德集校：《全明詩話》（濟南：
　　　　　齊魯詩社，2000 年 6 月），冊 1，頁 30。

〔註41〕　龍沐勛曾於《唐宋詞格律》中言〈釵頭鳳〉：「聲情淒緊。」龍沐勛：
　　　　　《唐宋詞格律》另於《詞學十講》中亦云：「（〈釵頭鳳〉上下闋各疊
　　　　　用四個三言短句，四個四言偶句，一個三字疊句，而且每句都用仄
　　　　　聲收腳，儘管全闋四換韻，但不使用平仄互換來取得和婉，卻在上
　　　　　半闋以上換入，下半闋以去換入，這就構成整體的拗怒音節，顯示
　　　　　一種情急調苦的姿態，是恰宜表達作者當時當地的苦痛心情的。」
　　　　　龍沐勛：《詞學十講》（臺北：里仁書局，1996 年 1 月），頁 38～39。

放翁初娶唐氏，閎之女，於其母爲姑侄。伉儷相得，弗獲
於姑。陸出之，未忍絕，爲別館往焉。姑知而掩之，遂絕。
後改適同郡宗室趙士程。春日出遊，相遇於禹跡寺南之沈
園。唐語其夫，遣至酒肴，陸悵然賦此詞，唐見而和之，
未幾怏怏而卒。後放翁復過沈園，賦詩云：「落日城頭畫角
哀，沈園非復舊池臺。傷心橋下春波綠，曾見驚鴻照影來。」
〔註42〕

此按語似周密《齊東野語》所記，唐氏爲唐閎之女，與陸母以姑侄相
稱，與陸游仳離後改嫁趙士程，二人相遇於沈園，遣酒送餚，陸游爲
之悵然，故賦〈釵頭鳳〉一闋，此多與周密所記同，但《古今詞統》
結合陳鵠《耆舊續聞》的載錄，提出唐氏有和詞，然全闋仍未見錄。
徐士俊另有評語云：

　　能死於後，而不能守於前，惜哉唐娘。〔註43〕

徐士俊係站在惋惜唐氏角度而言，二人如此眞摯之情，無奈無法相守，
故說出自身之感嘆。明代論詞以「情」字爲先，《古今詞統》於卷首曾
引沈際飛〈詩餘四集序〉言：「文章殆莫備於是矣。非體備也，情至也。
情生文，文生情，何文非情？而以參差不齊之句，寫鬱勃難狀之情，
則尤至也。」〔註44〕可見詞中之情對明代人而言，極爲重視，無怪乎
徐士俊做如此惋嘆；毛晉有所感云：「放翁詠〈釵頭鳳〉一事，孝義兼
摯，更有一種啼笑不敢之情於筆墨之外，令人不能讀竟。」〔註45〕此

〔註42〕〔明〕卓人月、徐士俊輯：《古今詞統》，收錄於《續修四庫全書》（北
　　　　京：商務印書館，2005 年），集部，冊 1729，頁 1。

〔註43〕〔明〕卓人月、徐士俊輯：《古今詞統》，收錄於《續修四庫全書》（北
　　　　京：商務印書館，2005 年），集部，冊 1729，頁 1。

〔註44〕〔明〕卓人月、徐士俊輯：《古今詞統》，收錄於《續修四庫全書》（北
　　　　京：商務印書館，2005 年），集部，冊 1728，頁 447。

〔註45〕此毛晉語出自清代張宗橚《詞林紀事》，楊寶霖曾按語：「此條不見
　　　　於毛晉《放翁詞》跋中，毛晉於《六十名家詞》後各跋，涉陸游〈釵
　　　　頭鳳〉者，僅〈聖求詞〉跋中數語。《紀事》所引，未詳所出。」〔清〕
　　　　張宗橚編、楊寶霖補正：《詞林紀事補正》（上海：上海古籍出版社，
　　　　1998 年 11 月），頁 695。

外，他稱陸游前妻爲「唐娘」，應是遵從周密之說法，因陳鵠僅提「去婦」，而劉克莊也只言「某氏」，是周密載爲「唐氏」，故可推論，到了明末時，陸游前妻爲「唐氏」已成定論，且亦認爲唐氏有所和詞，只是此時未見全闋。

（三）夸娥齋主人〈陸游家室之間不幸〉

夸娥齋主人不知爲誰，僅得知爲明人，此條文乃引自清代王奕清等輯《歷代詞話》，內容如下：

> 陸放翁娶婦，琴瑟甚和，而不當母夫人意，遂至解褵。然猶饋遺殷勤。嘗貯酒贈陸，陸謝以詞，有「東風惡，歡情薄」之句，蓋寄聲釵頭鳳也。婦亦答詞云：「世情薄。人情惡。雨送黃昏花易落。曉風乾。淚痕殘。欲箋心事，獨語斜闌。難、難、難。人成各。今非昨。病魂常似秋千索。角聲寒。夜闌珊。怕人尋問，咽淚妝歡。瞞、瞞、瞞。」未幾，以愁怨死。又放翁嘗過一驛，見題壁一詩：「玉階蟋蟀鬧清夜，金井梧桐辭故枝。一枕淒涼眠不得，呼燈起作感秋詩。」詢之，知是驛卒女，遂納爲妾。未半載，夫人逐之。妾賦〈生查子〉詞云：「只知眉上愁，不識愁來路。深院有芭蕉，陣陣黃昏雨。 曉起理殘妝，整頓教愁去。不合畫春山，依舊留愁住。」遂別。夫愛妻見逐於母，愛妾復見逐於妻，放翁於家室之間，何多不幸歟。〔註46〕

此文載錄似與以往不同，陸游前妻乃因不當陸母意，遂至解褵，但二人無相遇沈園之事，反而是分開後仍「饋遺殷勤」，來往頻繁，婦以貯酒贈之，陸游作謝詞〈釵頭鳳〉，婦則答詞，後引全詞。《耆舊續聞》所提之「去婦和詞」似已揭眾，然是否眞爲陸游前妻所作，後人俞平伯曾提出質疑：「今傳唐氏和詞全文（《歷代詩餘卷一一八引夸娥齋主

〔註46〕〔清〕王奕清等輯：《歷代詞話》，收錄於唐圭璋編：《詞話叢編》（北京：中華書局，2005 年 10 月），冊 2，頁 1264。

人說），當事後人依斷句補擬。」〔註47〕後世所流傳的唐氏和詞或可疑，但據陳鵠所言，當時和詞應存在，然是否爲現今所見，則可持保留態度。文中言及陸游、蜀妓之本事參後詳介，今略而不提。文末提及陸游家室之間多有不幸，妻不見於母，妾則不見於妻，經幾多波折坎坷，故作者爲之感嘆不已。

三、清代：感懷評論，提出質疑

清代號稱詞之中興，詞體於清代又再度興盛，許多作品及評論如繁花盛開，目不暇給。論及〈釵頭鳳〉本事文章亦較宋代、明代多數，且其中不乏質疑者，或因清代樸學興盛有關，陸游與唐氏之悲劇，被認爲是好事者多加附會而成，但其中亦有爲之感懷悲泣之作，分述如下：

（一）賀裳《皺水軒詞筌‧陸游釵頭鳳》

賀裳（生卒年不詳），字黃公，號檗齋，自署九曲河隱者、白鳳詞人，丹陽（今江蘇鎮江）人，著有《史折》、《紅牙詞》、《皺水軒詞筌》，由其創作著述來看，應是明末清初之人。〔註48〕《皺水軒詞筌》載：

> 宋陸務觀春遊，遇故婦于禹跡寺南之沈園，婦與酒餚，陸悵然賦一詞曰：「紅酥手。黃滕酒。滿城春色宮牆柳。東風惡。歡情薄。一懷愁緒，幾年離索。錯。錯。錯。春如舊。人空瘦。淚痕紅浥鮫綃透。桃花落，閒池閣。山盟雖在，錦書難託。莫。莫。莫。」每見後人喜用此調，率無佳者。

〔註47〕俞平伯：《唐宋詞選釋》（北京：人民文學出版社，1994 年 12 月），頁 182。

〔註48〕清光緒年間所編《丹陽縣誌》其中載爲明代文人，清初王昶所輯《明詞綜》中錄其詞；清代葉恭綽編著的《全清詞鈔》以及《全清詞‧順康卷》亦錄有其作，故可推知賀裳應是明末清初之人。參馬曉妮：〈論丹陽詞人賀裳的詞學思想和詞作〉，《江蘇教育學院學報》，第 26 卷第 1 期，2010 年 1 月，頁 105。

難於三疊字，不牽湊耳。〔註49〕

賀裳未在本事上多加著墨，僅大致提及而人相遇沈園，婦與酒餚，陸游悵然賦詞；文末則提到後人喜用〈釵頭鳳〉詞牌，可卻無佳者，此詞牌難於上下片末之三疊字，後人往往牽湊耳。賀裳認爲詞以婉約爲佳，詞意不可太露，要含蓄，且須風流蘊藉，〔註50〕或因如此，賀裳對陸游〈釵頭鳳〉一詞予以嘉許，而《皺水軒詞筌》主要是闡述其詞學思想，故對於詞之本事也就省略許多。

（二）蔣士銓《忠雅堂詩集・沈氏園弔放翁》

蔣士銓（1725～1784），字心餘，一字苕生，號清容，又號藏園，晚號定甫，別署離垢居士。鉛山（今江西鉛山）人。乾隆二十二年進士，曾任翰林院編修，武英殿纂修。有詩名，與袁枚、趙翼並稱「乾隆三大家」，曾於《忠雅堂詩集》中作詩感懷陸游，題作〈沈氏園弔放翁〉：

> 母不宜妻斯出耳，人倫恨事無過此。孝子長懷琴瑟悲，離妻不抱蘼蕪死。腸斷春游沈氏園，一回登眺一悽然。綠波難駐驚鴻影，壞壁空留古麝煙。四十年中心骨痛，白頭苦作鴛鴦夢，故劍猶思鏡裏鸞，新墳已葬釵頭鳳。暮年清淚向誰收，香炷蒲團縷縷愁。無多亭榭頻更主，半死梧桐尚感秋。廣漢姜郎寧悔錯，琵琶暮唱風波惡。紅酥垂手酒猶溫，柳絮過牆情已薄。國恥填胸恨未平，憂時戀主可憐生。
>
> 詩人豈似朱翁子，孝子忠臣定有情。〔註51〕

詩中深情感摯，由陸母不當其妻切入，二人原本琴瑟和鳴，卻只能無

〔註49〕 〔清〕賀裳：《皺水軒詞筌》，收錄於唐圭璋編：《詞話叢編》（北京：中華書局，2005 年 10 月），冊 1，頁 710。

〔註50〕 〔清〕賀裳：《皺水軒詞筌》：「小詞以含蓄爲佳」、「小詞須風流蘊藉」，收錄於唐圭璋編：《詞話叢編》（北京：中華書局，2005 年 10 月），冊 1，頁 697、711。

〔註51〕 〔清〕蔣士銓：《忠雅堂詩集》，收錄於邵海清校、李夢生箋：《忠雅堂集校箋》（上海：上海古籍出版社，1993 年 12 月），冊 2，頁 1177。

奈分離，此可謂人倫恨事；其中「長懷琴瑟悲」、「腸斷」、「心骨痛」、「苦作鴛鴦夢」……等敘寫，皆屬悲痛語，可知蔣士銓似明白陸游心苦，甚以戲曲《姜郎休妻》、《琵琶記》作爲對比。〔註52〕蔣士銓站在陸游的角度，爲其一生之情感嘆息。詩歌中融入本事，如陸游休妻之因、前妻改嫁、相遇沈園……等，雖無改動，但由其間沈痛悲情，可知陸游與前室之悲劇早已深入人心。

（三）清涼道人《聽雨軒筆記》一則

清涼道人（1730～1803），原名徐承烈，字紹家，一字悔堂，晚號清涼道人，德清（今浙江湖州）人，著有《聽雨軒筆記》、《越中雜識》等。〔註53〕《聽雨軒筆記》共有四卷，即〈雜紀〉、〈續紀〉、〈餘紀〉、〈贅紀〉，計一百三十六篇，所載陸游〈釵頭鳳〉本事，見於卷三〈餘紀〉：

> 陸放翁之夫人曰唐琬，與其母爲姑姪，伉儷相得，而不獲於姑，途至解禓，春日出遊，相遇於禹迹寺南之沈氏園，唐遣婢致酒肴，放翁悵然下淚，題〈釵頭鳳〉詞一闋於壁云……。唐和之，同行至寺前橋上而別。唐未幾，怏怏卒。……予昔年客紹興，曾至禹迹寺訪之。寺在東郭門內半里許，内祀大禹神像，僅尺餘耳。寺門之東有橋，俗名羅漢橋，橋額橫勒「春波」二字。時與亡友金大兄同行，金固家於此者。予問之，金言昔有夫婦二人分別於此，後

〔註52〕《姜郎休妻》實爲《二十四孝》中的東漢姜詩之故事，而《琵琶記》則爲著名南戲，兩者共通在於姜詩雖休妻龐氏，蔡伯喈雖另娶丞相女，但最後兩對夫妻皆破鏡重圓，蔣士銓借此對比陸游之遭遇。蔣士銓除有詩名外，他對戲曲創作亦有熱衷，曾著有雜劇《一片石》與傳奇《採樵圖》，故在此引戲曲作爲事例。

〔註53〕清涼道人本名或有爭論與不確定性，筆者今以侯忠義等主編之《中國歷代小說辭典》爲依據，將其名暫定爲「徐承烈」。《中國歷代小說辭典》：「《聽雨軒筆記》之作者，姓徐，名承烈，號清涼道人。」苗壯主編：《中國歷代小說辭典》（昆明：雲南人民出版社，1993年3月），第三卷，頁671。

人遂取其夫所吟詩句，以名其橋。金蓋貨殖人，不知爲放
翁事也。予徘徊其地，見落日城頭，風景宛在，所謂「驚
鴻照影」者，其爲此處無疑。，惟遍尋沈園，則已杳不可
得，蓋已歷六百餘年，滄桑變幻久矣。往跡銷沈，可勝浩
歎！憮然而返，時乾隆乙酉春三月也。〔註54〕

《聽雨軒筆記》中不少志怪、遊記之記錄，《筆記小説大觀・聽雨軒
筆記提要》曾言：「其間追懷陳跡，表彰忠烈，與夫述異志奇，評書
品畫，一一俱有卓識，而記遊諸篇，可補名山記中所未逮，讀之尤令
人悠然神往。」〔註55〕對其所述之異怪奇事、品評書畫頗有稱道，然
所作遊記，則可補軼，且讀之令人神往。而沈瑋《聽雨軒筆記・總序》
云：「蓋考古者十之二三，志怪者居其七八，而每於敍述中，間出莊
論雄談，以寓微意。道人抱負素深，乃以田園終老，故其見於筆墨者
如此。」〔註56〕無論書中所記之考古或志怪者，間有雄談及寓意，可
知徐承烈創作《聽雨軒筆記》並非一時遊戲，其中之文學性與寄託微
意，不可小看。

　　文中直言陸游前妻爲「唐琬」，不獲於姑，故解襦，二人春日相
遇沈園，唐致酒餚，陸游悵然，遂題詞，唐琬和之，情節似無重大改
易，然增二人於寺前橋上而別的橋段，乃因徐承烈遊禹跡寺時，見橋
上有橫額「春波」二字，徐承烈認爲應是「放翁事也」，加以文後書
寫落日景色，言「所謂『驚鴻照影』者」，實應指陸游所作〈沈園〉
詩其一：「城上斜陽畫角哀，沈園非復舊池臺。傷心橋下春波綠，曾
是驚鴻照影來。」〔註57〕風景猶在，但卻在也尋不著沈園壁上之跡，

〔註54〕〔清〕清涼道人：《聽雨軒筆記》，收錄於《筆記小説大觀》（揚州：
　　　　廣陵書社，2007 年 12 月），冊 12，頁 9777。
〔註55〕《筆記小説大觀・聽雨軒筆記提要》，收錄《筆記小説大觀》（揚州：
　　　　廣陵書社，2007 年 12 月），頁 9776。
〔註56〕〔清〕沈瑋：《聽雨軒筆記・總序》，收錄《筆記小説大觀》（揚州：
　　　　廣陵書社，2007 年 12 月），頁 9777。
〔註57〕〔宋〕陸游：《陸放翁全集》（北京：中國書店，1995 年 5 月），中冊，
　　　　頁 591。

徐承烈在此亦感嘆韶光易逝、滄海桑田。此處言陸游前妻名為「唐琬」，是以往所不見的，但無法確定徐承烈是否為第一人，而《聽雨軒筆記》中載有眾多遊記，若於歷遊期間聽有所傳，也不可置否，可以確定的是，陸游前妻之姓名至此終有所依據。

（四）吳騫《拜經樓詩話》一則

吳騫（1733～1813），字槎客，又字葵里，號兔床，又號愚谷老人、小桐溪旅人，海寧（今浙江嘉興）人，著有《拜經樓詩集》十二卷、《拜經樓詩集續編》四卷、《拜經樓詩集再續編》一卷、《萬花漁唱》一卷及《拜經樓詩話》四卷等。所謂「拜經樓」乃是吳騫藏書樓，其中藏書版本精善、數量眾多。《拜經樓詩話》有一則談及陸游沈園軼事：

> 陸放翁前室改適趙某事，載《後村詩話》及《齊東野語》，
> 殆好事者因其詩詞而傅會之。《野語》所敘歲月先後尤多參
> 錯。且玩詩詞中語意，陸或別有所屬，未必曾為伉儷者。
> 正如「玉階蟋蟀鬧清夜」四句，本七律，明載《劍南集》，
> 而《隨隱漫錄》蒯去前四句，以為驛卒女題壁，放翁見之，
> 遂納為妾云云。皆不足信。〔註58〕

吳騫否認陸游與前妻之故事，認為應是有好事者因詩詞而強加附會而成，並且駁斥周密《齊東野語》中所載時間有所參差錯誤。周密於文中曾提及四個時間點：「紹興乙亥歲」、「慶元乙未歲」、「紹熙壬子歲」、「開禧乙丑歲」，即高宗紹興二十五年（西元 1155 年）、寧宗慶元五年（西元 1199 年）、光宗紹熙三年（西元 1192 年）、寧宗開禧元年（西元 1205 年），其中較有討論空間的是，周密認為陸游題〈釵頭鳳〉一闋於沈園壁時，當是紹興二十五年，然依陸游往後詩歌推論，應於紹興二十一年（西元 1151 年）較為可信。其餘所引述之詩歌創作時間，皆為正確，然可能引起爭議之處，在於「慶元乙未歲」、「紹熙壬子歲」

〔註58〕〔清〕吳騫：《拜經樓詩話》，收錄於〔清〕何文煥、丁福保編：《歷代詩話統編》（北京：北京圖書館出版社，2003 年 5 月），冊 5，頁266。

之排序，文中先引述陸游於寧宗慶元五年所作之〈沈園〉詩二首，後言「未久，唐氏死。至紹熙壬子歲，復有詩。」〔註59〕乍看之下，似以爲陸游先作〈沈園〉詩於前，後才有「紹熙壬子歲」陸游重遊沈園，復作詩的情況，加以周密文中有「至……又至」之語，不免令人誤會。但文中引述〈沈園〉詩前有云：「翁居鑒湖之三山，晚歲每入城，必登寺眺望，不能勝情。」〔註60〕明確言及此爲陸游「晚歲」之作。再者，周密爲南宋遺民，斷不會將南宋年號之時序混淆，故吳騫云：「《野語》所敘歲月前後尤多參錯」，或言之太過。此外，吳騫也提出陸游心有別屬，二人未必爲夫妻的論點，但陳鵠、劉克莊皆與陸游年代相去不遠，且二人與陸家亦有交情，應不會無中生有，強加附會才是。至於，文末所言陸游妾之軼事，於後放置生平詳論，暫不探究。吳騫所記或稍嫌武斷，卻不失爲另一種聲音。

（五）吳衡照《蓮子居詞話・平韻釵頭鳳》

吳衡照（1771～卒年不詳），字子律，海寧（今浙江嘉興）人。《蓮子居詞話》凡四卷，前有屠倬、許宗彥、胡鳳丹三人序文，內容爲「于前哲及近人論次略備，持論尤雅。間有考訂古韻，辨證軼事，無不精審詳當。學者之津梁，譚者之園囿也。少冠昔撰《續詞綜》，於海內詞家，收採靡遺。吾郡陳君鱣《本事詞》道古宏富。子律此書，則兼而有之矣。」〔註61〕此詞話獨到、特殊之處在於它對詞律、詞牌、詞韻的考訂，以及對詞人軼聞之辯證；甚至直指萬樹《詞律》之缺失，〔註62〕且對陸游沈園軼事提出質疑：

〔註59〕〔宋〕周密：《齊東野語》，收錄於鄧子勉輯：《宋金元詞話叢編》（南京：鳳凰出版社，2008年12月），頁557。

〔註60〕〔宋〕周密：《齊東野語》，收錄於鄧子勉輯：《宋金元詞話叢編》（南京：鳳凰出版社，2008年12月），頁557。

〔註61〕〔清〕許宗彥：《蓮子居詞話・序》，收錄於唐圭璋編：《詞話叢編》（北京：中華書局，2005年10月），冊3，頁2388。

〔註62〕「詞八百二十餘調，二千三百餘體。紅友《詞律》錄止六百六十餘調，千百八十餘體，則此外滲漏正多矣。」〔清〕吳衡照：《蓮子居

　　吾鄉許蒿廬先生昂霄，嘗疑放翁室唐氏改適趙某事爲出於
傅會，說見《帶經堂詩話》校勘類附識。《拜經樓詩話》亦
以《齊東野語》所敘，歲月先後參錯不足信，與蒿廬說合。
則當時仲卿新婦之厄，翁子故妻之情，殆好事者從而爲之
辭與。唐氏答詞，語極俚淺，然因知〈釵頭鳳〉有換平韻
者，紅友《詞律》又疎已。〔註63〕

許昂霄對此軼事之反駁，見於王士禎著、張宗柟纂集《帶經堂詩話》，
其中張宗柟附識：「芷齋述蒿廬先生云：『世傳放翁出其夫人唐氏，以
〈釵頭鳳〉詞爲證，見《癸辛雜識》，疑亦小說家傳會，不足深信。』」
〔註64〕吳騫《拜經樓詩話》已引於前，吳衡照匯集兩說法，認爲應是
好事者附會之，甚與〈孔雀東南飛〉並論，僅是傳言故事而已，若以
此爲依據，或欠周詳，另以唐氏答詞，過於俚俗淺薄，又一疑點；然
筆者認爲，唐氏和詞是有可能爲後人依殘句，而加以附會而成，因宋
代雖指出有和詞，卻不見全闋，僅見殘句，因此後世流傳唐氏〈釵頭
鳳〉相對其本事，較爲可疑。

（六）葉申薌《本事詞·陸游釵頭鳳》

　　葉申薌（1780～1842），字維或，號小庚，又號其園，閩縣（今
福建福州）人，著有《小庚詞存》一卷、《本事詞》二卷、《天籟軒
詞譜》、《天籟軒詞選》等。葉申薌《本事詞》由書名可見，此乃以
詞之本事爲主體，是由葉申薌搜羅成集，他於〈自序〉中云：「僅就
耳目之所經，復慚見聞之未廣。縱竭搜羅之力，終虞挂漏之譏。惟
是篇因採摭而成，似應列原書之目。然其文或剪裁以出，又難仍舊
帙之題。況敷藻偶繁，自必刪而就簡，亦傳聞互異，猶宜酌以從同。」

　　　　　詞話》，收錄於唐圭璋編：《詞話叢編》（北京：中華書局，2005 年
　　　　　10 月），冊 3，頁 2433。
〔註63〕〔清〕吳衡照：《蓮子居詞話》，收錄於唐圭璋編：《詞話叢編》（北
　　　　　京：中華書局，2005 年 10 月），冊 3，頁 2407。
〔註64〕〔清〕王士禎著、張宗柟纂集、戴鴻森校點：《帶經堂詩話》（北京：
　　　　　人民文學出版社，1998 年 2 月），下冊，頁 520。

〔註65〕可見《本事詞》之編排、列舉多以葉申薌之自我標準爲主，正如同他所輯《天籟軒詞選》一般。《本事詞》中載陸游〈釵頭鳳〉本事如下：

> 陸放翁娶唐氏閎之女，於其母夫人爲姑姪，伉儷甚篤，而弗獲於姑。既出，而未忍絕，爲置別館，時往焉。其姑知而掩之，雖先時挈去，然終不相安。自是恩誼遂絕。唐後改適宗子士程，嘗以春日出遊，與陸相遇於禹跡寺南之沈園。唐語趙爲致酒殽焉。陸悵然，感賦〈釵頭鳳〉云：「紅酥手。黃縢酒。滿城春色宮牆柳。東風惡。歡情薄。一懷愁緒，幾年離索。錯。錯。錯。　　春如舊。人空瘦。淚痕紅浥鮫綃透。桃花落，閒池閣。山盟雖在，錦書難託。莫。莫。莫。」唐亦善詞翰，見而和之云：「世情薄。人情惡。雨送黃昏花易落。曉風乾。淚痕殘。欲箋心事，　獨語斜闌。難、難、難。　　人成各。今非昨。病魂常似秋千索。角聲寒。夜闌珊。怕人尋問，咽淚裝歡。瞞、瞞、瞞。」唐尋亦以恨卒。〔註66〕

文中前半與周密《齊東野語》所載相去無多，可見葉申薌認同周密所言，唐氏爲唐閎之女，與陸母爲姑姪云云；文章後半段則引出唐氏所作〈釵頭鳳〉，且云「唐亦善詞翰」，此類印象爲新出，前人似無此記錄。葉申薌將前人所記之本事，相互結合，包含周密所言之「唐氏」身世，以及夸娥齋主人所載之「答詞」，至此，陸游與前妻之故事，似畫出明顯輪廓，與現今所傳相去不遠矣。

（七）丁紹儀《聽秋聲館詞話・宋夫婦詞》

丁紹儀（生卒年不詳），字杏舲，無錫（今江蘇無錫）人，著有

〔註65〕〔清〕葉申薌：《本事詞・自序》，收錄於唐圭璋編：《詞話叢編》（北京：中華書局，2005 年 10 月），冊 3，頁 2296。

〔註66〕〔清〕葉申薌：《本事詞》，收錄於唐圭璋編：《詞話叢編》（北京：中華書局，2005 年 10 月），冊 3，頁 2344。

《聽秋聲館詞話》、《東瀛識略》。《聽秋聲館詞話》凡二十卷，內容多丁紹儀依見聞所記，積多成帙，〈序文〉云：「閒居無俚，就見聞記憶所及，或因詞及事，或因事及詞，拉雜書之，藉以消耗歲月。」〔註67〕可見丁紹儀撰書之因。

> 宋時詞學盛行，然夫婦均有詞傳，僅曾布、方喬、陸游、易祓、戴復古五家。……放翁妻唐氏不得於姑，遂至解縭，未幾愁怨死。《齊東野語》錄其別後答寄〈釵頭鳳〉云：「世情薄。人情惡。雨送黃昏花易落。曉風乾。淚痕殘。欲箋心事，獨倚斜闌。難。難。難。　人成各。今非昨。病魂常似秋千索。角聲寒。夜闌珊。怕人尋問，掩淚妝歡。瞞。瞞。瞞。」……《詞綜》僅選魏夫人詞，諸女作均未錄。《補遺》亦遺之。〔註68〕

丁紹儀於〈序文〉中很清楚地說明，撰寫此書乃是「藉以消耗歲月」，對於詞之本事也是依其記憶見聞所記，並無考證確切事實；他於文中直言唐氏有詞流傳，且由《齊東野語》而來，實際上，周密未云唐氏有和詞，其由來應是陳鵠《耆舊續聞》，且陳鵠也未錄詞，唐氏有答詞，乃由明代始。丁紹儀以其見聞、記憶拼湊起陸游與唐氏的故事，文末亦表達自我惋惜之意，認爲唐氏之詞失漏於外，暫且先不論唐氏答詞之眞實性，我們於丁紹儀文中可見陸游有妻「唐氏」，且唐氏有「答詞」流傳，此等概念，在當時或已深植時人心中。

（八）陳廷焯《白雨齋詞話‧放翁詞》

陳廷焯（1853～1892），字亦峰，丹徒（今江蘇鎮江）人，輯《詞則》，著《白雨齋詞話》，凡八卷。陳廷焯對常州詞派有所承繼，推尊晚唐詞風，主張「詞也者，樂府之變調，風騷之流派也。溫、韋發其

〔註67〕〔清〕丁紹儀：《聽秋聲館詞話‧序文》，收錄於唐圭璋編：《詞話叢編》（北京：中華書局，2005 年 10 月），冊 3，頁 2561。

〔註68〕〔清〕丁紹儀：《聽秋聲館詞話》，收錄於唐圭璋編：《詞話叢編》（北京：中華書局，2005 年 10 月），冊 3，頁 2670。

端，兩宋名賢暢其緒。風雅正宗，於斯不墜。」〔註69〕《白雨齋詞話》
則顯露其詞學思想及理論，書中有〈放翁詞〉一則：

> 「山盟雖在，錦書難託。莫莫莫。」放翁傷其妻之作也。放
> 翁妻唐氏改適趙士程。「不合畫春山、依舊留愁住。」放翁妾別
> 放翁詞也。前則迫於其母而出其妻。後之迫於後妻而不能
> 庇一妾。何所遭之不偶也。至兩詞皆不免於怨，而情自可
> 哀。〔註70〕

陳廷焯對本事未多有著墨，然認為陸游〈釵頭鳳〉一闋是傷其妻所作，
詞怨、情哀，亦對陸游的遭遇深感同情。

（七）況周頤《蕙風詞話・和放翁釵頭鳳》

況周頤（1859～1926），字夔笙，號蕙風，臨桂（今廣西桂林）
人。《蕙風詞話》中載記況周頤詞學思想，共五卷，三百二十餘則，
其中多承常州派，多標舉「風雅比興」、「寄託」之說，書中涉有〈釵
頭鳳〉詞本事之條目：

> 放翁出妻為作〈釵頭鳳〉者，姓唐名琬。和放翁〈釵頭鳳〉
> 詞，見《御選歷代詩餘詞話》及《林下詞選》「世情薄。人
> 情惡。雨送黃昏花易落。曉風乾。淚痕殘，欲箋心事，獨
> 語斜闌。難。難。難。　人成各。今非昨。病魂常似秋
> 千索。角聲寒。夜闌珊。怕人尋問，咽淚妝歡。瞞。瞞。
> 瞞。」前後段俱轉平韻，與放翁詞不同。〔註71〕

況周頤言陸游出妻為唐琬，且有和陸游〈釵頭鳳〉詞，《御選歷代詩
餘詞話》、《林下詞選》皆有選錄。《御選歷代詩餘詞話》由王奕清等
人所輯，為《御選歷代詩餘》附錄，《詞話叢編》題作《歷代詞話》，

〔註69〕〔清〕陳廷焯：《白雨齋詞話》，收錄於唐圭璋編：《詞話叢編》（北
　　　京：中華書局，2005 年 10 月），冊 4，頁 3890。
〔註70〕〔清〕陳廷焯：《白雨齋詞話》，收錄於唐圭璋編：《詞話叢編》（北
　　　京：中華書局，2005 年 10 月），冊 4，頁 3922。
〔註71〕〔清〕況周頤：《蕙風詞話》，收錄於唐圭璋編：《詞話叢編》（北京：
　　　中華書局，2005 年 10 月），冊 5，頁 4577。

內容博採雜輯各類筆記與成卷詞話，夸娥齋主人論〈釵頭鳳〉本事，文中有唐氏和詞，而《御選歷代詩餘詞話》錄之，因此，況周頤於《御選歷代詩餘詞話》所見唐琬〈釵頭鳳〉，應出自夸娥齋主人。《林下詞選》是為女性詞選，清代周銘所輯；周銘（1641 年～卒年不詳），字勒山，吳江（今江蘇蘇州）人，輯《林下詞選》凡十四卷，卷一至卷四為宋詞，卷五為元詞，卷六至卷九為明詞，卷十至卷十三為清詞，卷十四則為補遺。詞選編排大體按詞人地位高下為序，名門閨秀於前，平民妻女、青樓歌妓則於後，詞人名下附有小傳，詞後箋注本事、詞話或校語等。周銘曾於〈凡例〉言道，他本欲作《草莊絕妙詞選》，選輯宋末至清代之詞，以補黃昇《花庵詞選》之不足，但「家鮮藏書，肆無善本，恐詳於今而略於古，故尚稽時日。搜覽之餘，先定歷代閨秀，為《林下集》，以公諸世。」〔註72〕周銘收〈釵頭鳳〉，作者標「唐氏」，本事寫於詞後，並附陸游作〈釵頭鳳〉一闋，本事書寫無突破，多重複前人所言。無論是《御選歷代詩餘詞話》或《林下詞選》皆將唐氏之〈釵頭鳳〉選錄其中，且於後附加本事，可見清人心中，陸游與其前妻唐琬之故事，多已成定調。

陸游〈釵頭鳳〉詞之本事，宋代陳鵠《耆舊續聞》、劉克莊《後村詩話》以及周密《齊東野語》皆曾提及，陳、劉二人僅言陸游有前妻某氏，琴瑟相和，因不當陸母之意，故仳離之，後改事某官；一日二人相遇沈園，某氏遣酒贈餚，陸游悵然賦詞；《耆舊續聞》言某氏有和詞，可惜不得全闋。陸游前妻身世，自周密始，《齊東野語》中交代陸游前妻為唐閎之女，與陸母為姑姪。明代有流傳唐氏〈釵頭鳳〉全闋，雖有所可疑，但亦為後世留下佳詞。清代時，整體本事的故事輪廓大抵完成，含括主人翁之姓名與傳詞，然在此時，有人亦提出質疑，但多數清人還是相信其本事之存在與真實性。陸游與唐琬的故事至今仍傳頌不休，甚有改編為戲曲者。陸游為一愛國詩人，心中滿盈

〔註72〕〔清〕周銘：《林下詞選》，收錄於《續修四庫全書》（北京：商務印書館，2005 年），集部，冊 1729，頁 555。

熱血以及鍾愛國家之至情至性，加以〈釵頭鳳〉一闋感人之至，若無此悲泣、心痛之遭遇，何來如此深刻之傾訴？宋代陳鵠、劉克莊與陸游年代較爲相近，且與陸家有直接或間接上的往來，斷不可能無故杜撰，而唐琬創作之〈釵頭鳳〉，或有不足信之處，然正如同吳衡照所云：「然因知〈釵頭鳳〉有換平韻者。」況周頤亦認同之。因此，陸游〈釵頭鳳〉本事應實有其事，但由於後世文人的渲染附會，造成有人質疑，筆者認爲此本事不宜全信，亦不可全面推翻，無可置疑的，此本事爲陸游填充不少血肉，亦使陸游除愛國之情外，留予後世一段佳話。

第二節　宋、元代對陸游詞之評論接受

一、宋代：闡述陸游生平軼事，偶有詞之評論

陸游生於北宋滅亡前二年，以時局論，北宋王朝已崩潰在即，而金人勢力則日漸強大，是爲動盪、不安的時代。但若以經濟文化的角度而言，北宋末年則達到前所未有的高度，詞的創作、選輯、刊刻，亦促進一股說詞、評詞之風氣。因此，南渡前後的詞話，無論是從數量上來說，還是從質量上及重要性來說，都是宋代詞話的一個高峰時期，〔註73〕如王灼《碧雞漫志》、李清照《詞論》、胡仔《苕溪漁隱叢話》、吳曾《能改齋漫錄》……等，皆產生於此時，此外，詩話、筆記中的詞話與詞籍序跋題記，亦在此時繁盛結果，然評論陸游的詞話，則要迨至南宋中期〔註74〕以後。

由於北伐失敗，孝宗隆興二年（西元 1164 年）的隆興和議，帶給南宋四十年的和平，而這期間無論是歌舞昇平的享樂氣氛，或是高

〔註73〕朱崇才：《詞話史》（北京：中華書局，2007 年 3 月），頁 57。

〔註74〕據朱崇才分期，南宋中期爲西元 1163 年至 1207 年，往前推算一年，西元 1162 年，此年爲高宗紹興三十二年，亦是辛棄疾南來的一年，此象徵詞壇的跨步，新時代的開展。參朱崇才：《詞話史》（北京：中華書局，2007 年 3 月），頁 81。

聲呼喊北伐恢復的愛國之情，皆使詞體的創作無限加乘、繁榮發展，尤其是詞作中的愛國強音，更爲詞體創作開闢另一蹊徑。宋代論陸游詞多關注在「論陸游生平軼事」、「論陸游詞之成就」以及「與其他詞人並論」三端。

（一）論陸游生平軼事

1. 陸游名、字、別號之來由

關於陸游名、字、別號之來由，眾說紛紜，首由名、字探之：陸游，字務觀，於宋代時即有陸游名、字來自秦觀一說，首見葉紹翁《四朝聞見錄》：

> 陸游字務觀，山陰人。名游，字當從觀。至今謂觀。蓋母氏夢秦少遊而生公，故以秦名爲字而字其名。或曰公慕少游者也。〔註75〕

葉紹翁（西元1240年前後在世），字嗣宗，號靖逸，自屬龍泉（今浙江）人。《四朝聞見錄》乃載錄南宋高宗、孝宗、光宗、寧宗四朝之事，於一定程度上可彌補正史之不足，可助後人多了解南宋社會情況，其中也對部分詞人之生平事蹟多加描寫，如陸游、張孝祥、朱敦儒，或與其他記載有所出入，借此書可得旁證或得敘述事件之另一面相。

此外，韋居安《梅磵詩話》也有類似記載：

> 陸放翁名游，字務觀，觀字係去聲。或云其母夢秦少游至而寤，遂生放翁，因以其字命名，而名爲字。《後村詩話》載史相力薦放翁賜第，其去國自是臺評。王景文乃云：「直翁求了平生事，不了山陰陸務觀。」放翁見詩笑云：「我字務觀乃去聲，如何作平聲押了了？」近時方蒙仲有《奉題劉後村文稿》數首，內一絕云：「昔開秦七與黃九，後

〔註75〕〔宋〕葉紹翁：《四朝聞見錄》，收錄於鄧子勉輯：《宋金元詞話叢編》（南京：鳳凰出版社，2008年12月），頁410。

有幼安與務觀。」觀字亦作平聲，想後村見之，亦發一笑。
〔註76〕

韋居安（生卒年不詳），度宗咸淳四年（西元 1268 年）進士，號梅雕，吳興（今今浙江湖州）人。韋居安韋南宋遺民，《梅磵詩話》處處透露懷念兩宋詩詞之心聲，字裡行間，亦透露對故朝的感懷。《梅磵詩話》中所引之條文，應自劉克莊《後村詩話》而來，《後村詩話》有載：「史相力薦放翁賜第，其去國自是臺評。王景文乃云：『直翁求了平生事，不了山陰陸務觀。』放翁見詩笑云：『我字務觀乃去聲，如何作平聲押了了？』」〔註77〕劉克莊在此僅述陸游字務觀之「觀」讀音，而韋居安則將此條再結合陸游名來自秦觀之說。

陸游詩文中並無關於自己名、字的直接記述，與陸游同時之人亦未有載錄，葉紹翁將其名、字與秦觀連結。秦觀，字少游，與陸游之名、字恰好反置，看似有所關聯，然卻無直接證據證明，陸游名、字來自秦觀，因此有學者提出質疑，如于北山《陸游年譜》認爲葉紹翁所言乃一時興到語，不可信，並提出陸游之名、字應來自於《列子·仲尼第四》：「務外游，不知務內觀。外游者，求備於物；內觀者，取足於身。取足于身，游之至也；求備于物，游之不至也。」〔註78〕于北山引此條文，並認爲應與陸游家世及道家思想有所關係，〔註79〕然此說法也未有根據；亦有學者認同陸游名、字來自於秦觀之說，如朱東潤《陸游傳》〔註80〕以小說之筆法，描述陸游名、字是由秦觀名、字而來。

〔註76〕〔宋〕韋居安：《梅磵詩話》，收錄於〔清〕何文煥、丁福保編：《歷代詩話統編》（北京：北京圖書館出版社，2003 年 5 月），冊 2，頁 669～670。

〔註77〕〔宋〕劉克莊：《後村詩話》，收錄於四川大學古籍整理研究所編：《宋集珍本叢刊》（北京：線裝書局，2004 年），冊 82，頁 794。

〔註78〕〔戰國〕列禦寇：《列子·仲尼第四》（臺北：臺灣古籍出版社，1996 年 6 月），頁 134。

〔註79〕參于北山：《陸游年譜》（上海：上海古籍出版社，2006 年 6 月），頁 3。

〔註80〕朱東潤《陸游傳》（臺北：華世出版社，1894 年 3 月），頁 2～3。

關於陸游字務觀之「觀」的讀音，是為平聲，或是仄聲，近代學者意見分歧，如陳冠明〈秦觀陸游名字解詁〉一文中，認為此「觀」字應讀仄聲，乃遊觀之意，[註81]而歐明俊《陸游研究》則先考據秦「觀」之讀音，指出「觀」應是看、見之意，故應讀平聲，以此推論陸游之務「觀」也讀平聲，並直指「觀」字誤讀為仄聲始之劉克莊。[註82]

筆者認為，陸游名、字是否來自秦觀之說法自然可疑，因陸游之名如同其兄弟，皆從水旁，若只因陸母夢秦觀，而秦觀之字正好為「少游」，如此巧合，不免令人質疑其中之真實。另以接受的角度來看，秦觀「詩文兼擅」，且詞體創作更流傳後世；想來陸游亦是如此，其詩、文、詞之成就，雄視南宋文壇，因此，將其名、字與秦觀作一連結，也未必是突然之舉。

陸游別號眾多，除世傳「放翁」外，亦有「笠澤漁隱」（又自署漁隱、漁隱子、笠澤漁翁、笠澤老漁等）、「三山老子」、「可齋」、「若耶老農」、「九曲老樵」、「老學庵」、「龜堂」（老龜堂、龜堂叟、龜堂病叟、龜堂老人）、「笠澤病叟」、「山陰老民」、「渭南」等，這些別號皆其來有自，有時為齋名，有時乃自嘲之語。今廣為流傳之「放翁」別號，見於羅大經《鶴林玉露》記載：

> 陸務觀，農師之孫，有詩名。壽皇嘗謂周益公曰：「今世詩人亦有如李太白者乎？」益公因薦務觀，由是擢用，賜出身為南宮舍人。嘗從范石湖辟入蜀，故其詩號《劍南集》，多豪麗語，言征伐恢復事。其《題俠客圖》云：「趙魏胡塵十丈黃，遺民膏血飽豺狼。功名不遣斯人了，無奈和戎白面郎。」壽皇讀之，為之太息。臺評劾其恃酒頹放，因自

〔註81〕陳冠明：〈秦觀陸游名字解詁〉，收錄於錢伯成主編《中華文史論叢》第二輯，頁295～298。

〔註82〕歐俊明：《陸游研究》（上海：上海三聯書店，2007年12月），頁1～17。

號「放翁」。作詞云：「橋如虹，水如空，一葉飄然煙雨中，
天教稱放翁。」〔註83〕

羅大經（1196～1242），字景綸，廬陵（今江西吉安）人；《鶴林玉露》，
凡十八卷，分甲、乙、丙三編，錄有詞話十四則，內容主要記錄詞家
活動、行止，或詞作評論等。所謂壽皇指南宋孝宗皇帝，〔註84〕周益
公則為周必大〔註85〕，羅大經言周必大向孝宗推薦陸游，《宋史》亦
有載：「孝宗即位，遷樞密院編修官兼編類聖政所檢討官。史浩、黃
祖舜薦游善詞章，諳典故，召見，上曰：『游力學有聞，言論剴切。』
遂賜進士出身。」〔註86〕與史書對照，羅大經之記載或有渲染出入，
然應是羅大經欲凸顯陸游之詩名導致。

　　關於別號「放翁」，《宋史》：「范成大帥蜀，游為參議官，以文字
交，不拘禮法，人譏其頹放，因自號放翁。」〔註87〕淳熙二年（西元
1175 年）六月，范成大來知成都府權四川制置使，而陸游任朝奉郎
成都府安撫司參議官，是為范成大下屬，二人於蜀中相互唱和、談詩
遊樂，范成大雖與陸游為詩友，卻不提北伐恢復之事，陸游滿腔報國
熱血無處宣洩，便頹放不羈，以排解心中苦悶，然此舉卻引人彈劾譏
諷，因此陸游便自嘲，作別號「放翁」。文末羅大經所引陸游詞，乃
是〈長相思〉五闋其二：「橋如虹，水如空，一葉飄然煙雨中。天教
稱放翁。側傳篷，使江風，蟹舍參差漁市東。到時聞暮鐘。」〔註88〕

〔註83〕〔宋〕羅大經：《鶴林玉露》，收錄於鄧子勉輯：《宋金元詞話叢編》
　　　　（南京：鳳凰出版社，2008 年 12 月），頁 513。

〔註84〕孝宗於淳熙十六年（西元 1189 年）傳位光宗，光宗上稱孝宗為「至
　　　　尊壽皇聖帝」，省稱「壽皇」。

〔註85〕周必大（1126 年～1204 年），字子充，一字洪道，管城（今河南鄭
　　　　州）人。

〔註86〕〔元〕托克托等撰：《宋史》（臺北：鼎文書局，1984 年 1 月），冊
　　　　15，頁 12059。

〔註87〕〔元〕托克托等撰：《宋史》（臺北：鼎文書局，1984 年 1 月），冊
　　　　15，頁 12058。

〔註88〕〔宋〕陸游：〈長相思〉，收錄於唐圭璋編：《全宋詞》（北京：中華
　　　　書局，2009 年 3 月），冊 3，頁 1595。

然此詞並非當時寫成，夏承燾《放翁詞編年箋注》引明‧倪濤《六藝之一錄》言：「有務觀自書此〈長相思〉詞五闋，末署『淳熙戊申八月下澣笠澤陸游書』。」〔註89〕淳熙戊申即淳熙十五年，當時陸游應於嚴州（今浙江建德）任滿，七月十日還抵故鄉山陰（今浙江紹興）。羅大經對陸游別號之來由所述，或有出入，但其中將陸游比作李白，可見對陸游詩名之崇尚，也為陸游之傳說軼事多增添一筆。

2. 論陸游晚年依附韓侂冑

葉紹翁《四朝聞見錄》載有陸游晚年與韓侂冑往來之事：

> （陸游）誓不復出。韓侂冑固欲其出，落致仕，除次對，公勉為之出。韓喜陸附己，至出所愛四夫人擘阮琴起舞，索公為詞，有「飛上錦褥紅絪」之語。又命公勺青衣泉，旁有唐開成道士題名。韓求陸記，記極精古，且以坐客皆不能盡一瓢，惟游盡勺，且謂「掛冠復出，不惟有愧於斯泉，且有愧於開成道士云」。先是慈福賜韓以南園，韓求記於公。公記云：「天下知公之功，而不知公之志，知上之倚公，而不知公之自處。公之自處與上之倚公，本自不侔。」蓋寓微詞也。又云：「游老謝事山陰澤中。公以手書來，曰：『子為我作〈南園記〉。』豈取其無諛言，無侈辭，足以導公之誌歟！」公已賜丙第，人謂公探孝宗恢復之志，故作為歌詩，以恢復自期。至公之終，猶留詩以示其家云：「王師克復中原日，家祭毋忘告乃翁。」則公之心，方暴白於易簀之時矣。〔註90〕

葉紹翁首言韓侂冑欲陸游附己，釋出四夫人彈琴起舞，向陸游索詞，

〔註89〕夏承燾：《放翁詞編年箋注》（臺北：漢京文化事業公司，1984 年 7 月），頁 114。

〔註90〕〔宋〕葉紹翁：《四朝聞見錄》，收錄於鄧子勉輯：《宋金元詞話叢編》（南京：鳳凰出版社，2008 年 12 月），頁 410。

詞中有「飛上錦裯紅縧」之語，但此詞不見於今傳陸游詞中。〔註91〕此外，韓侂胄命陸游作〈閱古泉記〉，田汝成《西湖遊覽志》載：「青衣泉，淅淅出石罅，清鑒毛髮。崕壁鐫有唐開成五年南嶽道士邢令聞、錢唐縣令錢華、道士諸葛鑑八分書題名，傍鐫佛像及大字《心經》。山頂巨石墜下，有石承之，若餖飣然。前有石門，上橫石梁，壁間皆細字水波文，不知何年浐水至此。宋慶元間，韓侂胄賜第寶蓮山下，建閱古堂，砌瑪瑙石爲池，引泉注之，名閱古泉，陸務觀記云⋯⋯。」〔註92〕〈閱古泉記〉中多寫與韓侂胄游賞暢飲之樂，亦對古泉美景極力描寫，未有對韓侂胄讚揚阿諛之詞，僅著墨於他的閒情雅趣，通篇看來，或有類於唐代柳宗元〈鈷鉧潭小丘記〉、〈小石潭記〉之行文。又載陸游爲韓侂胄作〈南園記〉，文中對南園之來歷、位置有所交代，對南園各處的命名、景色詳描細繪，亦言及韓侂胄繼承韓琦之志，勤勞王家，功勳卓著，但卻不居功自傲，善於「自處」，且生活中有雅趣，言語中似對韓侂胄稱讚頌揚，然仔細閱之，記中只是將韓侂胄心志寫出，以陸游的身分和處境也只能如此寫。〔註93〕

　　羅大經《鶴林玉露》亦載：

　　　　晚年爲韓平原作〈南園記〉，除從官。楊誠齋寄詩云：「君居東浙我江西，鏡裏新添幾縷絲。花落六回疏信息，月明千裏兩相思。不應李杜翻鯨海，更羨夔龍集鳳池。道是樊川輕薄殺，猶將萬戶比千詩。」蓋切磋之也。然〈南園記〉唯勉以忠獻之事業，無諛辭。晚年詩和平粹美，有中原承

〔註91〕清代吳衡照《蓮子居詞話》：「《四朝聞見錄》，放翁致仕後，韓侂胄固欲其出，公勉應之。侂胄喜附己，至出所愛四夫人鸞阮起舞，索公爲詞，有『飛上錦裯紅縧』之語。今放翁集無此詞。」，收錄於唐圭璋編：《詞話叢編》（北京：中華書局，2005 年 10 月），冊 3，頁 2416。

〔註92〕〔明〕田汝成：《西湖遊覽志》（臺北：成文出版社，1983 年 3 月），頁 437。

〔註93〕歐俊明：《陸游研究》（上海：上海三聯書店，2007 年 12 月），頁 222。

平時氣象，朱文公喜稱之。〔註94〕

羅大經認爲陸游作〈南園記〉是慰勉韓侂胄對朝廷之忠獻，且文內無阿諛奉承之詞。有關楊萬里貽詩相譏之事，據考證，楊詩寫於光宗紹熙五年（1194年），《南園記》寫於寧宗慶元六年（1200年）左右，二者毫不相干。〔註95〕從宋代二則詞話觀之，皆同意陸游愛國之心，認爲陸游作此二記無攀權附貴之態，然陸游爲韓侂胄作記之事，流傳後代卻爲陸游人生中的汙點，《宋史》載：「晚年再出，爲韓侂胄撰〈南園〉、〈閱古泉記〉，見譏清議。朱熹嘗言：『其能太高，迹太近，恐爲有力者所牽挽，不得全其晚節。』」〔註96〕直言陸游晚年失節。《四庫全書總目提要》也對陸游展開類似的評價：「《逸稿》二卷，爲毛晉所補輯。史稱游晚年再出，爲韓侂胄撰〈南園〉、〈閱古泉記〉，見譏清議。今集中凡與侂胄啓，皆諱其姓，但稱曰丞相。亦不載此二記。惟葉紹翁《四朝聞見錄》有其全文，晉爲收入《逸稿》，蓋非游之本志。然足見愧詞曲筆，雖自刊除，而流傳記載，有求其泯沒而不得者。是亦足以爲戒矣。」又論：「南宋詩集傳於今者，惟萬里及陸游最富。游晚年隳節，爲韓侂胄作〈南園記〉，得除從官。萬里寄詩規之，有『不應李杜翻鯨海，更羨夔龍集鳳池』句。羅大經《鶴林玉露》嘗記其事。以詩品論，萬里不及遊之鍛煉工細；以人品論，則萬里倜乎遠矣。」〔註97〕言陸游因愧之於心，故不將二文刊入文集當中，甚至認爲後人應以爲戒；又將陸游與楊萬里相比，陸游詩品雖勝出，然人品卻與楊萬里相差甚遠，可見《提要》將陸游節氣極力貶低。

〔註94〕〔宋〕羅大經：《鶴林玉露》，收錄於鄧子勉輯：《宋金元詞話叢編》（南京：鳳凰出版社，2008年12月），頁513。

〔註95〕參于北山：《陸游年譜》（上海：上海古籍出版社，2006年6月），頁456～459。

〔註96〕〔元〕托克托等撰：《宋史》（臺北：鼎文書局，1984年1月），冊15，頁12058。

〔註97〕〔清〕紀昀等：《四庫全書總目提要》（臺北：臺灣商務印書館，1971年7月），冊4，頁3365、3367。

　　陸游晚年失節的問題，於歷代皆有人討論，正反意見不一。朱熹譏爲「能太高，迹太近」〔註 98〕，應是政治立場不同所致，關於陸游因作記而再度出仕，亦是政治風向造成，無關乎是否爲韓寫文，後世言陸游失節之說，多承之《宋史》。此外，亦有爲陸游辯解者，如張元忭《紹興府志・人物志》〔註 99〕、趙翼《甌北詩話》〔註 100〕等，皆還以陸游清白，近代學者于北山則以陸游爲團結國內，以抗金人的角度出發：「務觀爲侂冑作〈閱古泉記〉、〈南園記〉，後世學人或以責備之詞似加非難，或以惋惜之情代爲辯解。數百年來，幾成聚訟。愚以爲對此問題，必須從務觀政治思想中一重要線索求之，始得其要，線索云何？反對黨爭是也。蓋務觀以爲必須消弭黨爭，破除彼此，使能團結內部，集中力量，進而戰勝強敵，恢復土疆，拯救遺民。」〔註 101〕此論點或可呈現另一面相。綜觀前人對陸游晚年失節之辯解，多站在

<hr>

〔註 98〕　〔元〕托克托等撰：《宋史》（臺北：鼎文書局，1984 年 1 月），冊
　　　　　15，頁 12058。

〔註 99〕　張元忭：「《宋史》謂其晚年謂韓侂冑作〈南園記〉，見譏清議：余獨
　　　　　謂不然。夫泉石品題，非有大關係也。以時宰求爲一記，而必峻拒
　　　　　之，不已甚乎？顧其記所云何如耳。余於《西湖志》見此記而詳味
　　　　　之，其以忠獻有後爲言，蓋歆之以法祖也；又以許閒、歸耕爲公之
　　　　　志，蓋諷之以知止也。游自以爲無腴詞、無侈言，殆信然矣。是又
　　　　　何足爲病哉？甚矣議者之固也！」〔明〕張元忭《紹興府志》（臺北：
　　　　　成文出版社，1983 年 3 月），冊 7，頁 2736。

〔註 100〕　趙翼：「朱子嘗言：『放翁能太高、迹太近，恐爲有力者所牽挽。』《宋
　　　　　史》本傳因之輒謂其不能全晚節，此論未免過刻。今按嘉泰二年放
　　　　　翁起修孝宗、光宗兩朝實錄，其時韓侂冑當國，自係其力。然放翁
　　　　　自嚴州任滿東歸後，里居十二三年，年已七十七八，祠祿秩滿，亦
　　　　　不敢復請，是其絕意於進取可知。侂冑特以其名高而起用之，職在
　　　　　文字，不及他務，且藉以報孝宗恩遇，原不必以不就職爲高。甫及
　　　　　一年，史事告成，即力辭還山，不稍留戀，則其進退綽綽，本無可
　　　　　議。即其爲侂冑作〈南園記〉、〈閱古泉記〉，一則勉以先忠獻之遺烈，
　　　　　一則諷其早退，此亦有何希榮附勢、依傍門戶之意？而論者輒藉爲
　　　　　口實，以訾議之，眞所謂小人好議論，不樂成人之美者也。」〔清〕
　　　　　趙翼：《甌北詩話》（臺北：木鐸出版社，1982 年 4 月），頁 94～95。

〔註 101〕　于北山：《陸游年譜》（上海：上海古籍出版社，2006 年 6 月），頁
　　　　　461。

匡正說法的角度，將陸游的品節置於一定的高度，然筆者認為歐明俊
所言，或較能回歸於真實的情感：

> 我們不應以朱熹是非為是非，亦不應觀念先行，「抽象」出
> 一個完美高大的純然「愛國者」陸游形象。陸游是現實生
> 活中的人，不是一貫正確的「偉人」。他寫〈南園記〉頌揚
> 韓侂胄，多場面話，不必當真。即使當真，也是人之常情。
> 「兩記」中，他寫的主要是生活中的韓侂胄，並無過多的
> 政治因素。……開禧北伐並不是沒有成功的可能，失敗的
> 原因是多方面的，不能歸咎於韓氏一人。如果韓侂胄成功
> 了，歷史對他的評價，對陸游寫「兩記」的評價，肯定又
> 是另外的結論。〔註102〕

他賦予陸游真實的血肉，同時反向思考，歷史的真實通常是以結果論
之，倘若今日情勢改變，相信許多人物、事件的評價，也會大相逕庭。

　　總括而言，陸游晚年失節之事，應聽取各方說法，不能僅以一家
為準，同時思考當時的政治情勢，亦是不可遺漏之環節。此外，〈閱
古泉記〉與〈南園記〉二文之文學價值也不宜忽略，還原本事雖為重
要，但若因此忽略二文之美，也頗可惜。

（二）論陸游詞之成就

　　宋代對於陸游的詞，評論不多，或因其詩名而掩覆詞名，僅黃昇
《中興詞話》有所提及。《中興詞話》，凡十八則，並未成卷，當是黃
昇《中興以來絕妙詞選》所附之詞話，然又附錄於魏慶之《詩人玉屑》
卷二十一〈詩餘〉之後，唐圭璋《詞話叢編》輯錄時，名為《中興詞
話》，其中對陸游詞極為稱許：

> 楊誠齋嘗稱陸放翁之詩敷腴，尤梁溪復稱其詩俊逸，余觀放
> 翁之詞，尤其敷腴俊逸者也。如〈水龍吟〉云：「韶光妍媚，

〔註102〕 歐俊明：《陸游研究》（上海：上海三聯書店，2007 年 12 月），頁
　　　　223～224。

海棠如醉，桃花欲暖。挑菜初閒，禁烟將近，一城絲管。」
如〈夜遊宮〉云：「璧月何妨夜夜滿。擁芳柔，恨今年、寒
尚淺。」如〈臨江仙〉云：「鳩雨催成新綠，燕泥收盡殘紅。
春光還與美人同。論心空眷眷，分袂卻匆匆。　　只道眞情
易寫，奈何怨句難工。水流雲散各西東。半廊花院月，一帽
柳橋風。」皆思致精妙，超出近世樂府。至於〈月照梨花〉
一詞云：「霽景風軟。煙江春漲。小閣無人，繡簾半上。花
外姊妹相呼，約撏蒲。　　脩蛾忘了當時樣。尋思一晌，感
事添惆悵。胸酥臂玉消減，擬覓雙魚，倩傳書。」此篇雜之
唐人《花間集》中，雖具眼未知烏之雌雄也。〔註103〕
楊萬里、尤袤贊陸游詩「敷腴俊逸」，黃昇卻認爲陸游詞更能獲取此
贊語，並舉詞篇爲例，稱〈水龍吟〉、〈夜遊宮〉、〈臨江仙〉三闋「思
致精妙，超出近世樂府」，而〈月照梨花〉一詞，則有《花間》詞之
柔媚婉轉。此外，另載陸游詞被人爭相傳頌：「（陸游）官至煥章閣待
制。劉漫塘云：『范至能、陸務觀以東南文墨之彥，至能爲蜀帥，務
觀在幕府，主賓唱酬，短章大篇，人爭傳誦之。』」〔註104〕可見黃昇
對陸游詞之推舉，由此或可推知，南宋後期陸游詞已漸嶄露頭角，逐
漸引人關注，而非一味注意其詩名；而黃昇此舉，也將陸游詞提昇至
與其詩同樣的高度，爲後來陸游詞之批評、探究埋下種子。

（三）與其他詞人並論

　　將陸游詞與其他詞人並論，且稱其詞有卓越成就者首推劉克莊，
著有《後村大全集》，集中含《後村詩話》十四卷，《大全集》中有錄
詞話約五十餘則，以詞集序跋或《詩話》中論詞者爲主。《後村詩話》
載：

〔註103〕　〔宋〕黃昇：《中興詞話》，收錄於唐圭璋編：《詞話叢編》（北京：
　　　　　中華書局，2005 年 10 月），冊 1，頁 212。
〔註104〕　〔宋〕黃昇：《花庵詞選》，收錄於唐圭璋編《唐宋人選唐宋詞》（上
　　　　　海：上海古籍出版社，2004 年 10 月），下冊，頁 719。

放翁長短句云：「元知造物心腸別，老卻英雄似等閒。」「秘傳一字神仙訣，説與君知只是頑。」「一句丁寧君記取，神仙須是閒人做。」「君記取，封侯事在，功名不信由天。」「元來只有閒難得，青史功名，天卻無心惜。」〈漁父詞〉云：「一竿風月，一蓑煙雨，家在釣台西住。賣魚生怕近城門，況肯到、紅塵深處。　潮生理棹，潮平系纜，潮落浩歌歸去。時人錯把比嚴光，我自是、無名漁父。」〈鷓鴣天〉云：「杖屨尋春苦未遲，洛城櫻筍正當時。三千界外歸初到，五百年前事總知。　吹玉笛，渡清伊，相逢休問姓名誰。小車處士深衣叟，曾是天津共賦詩。〈好事近〉云：「混跡寄人間，夜夜畫樓銀燭。誰見五雲丹灶，養黃芽初熟。　春風歸從紫皇遊，東海宴暘穀。進罷碧桃花賦，賜玉塵千斛。」又云：「平旦出秦關，雪色駕車雙鹿。借問此行安往，賞清伊修竹。　漢家宮殿劫灰中，春草幾回綠。君看變遷如許，況紛紛榮辱。」〈朝中措〉云：「怕歌愁舞懶逢迎，妝晚托春酲。總是向人深處，當時枉道無情。

　關心近日，啼紅密訴，剪綠深盟。杏館花陰恨淺，畫堂銀燭嫌明。」「情知言語難傳恨，不似琵琶道得真。」其激昂感慨者，稼軒不能過；飄逸高妙者，與陳簡齋、朱希真相頡頏；流麗綿密者，欲出晏叔原、賀方回之上，而世歌之者絕少。〔註105〕

劉克莊舉陸游〈鷓鴣天〉、〈蝶戀花〉、〈漢宮春〉、〈醉落魄〉、〈漁父詞〉、〈好事近〉、〈朝中措〉等詞為例，並稱讚陸游詞中慷慨激昂者，不輸辛棄疾；而瀟灑絕妙之風格，則能與陳與義、朱敦儒相互抗衡；綿密流美之詞，甚至高於晏幾道、賀鑄，惜歌之者甚少耳。是知，劉克莊已將陸游詞之價值、成就推上高峰，認為其詞並不亞於辛棄疾等詞

〔註105〕　〔宋〕劉克莊：《後村詩話》，收錄於鄧子勉輯：《宋金元詞話叢編》（南京：鳳凰出版社，2008 年 12 月），頁 525。

人，可見他對陸游詞之喜愛。然劉克莊〈翁應星樂府序〉，又將陸游與辛棄疾擺置一處：

> 至於酒酣耳熱，憂時憤世之作，又入阮籍、唐衢之哭也，
> 近世唯辛、陸二公有此氣魄。〔註106〕

劉克莊曾稱辛棄疾詞「橫絕六合，掃空萬古，自有蒼生所未見。」〔註107〕可知他對辛詞之推崇，將陸游與辛棄疾同置，讚揚他們的作品中含「憂時憤世」之思，且具豪放感慨之氣魄，此論展現劉克莊本身之詞學思想。他曾於〈翁應星樂府序〉中云：「長短句當使雪兒囀春鶯輩可歌，方是本色。」〔註108〕可見劉克莊認為詞在風格方面，要含括婉約本色，同時亦不棄慷慨豪放之氣魄；內容方面則不可脫離現實層面，需反應時代風氣，三者相互參取補充，即為理想詞作。此外，他也指出陸游詞之缺失：「放翁、稼軒，一掃纖豔，不事斧鑿，但時時掉書袋，要是一癖。」〔註109〕同樣地，將陸游與辛棄疾比肩而論，認為二者於作詞間，用典過甚。然綜觀陸游詞，此論點未免武斷，若從詞家本色來看，或許詬病，但陸游詞風正如劉克莊所言，不可僅以一家論之，其用典之舉，正可擴大詞境，使詞體不再置於金鸞香奩之中。加以陸游傾力作詩，以餘力填詞，遂將詩家之比興寄託帶進詞作。而劉克莊所言，或以婉約正宗之角度言之，故稱陸詞有氣魄，又認為其流麗柔美之詞勝於晏幾道與賀鑄，這兩者之間不免衝突。然劉克莊此論，乃體現陸游詞的多重面相，陸游的豪放詞風，可媲美辛

〔註106〕 〔宋〕劉克莊：〈翁應星樂府序〉，收錄於金啓華、張惠民等編纂：《唐宋詞集序跋匯編》（臺北：臺灣商務印書館，1993年2月），頁252。

〔註107〕 〔宋〕劉克莊：〈辛稼軒集序〉，收錄於金啓華、張惠民等編纂：《唐宋詞集序跋匯編》（臺北：臺灣商務印書館，1993年2月），頁173。

〔註108〕 〔宋〕劉克莊：〈翁應星樂府序〉，收錄於金啓華、張惠民等編纂：《唐宋詞集序跋匯編》（臺北：臺灣商務印書館，1993年2月），頁252。

〔註109〕 〔宋〕《後村詩話》，收錄於鄧子勉輯：《宋金元詞話叢編》（南京：鳳凰出版社，2008年12月），頁525。

棄疾，纖麗柔婉之詞，亦有所成，其風格洵非一家所能涵蓋。

　　宋代對陸游詞之接受，大多關注在陸游本身之軼事，如〈釵頭鳳〉一詞之本事，以及陸游名、字、別號之來由，直探陸游詞之風格、價值的詞論較少。陸游名、字之來由，宋代廣傳與秦觀有關，至今亦未有定論。會有此關連，也許是秦觀與陸游詩、文、詞具佳，時人進而相連，加以二者之名、字反置相似，而傳有軼事。關於陸游晚年失節之事，葉紹翁《四朝聞見錄》與羅大經《鶴林玉露》皆有論及，然此二人並未站在陸游其心不堅、攀權附貴的角度，他們依舊認為陸游心繫家國，然此事涉及層面較廣，歷代皆有不同解讀，如能回歸歷史現實，真實的情感面，或許較能客觀地解讀此軼事。宋人於詞話或序跋中言及陸游詞作者，僅黃昇與劉克莊，二人皆讚揚其詞。黃昇對陸游詞之接受，由他所輯之《中興以來絕妙詞選》，較為明確；黃昇選詞之標準，不偏倚一格，而是棄收俚俗鄙淺之詞，詞選中列陸游詞二十首，且讚譽其詞敷腴俊逸，可見黃昇對陸游詞之喜愛。劉克莊對陸游詞之評論則更為架高，言其詞不論何種風格皆不落於人後，亦將辛、陸並論，認為二人詞中皆有憂國憤世、激昂慷慨之氣魄；而劉克莊點出陸游詞風之多樣性，也為後世論陸游詞者，奠下基礎。

二、元代：僅載陸游生平軼事

　　據朱崇才《詞話史》，元代詞話可分為前後兩期。元代前期，於詞壇活躍者多為宋金遺民，故當時詞壇充斥一股故國懷鄉的氛圍，詩詞活動便為他們懷念華夏文化的形式之一，然詞學批評亦含括其中。元代後期，元人逐漸接受、認同華夏文化，採取許多諸如尊孔讀經、開科取士等措施，因此詞壇中的懷念故國之思緩緩淡去，詞論者也較能以單純的態度來處理詞學問題。〔註110〕元代著述有涉及陸游者僅二人，即陳世崇《隨隱漫錄》與劉壎《隱居通議》，茲論述如次：

〔註110〕　朱崇才：《詞話史》（北京：中華書局，2007 年 3 月），頁 167。

（一）陳世崇《隨隱漫錄》

陳世崇《隨隱漫錄》曾載錄有關陸游納妾之軼事：

> 陸放翁宿驛中，見題壁云：「玉階蟋蟀鬧清夜，金井梧桐辭故枝。一枕淒涼眠不得，呼燈起作感秋詩。」放翁詢之，驛卒女也，遂納為妾。方餘半載，夫人逐之，妾賦〈卜算子〉云：「只知眉上愁，不識愁來路。窗外有芭蕉，陣陣黃昏雨。　　曉起理殘妝，整頓教愁去。不合畫春山，依舊留愁住。」〔註111〕

陳世崇（生卒年不祥），號隨隱，臨川（今江西撫州）人，《隨隱漫錄》內錄有詞話十餘則，且多道前朝宮廷故事，可見有懷念故朝之心。此外，記述一些南宋詞人之交遊活動，對理解作家作品有所貢獻。

《隨隱漫錄》中陸游所見之題壁詩，實為陸游詩〈感秋〉：「西風繁杵擣征衣，客子關情正此時。萬事從初聊復爾，百年彊半欲何之。畫堂蟋蟀怨清夜，金井梧桐辭故枝。一枕淒涼眠不得，呼燈起作感秋詩。」〔註112〕題壁詩擷取後四句，將「畫堂」易「玉階」，「怨」易「鬧」，遂成卒女詩，由此推知，此軼事應為有心人附會，更遑論後妾所賦〈卜算子〉，實為〈生查子〉之錯置。

明代夸娥齋主人則將此軼事再次引述，僅將〈卜算子〉詞牌改為〈生查子〉，且為陸游之遭遇，深感同情。〔註113〕整則軼事要迨至清代才有人提出質疑，吳騫《拜經樓詩話》中就直指其中錯誤：「『玉階蟋蟀鬧清夜』四句，本七律，明載《劍南集》，而《隨隱漫錄》翦去前四句，以為驛卒女題壁，放翁見之，遂納為妾云云。皆不足信。」

〔註111〕　〔元〕陳世崇：《隨隱漫錄》，收錄於鄧子勉輯：《宋金元詞話叢編》（南京：鳳凰出版社，2008 年 12 月），頁 545。

〔註112〕　〔宋〕陸游：《陸放翁全集》（北京：中國書店，1995 年 5 月），中冊，頁 136。

〔註113〕　〔清〕王奕清等輯：《歷代詞話》，收錄於唐圭璋編：《詞話叢編》（北京：中華書局，2005 年 10 月），冊 2，頁 1264。

〔註 114〕或此軼事傳聞應在此驗明正身，然陳廷焯《白雨齋詞話》卻再度提起，內文引「不合畫春山，依舊留愁住」末句，認為是「放翁妄別放翁詞」，且於文末嘆息詞情可哀，可推知此則軼事，應已深植人心。

（二）劉壎《隱居通議》

劉壎《隱居通議》對陸游生平有所載記：

> 陸放翁名游，字務觀，文士也。高宗紹興末已為樞密院編修官。孝宗初立，召對，與尹穡同時賜進士出身，恩遇甚渥。俄以不謹交游罷，遷刊鎮江府。上不樂，由是屢薦不官。久之，乃從范至能成大入蜀。既而補郡，稍遷部使者，又以言廢。淳熙末，起守嚴陵，入見，上勞勉之。既到官，以表謝曰：「明主恩深，書生命薄。唐帝之知李白，一官不及於生前；漢皇之慕相如，遺稿徒求於身後。」上頗憐之，內禪前十日，命以軍器少監權禮部郎中。孝皇愛惜人才不終棄如此。晚年高臥笠澤，畢士大夫尊幕之。會韓侂胄顓政，方修甫園，欲得務觀為之記，峻擢史稱，趣召赴闕。務觀恥于附韓，初不欲出。一日，有妾抱其子來前，曰：「獨不為此小官人地邪？」務觀為之動，竟為侂胄作記。由是失節，清議非之。〔註 115〕

劉壎（1240～1319），字起潛，南豐（今江西撫州）人，著有《隱居通議》、《水雲村稿》。《隱居通議》，凡三十一卷，通論詩、古賦、文章、駢麗四體，多是劉壎自身閱讀之心得，以及歷世之體會，見解頗為精妙。文中所述，多為陸游生平之際遇，首言陸游於高宗紹興三十二年（1162）已為樞密院編修官，孝宗即位之後，賜同進士出身，《建

〔註 114〕　〔清〕吳騫：《拜經樓詩話》，收錄於〔清〕何文煥、丁福保編：《歷代詩話統編》（北京：北京圖書館出版社，2003 年 5 月），冊 5，頁 266。

〔註 115〕　〔元〕劉壎：《隱居通議》，收入《叢書集成初編》（北京：中華書局，1991 年），冊 214，頁 212。

炎以來繫年要錄》載：「（紹興三十二年十月）賜樞密院編修官陸游、
尹穡進士出身。以權知院史浩、同知黃祖舜之薦也。」〔註116〕當時
孝宗已即位，尚未改易年號，《宋會要輯稿》亦載：「（紹興）三十二
年十一月四日，賜樞密院編修陸游、尹穡並進士出身。樞臣薦游等力
學有聞，故有是命。」〔註117〕當時力薦陸游者為史浩〔註118〕、黃祖
舜〔註119〕，二人皆為朝廷重臣，聽聞陸游學識廣博，故引為人才，
可見陸游是時已小有聲名。爾後，陸游以「不謹交游」之故遭致貶謫，
任鎮江府通判，時為孝宗隆興元年（1163），此期間雖再受舉薦，依
舊不予重用，縱有職務變動，亦屬形式上之改易遷調而已。孝宗乾道
六年（1170），赴官夔州（今重慶），繫銜左奉議郎通判軍州主管學事
兼管內勸農事，陸游的蜀地宦遊至此開始。孝宗乾道八年（1172），
王炎於四川辟陸游為幕賓，開啓陸游短暫的軍旅生活，同年十月，王
炎召還，幕僚皆散去，陸游改任成都府安撫司參議官，劉壎言「乃從
范至能成大入蜀」，是指孝宗淳熙二年（1175）范成大知成都府權四
川制置使，而陸游已在蜀地宦遊五年，二人再次相逢，陸游為范成大
麾下參議官，劉壎所言即指此事。「既而補郡，稍遷部使者，又以言
廢。」應指陸游於孝宗乾道九年（1173）曾援知嘉州（今四川樂山），
《樂山縣志》曾載：「陸游，字務觀……乾道中嘗監郡嘉州。流風善
政，至今頌之。」〔註120〕可見陸游在嘉州頗有政績。是故孝宗淳熙
三年（1176）便有知嘉州之命，是年九月，以陸游燕飲頹放為由，遭

〔註116〕 〔宋〕李心傳：《建炎以來繫年要錄》（上海：上海古籍出版社，2008
年4月），冊3，頁890。
〔註117〕 〔清〕徐松：《宋會要輯稿・選舉九》（臺北：新文豐出版社，1976
年10月），冊5，頁4392。
〔註118〕 史浩（1106～1194），字直翁，明州（今浙江寧波）人。孝宗朝，以中
書舍人遷翰林學士之制誥，累官右丞相。後任太子太保，封魏國公，
辛諡文惠，後追封越王，改諡「忠定」。著有《鄮峯真隱漫錄》。
〔註119〕 黃祖舜（1100～1165），字繼道，福州福清人。累官員外郎、知州、
郎中、刑部侍郎兼權給事中、同知樞密院事。著有《論語講義》。
〔註120〕 黃鎔：《樂山縣志》（臺北：臺灣學生書局，1967年10月），冊2，
頁801。

臣僚論罷。《宋會要輯稿》載：「（淳熙三年）九月，新知楚州胡與可，新知嘉州陸游，并罷新命。以臣僚言與可罷黜累月，舊愆未贖；游攝嘉州，燕飲頹放故也。」〔註121〕陸游再度失意仕途。直至孝宗淳熙十三年（1186），起用任朝請大夫，知嚴州（今浙江建德），赴任前，孝宗諭可以多作詩文，以勞勉之。到任嚴州，作〈嚴州到任謝表〉。孝宗淳熙十五年（1188），任軍器少監，《宋史》：「再召入見，上曰：『卿筆力回斡甚善，非他人可及。』除軍器少監。」〔註122〕隔年，再任朝議大夫禮部郎中，劉壎認為此是孝宗愛惜人才所致。晚年隱居，後再度出仕，其中涉及與韓侂胄之來往，敘事過程或與先前有異。始言陸游恥於附韓，不願出仕，但有妾抱其子前來，認為陸游需為子做考量，而陸游就此被打動，答應韓侂胄所要求，為韓作記，再度出仕。回顧宋代所載之軼事，未曾出現有妾以其子打動陸游出仕的記載，由何而來，則不可得知，或是劉壎試圖為陸游解套，因此營造出陸游不得不出仕的無奈，但於文後，亦同意陸游為韓作記，為失節，故遭清議非之。

　　元代對陸游之接受，多從生平軼事而來，對其詞作則無表達評論，其中陸游有妾善詞藝，於清代已破解，為子虛烏有；而為韓侂胄作記之事，敘事過程雖有更動，然結論亦認為陸游晚年失節。

第三節　明代對陸游詞之評論接受

　　明代於詞體創作雖不興盛，但對於詞籍的刊刻、整理，卻勝過以往，藉由詞籍的出版，眾多詞籍序跋應運而生，這些序跋對於後世詞籍考證或詞學研究皆有貢獻。較大型詞話專著也在明代誕生，如陳霆《渚山堂詞話》、楊慎《詞品》、王世貞《藝苑卮言‧詞評》、俞彥《爰

〔註121〕　〔清〕徐松：《宋會要輯稿‧職官‧黜降官九》（臺北：新文豐出版社，1976年10月），冊4，頁3981。

〔註122〕　〔元〕托克托等撰：《宋史》（臺北：鼎文書局，1984年1月），冊15，頁12059。

園詞話》等。雖然明代詞話中，多有抄錄宋金元詞話之情況，或是反覆陳述詞人本事，在詞學理論上較無重大突破，但卻在體製界限上有所劃清。明人詩話中也較無前人與詞話混雜之情況，吳訥《文章辨體序說‧近代詞曲》云：「凡文辭之有韻者，皆可歌也。第時有升降，故言有雅俗，調有古今爾。」〔註123〕即明白將韻文的歷時觀念展現出來，時代流轉以及社會風尚之轉向，皆會影響詩詞之雅俗，與音調之差異。

宋金元時期的筆記，或夾雜論詞觀點，而明代筆記，則逐步向小說及小品文方向發展。然筆記中有詞話之現象，也未必全無，如蔣一葵《堯山堂外記》、田汝成《西湖遊覽志餘》、梅鼎祚《青泥蓮花記》等，仍有載錄詞話。此外，選評本的詞籍也在明代大量出現，如楊慎《詞林萬選》、《百琲明珠》、張綖《草堂詩餘別錄》、卓人月《古今詞統》、茅暎《詞的》、潘游龍《古今詩餘醉》等，對於入選詞的評點，也構成明代詞學評論的一環，而這些評點也展現明人對詞的基本看法。本節先析論專著詞話與詞籍序跋，再由詞選評點著手，探究明代對陸游詞的批評接受。

一、評陸游詞風婉、豪兼具

陸游詞風之多樣性，宋代劉克莊便有論及，明代楊慎與毛晉或承此論點，故於所作《詞品》與〈放翁詞跋〉中，皆認為陸游詞風兼具婉約與豪放之特點。

（一）楊慎《詞品》

楊慎（1488～1559），字用修，號升庵，新都（今四川）人。《詞品》凡六卷，又拾遺一卷，廣記六朝至明代樂府歌詞，搜羅博取歷代詞作、詞人本事與前人品評之語。卷一溯源詞體至六朝樂府，考辨詞體源流；卷二以花間詞人、詞作及閨閣、方外為主；卷三、卷四各為

〔註123〕〔明〕吳納著，于北山較點：《文章辨體序說》（台北：長安出版社，1978 年 12 月），頁 59。

北宋、南宋詞人詞作；卷五、卷六及拾遺一卷，則雜記歷代詞家故實。整體而言，論及詞體起源、詞體性質及與音樂的關係，又品評考訂詞人詞作，頗有見地。〔註124〕《詞品》之名，或有追溯、模仿鍾嶸《詩品》之意，企圖開拓品評詞作一門，楊慎〈詞品序〉云：「詩詞同工而異曲，共源而分派。」〔註125〕可見楊慎意圖如《詩品》般，將詩詞溯源分派，爲詞體建立一套詞學源流與比較品評體系。楊慎《詞品》是最早論述品詞及詞品的詞話專著。「詞品」一名之緣起，可能是楊認爲其書有品類評流的用意，而不僅僅是一般性的比較隨意的詞話，故名其爲《詞品》。〔註126〕

　　楊慎對陸游詞之品評如次：

> 放翁詞纖麗處似淮海，雄慨處似東坡。其感舊〈鵲橋仙〉一首：「華燈縱博，雕鞍馳射，誰記當年豪舉。酒徒一半取封侯，獨去作、江邊漁父。　　輕舟八尺，低篷三扇，占斷蘋洲煙雨。鏡湖元自屬閒人，又何必、官家賜與。」英氣可掬，流落亦可惜矣。其「墜鞭京洛，解珮瀟湘。欲歸時，司空笑問，漸近處，丞相嗔狂」，眞不減少游。〔註127〕

楊慎對陸游詞的評論，認爲纖柔流麗處似秦觀，而豪氣慷慨則類於蘇軾，可知楊慎十分讚揚陸游詞作。《詞品》中，楊慎有不少稱讚秦觀之語，如「宋人如秦少游、辛稼軒，詞極工矣。」〔註128〕他稱秦詞極工，而蘇軾詞之豪雄，亦早有人道及，然將陸游與二人相比擬，楊慎對陸游詞顯然有很高的評價，。同時，又再次點出陸游詞風的多樣性，此一評價，甚至延伸至明末，由毛晉再次提出。

〔註124〕王兆鵬：《詞學史料史》（北京：中華書局，2009年2月），頁437。

〔註125〕〔明〕楊慎：〈詞品序〉，收錄於唐圭璋編：《詞話叢編》（北京：中華書局，2005年10月），冊1，頁408。

〔註126〕朱崇才：《詞話史》（北京：中華書局，2007年3月），頁200。

〔註127〕〔明〕楊慎：《詞品》，收錄於唐圭璋編：《詞話叢編》（北京：中華書局，2005年10月），冊1，頁513。

〔註128〕〔明〕楊慎：〈詞品序〉，收錄於唐圭璋編：《詞話叢編》（北京：中華書局，2005年10月），冊1，頁408。

（二）毛晉〈放翁詞跋〉

毛晉（1599～1659），字子晉，常熟（今江蘇蘇州）人，輯有《宋六十名家詞》，收宋詞別集，於別集前後附有題跋，題跋中有對版本說明之考證、校勘、刊刻等情況，以及對所刊作者詞作之品評、比較與論述，時有妙見。毛晉《放翁詞》跋云：

> 余家刻放翁全集，已載長短句二卷，尚逸一二調，章次亦
> 錯見，因載訂入《名家》。楊用修云：「纖麗處似淮海，雄
> 慨處似東坡。」予謂超爽處更似稼軒耳。〔註129〕

由楊慎與毛晉論陸詞之觀點，可知陸詞風格之多樣性，或可推斷此乃明人對陸詞的大抵概念。而二人雖未明言誰屬婉約、誰主豪放，然將秦詞之「纖麗」與蘇詞「雄慨」二者並論，南宋即有人言之，如陳鬟〈燕喜詞敘〉：

> 議者曰：少游詩似曲，東坡曲似詩。蓋東坡平日耿介直諒，
> 故其為文似為人。歌〈赤壁〉之詞，使人抵掌激昂而有擊
> 楫中流之心；歌〈啁遍〉之詞，使人甘心澹泊而有種菊東
> 籬之興；俗士則酣寐而不聞。少游情意嫵媚，見於詞則穠
> 豔纖麗，類多脂粉氣味，至今膾炙人口，寧不有愧於東坡
> 耶。〔註130〕

陳氏稱讚蘇軾為文如為人，詞中有激昂雄氣，亦含寧靜澹泊之興味；而秦觀以嫵媚詞意稱著，詞中多脂粉味，因此陳氏認為秦詞之情意應愧於蘇詞。他對秦觀詞和蘇軾詞進行對比與評價，雖還不能說具詞派意涵，但已有分派的意味。〔註131〕楊慎作《詞品》既有溯源分流之

〔註129〕〔明〕毛晉：〈放翁詞跋〉，收錄於金啟華、張惠民等編纂：《唐宋詞集序跋匯編》（臺北：臺灣商務印書館，1993年2月），頁154。

〔註130〕〔宋〕陳鬟：〈燕喜詞敘〉，收錄於金啟華、張惠民等編纂：《唐宋詞集序跋匯編》（臺北：臺灣商務印書館，1993年2月），頁150。

〔註131〕黃雅莉：《宋代詞學批評專題探究》（臺北：文津出版社，2008年4月），頁443。

意圖，他將陸游詞以秦觀與蘇軾比，儼然把陸游詞風定位於婉約、豪放二者兼具；而毛晉則更進一步，認為陸游詞之超爽處可比辛棄疾。此外，李日華《六研齋筆記》亦曾稱，陸游〈大聖樂〉一詞，「辛稼軒之流也」〔註132〕，可知在明人心中，陸游詞之部分確與辛棄疾相互輝映。蘇、辛二人雖有柔婉之作，但豪雋雄闊之詞更似二人本色，若就此依據，陸游詞之風格，或偏向豪放，然楊慎與毛晉皆無此斷言，且明代詞學以婉約為宗，而楊、毛二人又何以用兩種風格論陸游詞風？或可由另一角度觀之。

　　綜觀明代整體詞學觀點，「詞主婉媚」或為共識，何良俊〈草堂詩餘序〉云：「樂府以皦逕揚厲為工，詩餘以婉麗流暢為美。……如周清眞、張子野、秦少游、晏叔原諸人之作，柔情曼聲，摹寫殆盡，正詞家所謂當行，所謂本色。」〔註133〕可見詞風的軟聲柔美，被明人視為當行本色；撰寫《曲律》的王驥德亦言：「詞曲不尚雄勁險峻，只一味嫵媚閒豔，便稱合作。是故蘇長公、辛幼安並至兩廡，不得入室。」〔註134〕王氏所言或過於偏頗，但這也印證明人心中婉媚為本色正宗，而豪放為變體旁出的觀點。然此種以婉約為宗的概念，在解釋蘇、辛二人之詞學成就時，有所易換，孟稱舜〈古今詞統序〉云：

　　　蓋詞與詩、曲，體格雖異，而同本於作者之情。……寧
　　　必妹妹媛媛學兒女子語而後為詞哉。故幽思曲想，張、
　　　柳之詞工矣，然其失則俗而膩也，古者妖童冶婦之所遺
　　　也。傷時吊古，蘇、辛之詞工矣，然其失則莽而俚也，
　　　古者征夫放士之所托也。兩家各有其美，亦各有其病，

〔註132〕　〔明〕李日華：《六研齋筆記》（南京：鳳凰出版社，2010 年 3 月），頁 18。

〔註133〕　〔明〕何良俊：〈草堂詩餘序〉，收錄於金啓華、張惠民等編纂：《唐宋詞集序跋匯編》（臺北：臺灣商務印書館，1993 年 2 月），頁 393。

〔註134〕　〔明〕王驥德：《曲律》，收錄於《續修四庫全書》，集部，冊 1758，頁 488。

> 然達其情而不以詞掩，則皆塡詞者之所宗，不可以優劣
> 言也。〔註135〕

孟稱舜舉出婉約、豪放詞風之缺失，言各有其美，亦各有其病，在文末提出作詞應達其情，而不該以詞風言優劣高下，只要是本於情，皆爲本色。

因此，楊愼與毛晉之品評，呈現陸游詞風格之多面，而將陸游詞與秦觀、蘇軾及辛棄疾相互比擬，或許可間接推論，陸游詞風格之含括，不僅兼有婉、豪二派，在詞情爲尙的明代，含融二者之陸游詞，應更有情致。

二、評點詞集論陸游詞篇

明代評點詞集盛行，多具選詞評詞兩方面。詞集的評點，最早可溯及至南宋末年黃昇《花庵詞選》，但是直至明代中葉楊愼評點《草堂詩餘》，才又開展詞集評點之風潮。評點詞集中對詞篇品評的隻字片語，或短文簡章，不同於專著詞話，大篇幅論述的詞學思想容易理解與掌握，然若嘗試對評點詞集作一梳理分析，也可得到評論者的批評視角及審美觀點。明代評點詞集涉及品評陸游詞的有：卓人月匯選、徐士俊參評《古今詞統》、潘游龍《精選古今詩餘醉》、沈際飛《草堂詩餘四集》，茲分別探析如次：

（一）卓人月匯選、徐士俊參評《古今詞統》

《古今詞統》爲明代晚期最大型之詞選，由卓人月（1606 年～1636 年）、徐士俊二人合力編纂，徐士俊負責參評。徐士俊（1602 年～卒年不詳），原名翽，字野君，號紫珍道人，浙江仁和（今浙江杭州）人。全書凡十六卷，共錄詞兩千零三十七闋，選詞不拘豪婉，實收陸游詞四十四闋，間有評點。簡表臚列如次：

〔註135〕　〔明〕孟稱舜：〈古今詞統序〉，收錄於金啓華、張惠民等編纂：《唐宋詞集序跋匯編》（臺北：臺灣商務印書館，1993 年 2 月），頁 403。

	詞調名	原　詞	評　點
評陸游詞句佳妙	青玉案	西風挾雨聲翻浪。恰洗盡、黃茅瘴。老慣人間齊得喪。千巖高臥，五湖歸棹，替卻淩煙像。　故人小駐平戎帳。白羽腰間氣何壯。我老漁樵君將相。小槽紅酒，晚香丹荔，記取蠻江上。	「替」字妙。
	浪淘沙	綠樹暗長亭。幾把離尊。陽關常恨不堪聞。何況今朝秋色裏，身是行人。　清淚浥羅巾。各自消魂。一江離恨恰平分。**安得千尋橫鐵鎖，截斷煙津**。	（「安得」句）想頭愈奇愈新。
	卜算子	驛外斷橋邊，寂寞開無主。已是黃昏獨自愁，更著風和雨。　無意苦爭春，一任羣芳妒。**零落成泥碾作塵，只有香如故**。	末句想見勁節。
	烏夜啼	世事從來慣見，吾生更欲何之。鏡湖西畔秋千頃，鷗鷺共忘機。　一枕蘋風午醉，二升菰米晨炊。**故人莫訝音書絕，釣侶是新知**。	（「故人」句）語殊蘊藉，覺叔夜〈絕交〉不免出惡聲矣。
	玉蝴蝶	倦客平生行處，墜鞭京洛，解佩瀟湘。此夕何年，來賦宋玉高唐。繡簾開、香塵乍起，蓮步穩、銀燭分行。暗端相。燕羞鶯妒，蝶繞蜂忙。　難忘。芳樽頻勸，峭寒新退，玉漏猶長。幾許幽情，只愁歌罷月侵廊。**欲歸時、司空笑問，微近處、丞相嗔狂**。斷人腸。假饒相送，上馬何妨。	（「欲歸」句）能令公喜，能令公怒，才是尤物。
	齊天樂	客中隨處閑消悶，來尋嘯臺龍岫。路斂春泥，山開翠霧，行樂年年依舊。天工妙手。放輕綠萱牙，淡黃楊柳。**笑問東君，爲人能染鬢絲否**。　西州催去近也，帽簷風軟，且看市樓沽酒。宛轉巴歌，淒涼塞管，攜客何妨頻奏。征塵暗袖。漫禁得梅花，伴人疏瘦。幾日東歸，畫船平放溜。	（「笑問」句）惆悵激梟
	水龍吟	摩訶池上追遊路，紅綠參差春晚。韶光妍媚，海棠如醉，桃花欲暖。挑荣初閑，禁煙將近，一城絲管。看金鞍爭道，香車飛蓋，爭先占、新亭館。　惆悵年華暗換。點銷魂、雨收雲散。**鏡奩掩月，釵梁拆鳳**，秦筝斜雁。身在天涯，亂山孤壘，危樓飛觀。歎春來只有，**楊花和恨，向東風滿**。	（「鏡奩」句）淒錦哀玉 （「楊花」句）則雕煙劃霞矣。

引用詩、文、詞喻其詞境	好事近	揮袖別人間，飛躡峭崖蒼壁。尋見古仙丹竈，有白雲成積。　心如潭水靜無風，一坐數千息。夜半忽驚奇事，看鯨波曉日。	英雄感慨無聊，必借神仙荒忽之語以自釋，此〈遠遊〉篇之意也。
	鷓鴣天	家住蒼煙落照間。絲毫塵事不相關。斟殘玉瀣行穿竹，卷罷黃庭臥看山。　貪嘯傲，任衰殘。不妨隨處一開顏。元知造物心腸別，老卻英雄似等閒。	天地不仁，如是如是。
	鷓鴣天	懶向青門學種瓜。只將漁釣送年華。雙雙新燕飛春岸，片片輕鷗落晚沙。　歌縹緲，櫓嘔啞。酒如清露鮓如花。逢人問道歸何處，笑指船兒此是家。	絕妙漁歌，亦靈均之寓言於滄浪也。
	烏夜啼	我校丹臺玉字，君書蕊殿雲篇。錦官城裏重相遇，心事兩依然。　攜酒何妨處處，尋梅共約年年。細思上界多官府，且作地行仙。	白石先生年二千歲，不肯修升天之道，但取不死而已。人問之，答曰：「天上多至尊，相奉事，更苦於人間。」時人呼為「隱遁仙人」。
	齊天樂	角殘鍾晚關山路，行人乍依孤店。塞月征塵，鞭絲帽影，常把流年虛占。藏鴉柳暗。歎輕負鶯花，謾勞書劍。事往關情，悄然頻動壯遊念。　孤懷誰與強遣。市壚沽酒，**酒薄怎當愁釅**。倚瑟妍詞，調鉛妙筆，那寫柔情芳豔。征途自厭。況煙斂蕪痕，雨稀萍點。最是眠時，枕寒門半掩。	（「酒薄」句）劉改之云：「人道愁來須殢酒，無奈愁深酒淺。」
	謝池春	七十衰翁，不減少年豪氣。似天山、淒涼病驥。銅駝荊棘，灑臨風清淚。甚情懷、伴人兒戲。　如今何幸，作箇故溪歸計。鶴飛來、晴嵐暖翠。玉壺春酒，約羣仙同醉。洞天寒、露桃開未。	前半「眇矣愁予」，後半「嗒焉喪我」。
	戀繡衾	不惜貂裘換釣篷。嗟時人、誰識放翁。歸櫂借、樵風穩，數聲聞、林外暮鐘。　幽棲莫笑蝸廬小，有雲山、煙水萬重。半世向、丹青看，喜如今、身在畫中。	安得顧長康寫照，置放翁於丘壑裏。

直抒閔詞之感	南鄉子	歸夢寄吳檣。水驛江程去路長。想見芳洲初繫纜，斜陽。煙樹參差認武昌。　　愁鬢點新霜。曾是朝衣染御香。重到故鄉交舊少，凄涼。卻恐它鄉勝故鄉。	可見放翁重朋友爲性命。
	鷓鴣天	看盡巴山看蜀山。子規江上過春殘。慣眠古驛常安枕，熟聽陽關不慘顏。　　傭服氣，懶燒丹。不妨青鬢戲人間。秘傳一字神仙訣，說與君知只是頑。	寧爲頑仙，勝作才鬼。
	漢宮春	羽箭雕弓，憶呼鷹古壘，截虎平川。吹笳暮歸，野帳雪壓青氈。淋漓醉墨，看龍蛇、飛落蠻牋。人誤許，詩情將略，一時才氣超然。　　何事又作南來，看重陽藥市，元夕燈山。花時萬人樂處，敧帽垂鞭。聞歌感舊，尙時時、流涕尊前。君記取，封侯事在，功名不信由天。	寫出腦後風生、鼻端火出之狀。
	一落索	識破浮生虛妄。從人譏謗。此身恰似弄潮兒，曾過了、千重浪。　　且喜歸來無恙。一壺春釀。雨簑煙笠傍漁磯，應不是、封侯相。	不是封侯相，何以封渭南伯耶？

1. 論陸游詞句佳妙

　　徐士俊評陸游詞〈青玉案〉（西風斜雨聲翻浪）中「替」字妙，〔註136〕此闋詞爲陸游始任福州寧德縣主簿時作，詞中寄託失志不被重用之惆悵，然卻得一好友〔註137〕，常登臨游賞，飲酒談心，何嘗不是快事？其中「千巖高臥，五湖歸棹，替卻凌煙像」之「替」字，頗得徐士俊喜愛，此字表明陸游試圖放寬心胸，暢遊天地山水，以悠然自得之心情，抵償心中那股鍾愛家國、奮發入仕的念頭。評〈浪淘沙〉（綠樹按長亭）中「安得千尋橫鐵鎖，截斷煙津」二句「想頭愈奇愈新」〔註138〕，詞寫離別之情，「安得」句乃用王濬伐吳、鐵鎖橫

〔註136〕〔明〕卓人月匯選，徐士俊參評《古今詞統》，收錄於《續修四庫全書》，冊1729，頁17。

〔註137〕陸游與當時縣尉朱景參情好甚篤。參〔宋〕陸游撰，夏承燾箋注：《放翁詞編年箋注》（臺北：漢京文化事業公司，1984年7月），頁5。

〔註138〕〔明〕卓人月匯選，徐士俊參評《古今詞統》收錄於《續修四庫全書》，冊1728，頁597。

江的典故，〔註139〕陸游想截斷的是綿延不絕的離愁，然何處可尋得
千尋之鐵鎖，截斷愁思？徐士俊言此二句典故用得新奇，言之有理。
評〈卜算子 詠梅〉：「末句想見勁節。」〔註140〕陸游此闋詠梅詞，深
切表達梅花高潔不染的形象，尤其末句「零落成泥輾作塵，只有香如
故」，更可見其「勁節」，唐圭璋《唐宋詞簡釋》亦云：「此首詠梅，
取神不取貌，梅之高格勁節，皆能顯志。……『零落』兩句，更揭出
梅之眞性，深刻無匹。」〔註141〕評〈烏夜啼〉（世事從來慣見）中「故
人莫訝音書絕，釣侶是新知」二句：「語殊蘊藉，覺叔夜〈絕交〉不
免出惡聲矣。」〔註142〕此詞書寫陸游恬靜悠閒的隱居生活，詞中多
描寫歸隱日常，「故人」二句爲全詞之末，句中頗見自得其樂，徐士
俊認爲此二句詞語殊奇，意蘊深切，反倒覺得稽康所寫〈與山巨源絕
交書〉乃是「惡聲」，徐士俊於此，或想表達陸游雖隱居卻不忘故友
之情。評〈玉蝴蝶〉（倦客平生行處）中「欲歸時、司空笑問，微近
處、丞相嗔狂。」四句：「能令公喜，能令公怒，才是尤物。」〔註143〕
此闋詞作於陸游自蜀東歸之時，途中赴王忠州之宴，詞乃宴上贈妓之
作，「欲歸」二句用李紳將歌妓贈予劉禹錫之典故，〔註144〕而「微近」

〔註139〕 《晉書·王濬傳》：「吳人於江險磧要害之處，並以鐵鎖橫截之，又
作鐵錐長丈餘，暗置江中，以逆距船。」〔唐〕房玄齡等編纂：《晉
書》（臺北：鼎文書局，1992 年 11 月），冊 2，頁 1209。
〔註140〕 〔明〕卓人月匯選，徐士俊參評《古今詞統》，收錄於《續修四庫
全書》，冊 1728，頁 541。
〔註141〕 唐圭璋：《唐宋詞簡釋》（臺北：木鐸出版社，1982 年 3 月），頁 168。
〔註142〕 〔明〕卓人月匯選，徐士俊參評《古今詞統》，收錄於《續修四庫
全書》，冊 1728，頁 573。
〔註143〕 〔明〕卓人月匯選，徐士俊參評《古今詞統》，收錄於《續修四庫
全書》，集部，冊 1729，頁 78。
〔註144〕 〔唐〕孟棨《本事詩·情感第一》：「劉尚書禹錫罷和州，爲主客郎
中、集賢學士。李司空罷鎮在京，慕劉名，嘗邀至第中，厚設飲饌。
酒酣，命妙妓歌以送之。劉於席上賦詩曰：『髻鬟梳頭宮樣妝，春
風一曲杜韋娘。司空見慣渾閒事，斷盡江南刺史腸。』李因以妓贈
之。」收錄於史仲文主編：《中國文言小說》（北京：北京出版社，
2000 年 3 月），冊 6，頁 3530。

二句，則用杜甫〈麗人行〉「炙手可熱勢絕倫，慎莫近前丞相嗔。」詩句典故，[註145] 徐士俊則直指此歌妓，必是尤物，不然怎可牽引陸游情緒。評〈齊天樂〉（客中隨處閑消悶）「笑問東君，為人能染鬢絲否？」二句：「惆悵激梟」，[註146] 此闋詞雖提作遊記，然詞中卻抒寫嘆老思鄉之情，而「笑問」二句正從陸游心中翻出一股惆悵春光易逝的哀愁，也開展下片孤獨蕭瑟之愁思。評〈水龍吟〉（摩訶池上追遊路）「鏡奩掩月，釵梁拆鳳，秦箏斜雁。」三句：「淒錦哀玉」，「楊花和恨，向東風滿。」句：「則雕煙劃霞矣。」[註147] 此闋本為遊春之作，上片描繪眾人遊春的繽紛色彩、笑語喧闐，下片則賦予自我愁緒；「鏡奩」三句，正是把美好光燦之物描述成灰暗凌亂之姿，徐士俊評「淒錦哀玉」至為恰當。而「楊花」二句，以隨風飄揚的楊花比喻自身愁苦，使之充斥於天地之間，宛如煙霞。

2. 引用詩、文、詞喻其詞境

徐士俊評論陸游詞時，偶用他人詩、文、詞來比喻詞境，如評〈好事近〉（揮袖別人間）：「英雄感慨無聊，必借神仙荒忽之語以自釋，此〈遠遊〉篇之意也。」[註148] 陸游以〈好事近〉詞牌創作六闋遊仙詞，此六闋遊仙詞當作於同時，或隱處山陰時作，[註149] 詞中多言遊仙、遁隱修道之事，然徐士俊認為此舉當是英雄感慨無聊時，必定借神仙荒忽之語，了以慰藉，最為著名者應為屈原所作〈遠遊〉，文中多闡釋作者渴望遊心物外，遠離塵世之心，陸游之心可比照屈原

〔註145〕　杜甫〈麗人行〉描寫唐代楊氏姊妹於曲江遊春時之奢華豪氣，謂行人不得向前，若向前靠近，則會遭宰相楊國忠的嗔斥。

〔註146〕　〔明〕卓人月匯選，徐士俊參評《古今詞統》，收錄於《續修四庫全書》，冊1729，頁92。

〔註147〕　〔明〕卓人月匯選，徐士俊參評《古今詞統》，，冊1729，頁97。

〔註148〕　〔明〕卓人月匯選，徐士俊參評《古今詞統》，收錄於《續修四庫全書》，冊1728，頁560。

〔註149〕　〔宋〕陸游撰，夏承燾箋注：《放翁詞編年箋注》（臺北：漢京文化事業公司，1984年7月），頁107。

作〈遠遊〉之情，故徐士俊如此論之。評〈鷓鴣天〉（家住蒼煙落照間）：「天地不仁，如是如是。」〔註150〕其中引用《老子》：「天地不仁，以萬物爲芻狗。」〔註151〕作爲典故。此闋詞表達陸游年老衰殘之愁，不應時局，只能退隱鄉居，下片末句「元知造物心腸別，老卻英雄似等閒。」正如徐士俊所言「天地不仁」，眼看英雄虛度年華，漸趨衰老，卻無法一伸志氣長才，豈不無情。評〈鷓鴣天〉（懶向青門學種瓜）：「絕妙漁歌，亦靈均之寓言於滄浪也。」整闋詞讀來有漁歌之輕快自適，而徐士俊將此詞比做屈原作〈漁父〉般，末句「逢人問道歸何處，笑指船兒此是家。」自問自答，正如同屈原與漁父間之問答，這來去之間又負載多少無法言語之失意愁苦，徐士俊此喻頗具深意。評〈烏夜啼〉（我校丹臺玉字）云：「白石先生年二千歲，不肯修升天之道，但取不死而已。人問之，答曰：『天上多至尊，相奉事，更苦於人間。』時人呼爲『隱遁仙人』。」〔註152〕陸游喜讀道書，亦與道士往來，此闋詞敘寫他與道士友人重相逢之事，結尾云：「細思上界多官府，且作地行仙。」表達他不願受拘束的生活，寧可快活地當個「地仙」即可，徐士俊以《神仙傳》中〈白石先生〉典故喻之，〔註153〕可謂恰當傳神。評〈齊天樂〉（角殘鐘晚關山路）「酒薄怎當愁釅」句，如同劉過〈賀新郎〉（老去相如倦）：「人道愁來須殢酒，

〔註150〕　〔明〕卓人月匯選，徐士俊參評《古今詞統》，收錄於《續修四庫全書》，集部，冊 1728，頁 605。

〔註151〕　〔春秋〕老子著，陳鼓應註譯：《老子今註今譯》（臺北：臺灣商務印書館，2006 年 3 月），頁 66。

〔註152〕　〔明〕卓人月匯選，徐士俊參評《古今詞統》，收錄於《續修四庫全書》，冊 1728，頁 573。

〔註153〕　《神仙傳》：「白石先生者，中黃丈人弟子也，至彭祖時已二千餘歲矣，不肯修昇天之道，但取不死而已。……初以居貧，不能得藥，乃養羊牧豬，十數年間，約衣節用，置貨萬金，乃大買藥服之。常煮白石爲糧，時人故號曰白石先生。……彭祖問之曰：『何不服昇天之藥？』答曰：『天上復能樂比人間乎？但莫使老死耳。天上多至尊相奉，事更苦於人間。』故時人呼白石爲隱遁仙人，以其不汲汲昇天爲仙官，亦猶不求聞達者也。」〔晉〕葛洪：《神仙傳》，收錄於《叢書集成初編》（北京：中華書局，1991 年），冊 3348，頁 9。

無奈愁多酒淺。」〔註154〕所言精闢。評〈謝池春〉（七十衰翁）：「前半『眇矣愁予』，後半『嗒焉喪我』。」〔註155〕此闋詞上片言少年豪氣，感嘆歷史興亡轉變，徐士俊以「眇矣愁予」評之，典出《楚辭・九歌・湘夫人》：「目眇眇兮愁予。」〔註156〕意指陸游心中幽遠之愁思，下片轉寫遊仙，徐士俊以《莊子・齊物論》喻之，〔註157〕「嗒焉」，本作「荅焉」，離形去智之意；「喪我」原為「吾喪我」，指忘卻自我，達天人合一之境界。評〈戀繡衾〉（不惜貂裘換釣篷）：「安得顧長康寫照，置放翁於丘壑裏。」〔註158〕顧長康，名愷之，為晉朝著名畫家，曾畫謝鯤像於石巖中，曰：「一丘一壑，自謂過之，此子宜置巖壑中。」〔註159〕《世說新語・品藻》：「明帝問謝鯤：『君自謂何如庾亮？』答曰：『端委廟堂，使百僚準則，臣不如亮。一丘一壑，自謂過之。』」〔註160〕可知徐士俊是將陸游比做謝鯤，「置於丘壑裏」，乃指陸游在此闋詞中寄情山水，彷若身處畫中之悠然愜意。

3. 直抒闋詞之感

徐士俊亦有直接抒寫自我感想之評點，如評〈南鄉子〉（歸夢寄

〔註154〕〔明〕卓人月匯選，徐士俊參評《古今詞統》，收錄於《續修四庫全書》，冊 1729，頁 92。

〔註155〕〔明〕卓人月匯選，徐士俊參評《古今詞統》，收錄於《續修四庫全書》，冊 1729，頁 15。

〔註156〕〔戰國〕屈原著，楊金鼎等注釋：《楚辭注釋》（臺北：文津出版社，1993 年 9 月），頁 141。

〔註157〕《莊子・齊物論》：「南郭子綦隱机而坐，仰天而噓，荅焉似喪其耦。顏成子游立侍手前，曰：『何居乎？形固可使如槁木，而心固可使如死灰乎？今之隱機者，非昔之隱机者也？』子綦曰：『偃，不亦善乎而問之也！今者吾喪我，汝知之乎？汝聞人籟而未聞地籟，汝聞地籟而不聞天籟夫！』」陳鼓應：《莊子今註今譯》（臺北：臺灣商務印書館，1989 年 5 月），頁 37。

〔註158〕〔明〕卓人月匯選，徐士俊參評《古今詞統》，收錄於《續修四庫全書》，冊 1728，頁 599。

〔註159〕〔唐〕張彥遠：《歷代名畫記》（南京：江蘇美術出版社，2007 年 8 月），頁 121。

〔註160〕〔南朝宋〕劉義慶著、余嘉錫箋：《世說新語箋疏》（臺北：華正書局，1989 年 3 月），頁 513。

吳檔）:「可見放翁重朋友為性命。」〔註161〕此闋詞寫出陸游自蜀東
歸,途抵武昌之旅思,末結云:「重到故鄉交舊少,淒涼。卻恐他鄉
勝故鄉。」可知陸游重視朋友之情,若故鄉已多無友,那還不如他鄉
作客,卻仍有朋友相互扶持要來得教人思念,徐士俊乃作此解。評〈鷓
鴣天〉（看盡巴山看蜀山）:「寧為頑仙,勝作才鬼。」〔註162〕陸游於
詩作中不時用「癡頑」二字,如〈雜感〉詩之二:「古言忍字似而非,
獨有癡頑二字奇。此是龜堂安樂法,大書銘座更何疑。」〈書嘆〉:「無
能自號癡頑老,尚健人稱礨鑠翁。」〈稽山道中〉:「八十年間幾來往,
癡頑不料至今存。」〔註163〕而此詞末二句:「秘傳一字神仙訣,說與
君知只是頑。」以一「頑」字作結,亦為「癡頑」之意,乃指不易更
動的心意,更是不願與人鑽營取巧之心。評〈漢宮春〉（羽箭雕弓）:
「寫出腦後風生、鼻端火出之狀。」〔註164〕此闋詞作於孝宗乾道九
年（西元1173年）,前一年王炎於南鄭的幕府宣告解散,而被聘為幕
僚的陸游改任成都府安撫司參議官,而此詞正是他由南鄭至成都時所
作,詞中多有懷念過往軍旅生活的描述,詞情不免意氣風發、情緒激
昂,故徐士俊此言及之。評〈一落索〉（識破浮生虛妄）:「不是封侯
相,何以封渭南伯耶?」陸游於寧宗開禧三年（西元1207年）時晉
封渭南伯,並刻渭南伯印,〔註165〕然此闋詞卻言:「雨蓑煙笠傍漁磯,

〔註161〕 〔明〕卓人月匯選,徐士俊參評《古今詞統》,收錄於《續修四庫
全書》,冊1728,頁625。

〔註162〕 〔明〕卓人月匯選,徐士俊參評《古今詞統》,收錄於《續修四庫
全書》,冊1729,頁605。

〔註163〕 〔宋〕陸游:《陸放翁全集》（北京:中國書店,1995年5月）,下
冊,頁791、866、1069。

〔註164〕 〔明〕卓人月匯選,徐士俊參評《古今詞統》,收錄於《續修四庫
全書》,冊1729,頁64。

〔註165〕 陸游〈仁和縣重修先聖廟記〉中繫銜:「太中大夫、寶謨閣待制致
仕、渭南現開國伯、食邑八百戶、賜紫金魚袋。」亦有詩〈蒙恩封
渭南縣伯因刻渭南伯印〉:「旋著朝衫拜九天,榮光夜半屬星躔。渭
南且作詩人伴,敢望移封向酒泉。」詩後自注:「唐詩人趙嘏為渭
南尉時,謂之趙尉南。」于北山:《陸游年譜》（上海:上海古籍出
版社,2006年6月）,頁529。

應不是、封侯相。」是知此乃陸游自嘲之語，而徐士俊肯定陸游封謂
南伯事，遂給予正面評價。

（二）潘游龍《精選古今詩餘醉》

潘游龍，字鱗長，荊南（今湖北江陵）人，生卒年不詳。輯《精
選古今詩餘醉》十五卷，共錄詞由隋至明一千三百二十闋，一掃明代
《花》、《草》習氣，選錄詞篇以彰顯作者情意為主，其中對陸游詞四
闋有評點。簡表臚列如次：

詞調名	原　　詞	評　點
南鄉子	歸夢寄吳檣。水驛江程去路長。想見芳洲初繫纜，斜陽。煙樹參差認武昌。　　愁鬢點新霜。曾是朝衣染御香。重到故鄉交舊少，淒涼。卻恐它鄉勝故鄉。	讀此，可見放翁交友情誼。
朝中措	幽姿不入少年場。無語只淒涼。一箇飄零身世，十分冷淡心腸。　　江頭月底，新詩舊夢，孤恨清香。任是春風不管，也曾先識東皇。	全是借梅寫照，前疊妙無可贊。
臨江仙	鳩雨催成新綠，燕泥收盡殘紅。春光還與美人同。論心空眷眷，分袂卻匆匆。　　只道真情易寫，那知怨句難工。水流雲散各西東。半廊花院月，一帽柳橋風。	（「半廊」句）殊飾
卜算子	驛外斷橋邊，寂寞開無主。已是黃昏獨自愁，更著風和雨。　　無意苦爭春，一任羣芳妒。零落成泥碾作塵，只有香如故。	（「零落」句）大為梅譽

潘游龍評陸游〈南鄉子〉（歸夢寄吳檣）：「讀此，可見放翁交友
情誼。」〔註166〕陸游自蜀東歸，詞中「重到故鄉交舊少」，一語道盡
門巷依舊、故人零落之感慨，可知陸游交友情深義重。評〈朝中措〉
（幽姿不入少年場）：「全是借梅寫照，前疊妙無可贊。」〔註167〕陸

〔註166〕　〔明〕潘游龍：《精選古今詩餘醉》（瀋陽：遼寧教育出版社，2003
　　　　　年3月），頁245。
〔註167〕　〔明〕潘游龍：《精選古今詩餘醉》（瀋陽：遼寧教育出版社，2003
　　　　　年3月），頁387。

游擅寫梅花，此闋梅詞不似一般擬人，而是入情予梅，將自身比梅，
淒涼飄零，雖有清香但孤恨綿綿，尤其上片對梅花的描寫，不只爲梅
花，還將自我心緒鑲嵌其中，故潘游龍稱其「妙無可贊」。評〈臨江
仙 離果州作〉：「半廊花院月，一帽柳橋風」二句：「殊飾」〔註168〕，
蓋整闋詞寫傷春離別，但卻將「愁」字淡然處之，「半廊」二句，以
「廊」量月，以「帽」論風，詞意新穎別緻，於景色中鑲入一絲淡淡
哀愁。評〈卜算子 詠梅〉「零落成泥輾作塵，只有香如故」二句云：
「大爲梅譽」〔註169〕，此詞以梅喻人，此二句讚揚梅花之品德高潔，
即使飄零落地，任憑馬踏車輾，化作塵土，然清香如故，絲毫不改，
如此高潔形象，令人讚嘆。潘遊龍評陸游詞，無論指陸游懷鄉念故之
情，或詠梅自喻之聲，多以「情」觀之，掌握詞中情感，評論恰如其
分。

（三）沈際飛《草堂詩餘四集》

　　沈際飛，字天羽，號吳門鷗客，生卒年不詳，吳郡（今江蘇蘇州）
人。《草堂詩餘四集》是由《草堂詩餘正集》六卷、《草堂詩餘續集》
二卷、《草堂詩餘續別集》四卷、《草堂詩餘新集》五卷所組成，共選
陸游詞十一闋，集中有沈際飛之評點眉批。簡表臚列如次：

詞調名	原　詞	評　點
浪淘沙	綠樹暗長亭。幾把離尊。陽關常恨不堪聞。何況今朝秋色裏，身是行人。　　清淚浥羅巾。各自消魂。一江離恨恰平分。安得千尋橫鐵鎖，截斷煙津。	想癡了，不癡不足以爲情。
朝中措	幽姿不入少年場。無語只淒涼。一箇飄零身世，十分冷淡心腸。　　江頭月底，新詩舊夢，孤恨清香。任是春風不管，也曾先識東皇。	借梅自寫，寫出梅神。

〔註168〕 〔明〕潘游龍：《精選古今詩餘醉》（瀋陽：遼寧教育出版社，2003
　　　　　年3月），頁95。

〔註169〕 〔明〕潘游龍：《精選古今詩餘醉》（瀋陽：遼寧教育出版社，2003
　　　　　年3月），頁393。

水龍吟	摩訶池上追遊路，紅綠參差春晚。韶光妍媚，海棠如醉，桃花欲暖。挑菜初閑，禁煙將近，一城絲管。看金鞍爭道，香車飛蓋，爭先占、新亭館。　惆悵年華暗換。點銷魂、雨收雲散。鏡奩掩月，釵梁拆鳳，秦箏斜雁。身在天涯，亂山孤壘，危樓飛觀。歎春來只有，楊花和恨，向東風滿。	春恨滿懷，先言春豔滿眼，找出一句恨來蔗不陪糵。
月照梨花	霽景風軟，煙江春漲。小閣無人，繡簾半上。花外姊妹相呼。約樗蒲。　修蛾忘了章臺樣。細思一餉。感事添惆悵。胸酥臂玉消減，擬覓雙魚。倩傳書。	花間小語。
月照梨花	悶已縈損。那堪多病。幾曲屏山，伴人晝靜。梁燕催起猶慵。換熏籠。　新愁舊恨何時盡。漸凋綠鬢。小雨知花信。芳牋寄與何處，繡閣珠櫳。柳陰中。	有聲有色。
鵲橋仙	華燈縱博，雕鞍馳射，誰記當年豪舉。酒徒一一取封侯，獨去作、江邊漁父。　輕舟八尺，低篷三扇，占斷蘋洲煙雨。鏡湖元自屬閒人，又何必、君恩賜與。	務觀復云：「眼底榮華元是夢，身後名不自知。」達哉達哉，雖流落可惜而英氣正自可欽。

　　評〈浪淘沙〉（綠樹暗長亭）：「想癡了，不癡不足以為情。」〔註170〕此詞之離愁惜別之情，於沈際飛眼中，可謂癡情。評〈朝中措〉（幽姿不入少年場）：「借梅自寫，寫出梅神。」〔註171〕陸游借梅自喻，無論是「飄零身世」、「冷淡心腸」或「孤恨清香」，皆寫出梅花神態。評〈水龍吟〉（摩訶池上追遊路）：「春恨滿懷，先言春豔滿眼，找出一句恨來蔗不陪糵。」〔註172〕此闋詞上片首言遊春美景，與人們的繁華喧鬧，下片則抒寫自身愁苦，詞的上下片形成鮮明的對比與反差，而蔗與糵代表甜與苦，沈際飛當是借此二種植物作喻，言陸游此詞之銖兩相稱，并臻佳境。評〈月照梨花〉（霽景風軟）與〈月照梨花〉（悶已縈損）云：「花間小語。」、「有

<hr>

〔註170〕　〔明〕沈際飛選評，秦士奇訂定：《草堂詩餘別集》，卷二，頁 5。
〔註171〕　〔明〕沈際飛選評，秦士奇訂定：《草堂詩餘別集》，卷一，頁 32。
〔註172〕　〔明〕顧從敬選，沈際飛評正：《草唐詩餘正集》，卷五，頁 1。

聲有色。」〔註173〕陸游二闋可謂閨思之作，其中筆法細膩、詞藻華美，堪比《花間》。評〈鵲橋仙〉（華燈縱博）云：「務觀復云：『眼底榮華元是夢，身後名不自知。』達哉達哉，雖流落可惜而英氣正自可欽。」〔註174〕沈際飛用陸游〈破陣子〉（仕至千鐘良易）中二句品評，殊爲佳妙。

　　詞體於明代的發展可謂過渡期，繼南宋以來，詞體發展已臻成熟，達致高峰，無論是創作，或是格律，題材盡出，規則亦有系統且完整。然文體之遞變，詞樂之失傳，皆使詞體創作於明代稍顯衰退，但詞籍之編纂卻較於前代進步，而大型的詞話專著也在此時綻放。綜觀明代對陸游詞之評論，單篇評點較總體評論豐富許多；對於陸游詞的總體評論，一如南宋黃昇之觀點，較多關注在陸游詞風的多樣性，將其詞與蘇軾、秦觀、辛棄疾相比。單篇的評點，可與明代詞選對陸游詞之接受相互參見（第二章第三節）。就評點觀之，多著重陸游詞情，無論是詠梅自喻、惜別傷春、愁苦失志，或歸隱漁釣之樂，皆對陸游詞中情意加以著墨。此外，對陸游詞多有評論或評點之詞話、詞籍集中在明代崇禎時期，此與詞選對陸游詞的選錄接受結果符合，此或與明代詞壇之走向相關，不再受限於《花間集》與《草堂詩餘》之風格趨向。如毛晉〈草堂詩餘跋〉就曾對《草堂詩餘》自宋元起之流行表達不解與不滿，所謂：「宋元間詞林選本，幾屈百指，唯《草堂》一編飛馳。幾百年來，凡歌欄酒榭、絲而竹之者，無不拊髀雀躍，及至寒窗腐儒，挑燈閑看，亦未嘗欠伸魚睨，不知何以動人一至此也。」〔註175〕至其〈花間集跋〉，則對明代詞壇綺麗靡軟之風展開譴責，所謂：「近來塡詞家輒效顰柳屯田，作閨幃穢蝶之語，無論筆墨勸淫，應墮犁舌地獄；於紙窗竹屋間，令人

〔註173〕　〔明〕沈際飛選評，秦士奇訂定：《草堂詩餘別集》，卷二，頁9、
　　　　　　10。
〔註174〕　〔明〕沈際飛選評，秦士奇訂定：《草堂詩餘別集》，卷二，頁15。
〔註175〕　〔明〕毛晉：〈草堂詩餘跋〉，收錄於金啟華、張惠民等纂：《唐
　　　　　　宋詞集序跋匯編》（臺北：臺灣商務印書館，1993年2月），頁393。

掩鼻而過，不慚惶無地邪！」〔註176〕毛晉所言，可看做明代晚期對
《花間集》與《草堂詩餘》的反動，跳脫《花》、《草》之限後，許
多原本不在其框架中的作品反被關照，陸游詞亦在其列。可見明代
對陸游詞之接受，無論是在選輯或是詞話評論，多於明代晚期開展。

第四節　清代對陸游詞之評論接受

　　清代詞學再度興起，號稱中興，此時無論是創作、詞話專著的大
量出現，或是詞學理論的豐富多樣，在在顯現詞體於清代的興盛。清
詞的「中興」，按其實質乃是詞的抒情功能的再次得到充分發揮的一
次復興，是詞又獲得生氣活力的一次新繁榮，「中興」不是消極的程
式恢復，也不是沿著原有軌跡或渠道的回歸。「清詞」只能是一個特
定歷史時期文學現象的指稱，它是那個特定時空中運動著的一種抒情
文體。〔註177〕詞由晚唐始，興盛於兩宋，衰退於元明，重振於清代，
此種推衍消長，正是詞體於文人心中抒情功能的再現，或寄託心志，
或載負愁苦，皆可據以衡量它在文壇的重量。

　　明末清初，由於政局的動盪，加以文字獄的興起，許多詞人便以
地域爲中心，相互唱和、集結，詞學之門派流別就此孳生，無論是始
於清初的雲間、陽羨、浙西，或是之後的常州派，在清代詞學中的地
位皆舉足輕重。而從其間亦可觀出整體清代詞壇之風尚與走向，且與
詞學批評密切相關，由於不同派別，會延伸出不同的立場及觀看角
度，以致影響評論結果。此間詞派的消長又隨著時間的推移而進行，
因此，本章節以時間順序將清代劃分爲三個時期：前期（順治至雍正，
1644～1735）、中期（乾隆至鴉片戰爭，1736～1840）、晚期（鴉片戰
爭至辛亥革命，1841～1911），此三個時期，摻雜著清代整體政治、
社會的變動，以此爲劃分，可以窺見陸游詞於清代詞學批評之流變。

〔註176〕　〔明〕毛晉：〈花間集跋〉，收錄於金啓華、張惠民等編纂：《唐宋
　　　　　詞集序跋匯編》（臺北：臺灣商務印書館，1993 年 2 月），頁 342。
〔註177〕　嚴迪昌：《清詞史》（南京：江蘇古籍出版社，1999 年 8 月），頁 4。

一、清代前期：多評陸游單篇

　　經過長時間的潛伏，清初詞壇乃是一個起飛的開始。詞的創作，有雲間詞人和王士禛爲首的東南文人集團，更有陽羨、浙西諸派，各以其創作實踐或選詞刻詞爲基礎，形成了具有一定特色的詞學理論觀念。〔註178〕茲就清代前期評論陸游詞之詞話、筆記與序跋探析如次：

（一）賀裳《皺水軒詞筌》：論陸詞「幾於點鐵」

　　賀裳於本章第一節即有說明，如今不再贅述。《皺水軒詞筌》原著含五十四則，《詞話叢編》據《倚聲初集》、《詞苑叢談》與《昭代叢書》增補賀裳之語凡十三則，今《詞話叢編》所收共六十七則。〈皺水軒詞筌序〉云：「余之於詞數矣，顧《詞旐》止掇芳菰，未商工拙也。《詞榷》止陳昭代，未及前朝也。因就尤所賞心，及當避忌者，漫列數端，謂之《詞筌》。」〔註179〕可見此書以鑑賞審美之觀點而作，論詞以本色爲主，著重「語淡而情濃，事淺而言深」，認爲詞需含蓄雅潔，不應鄙俚樸陋。評論陸游詞時，曾言其「幾於點鐵」：

> 陸務觀王忠州席上作曰：「欲歸時，司空笑問，微近處，丞相嗔狂。」笑啼不敢之致，描勒殆盡。較東坡「司空見慣，應謂尋常。座中有狂客、惱亂柔腸」，豈惟出藍，幾於點鐵矣。升庵以爲不減少游，此幾于以樂令方伯仁也。（冊一，頁 699）

賀裳評陸游〈玉蝴蝶〉（王忠州家席上作）「欲歸時」四句，描繪細膩，勝於蘇軾〈滿庭芳〉（香霻雕盤）「司空見慣」四句，可謂點鐵成金，同時也認同楊愼之語，以爲陸游詞不落秦觀。賀裳將陸游詞與蘇軾、秦觀相較，僅言勝出，未有明確之定位，而另一則詞話便表明其立場：

> 長調推秦、柳、周、康爲臞律，然康惟〈滿庭芳冬景〉一詞，可稱禁臠，餘多應酬鋪敘，非芳旨也。周清眞雖未高

〔註178〕　朱崇才：《詞話史》（北京：中華書局，2007 年 3 月），頁 218。
〔註179〕　〔清〕賀裳：〈皺水軒詞筌序〉，收錄於唐圭璋編：《詞話叢編》（北京：中華書局，2005 年 10 月），冊 1，頁 689。

出，大致勻淨，有柳攲花皽之致，沁人肌骨處，視淮海不徒娣姒而已。弇州謂其能入麗字，不能入雅字，誠確。謂能作景語不能作情語，則不盡然。但生平景勝處爲多耳。要此數家，正是王石廚中物，若求王武子琉璃七內豚味，吾謂必當求之陸放翁、史邦卿、方千里、洪叔璵諸家。（冊一，頁 705）

他將陸游詞與史達祖、方千里、洪叔璵三人比肩同類，而此三人之詞正屬纖麗柔媚風格，可知賀裳認爲陸游詞應屬纖弱穠麗，此論點或與明代楊愼、毛晉所言陸游詞風之多樣性有所衝突，然賀裳對陸游詞風之歸屬，正好可反映出他個人的詞學思想。他曾評論蘇軾詞：「蘇子瞻有銅琵鐵板之譏，然其〈浣溪紗春閨〉曰：『彩索身輕常趁燕，紅窗睡重不聞鶯。』如此風調，令十七八女郎歌之，豈在『曉風殘月』之下。」〔註 180〕他將蘇軾詞中綺旎軟柔之作品地位提高，認爲應不在豪氣雄闊作品之下，可見賀裳對婉約詞風之鍾愛，認爲此乃正宗本色，因此，縱然陸游詞風多樣，於賀裳眼中亦屬婉約一派。此外，他也將陸游詞與康與之相提並論：

詞雖宜於豔冶，亦不可流於穢褻。吾極喜康與之〈滿庭芳寒夜〉一闋，眞所謂樂而不淫。且雖塡辭小技，亦兼詞令議論敍事三者之妙。……放翁有句云：「璧月何妨夜夜滿。擁芳柔，恨今年寒上淺。」此生差堪相匹。（冊一，頁 698）

陸游〈夜遊宮〉（宴罷珠簾半卷）「璧月」三句，是豔冶而不穢褻之作。綜觀賀裳論陸游詞，似不見其豪魄之作，而他做如此評論與選擇，或因賀裳本身詞學思想所致，而對陸游詞進行特定的風格歸類。

（二）鄒祇謨《遠志齋詞衷》：論陸詞近於唐代田園詩

鄒祇謨（1627～1670），字訏士，號程村、麗農山人，江蘇武進人。著有《鄒訏士詩選》一卷、《麗農詞》二卷、《遠志齋詞衷》一卷。

〔註180〕　〔清〕賀裳：《皺水軒詞筌》，收錄於唐圭璋編：《詞話叢編》（北京：中華書局，2005 年 10 月），冊 1，頁 696～697。

《遠志齋詞衷》中對詞調辨體關注甚多，亦有對詞牌源起作一討論，認爲「古詞調名多屬本意，後人因調塡詞，故賦寄率離原詞。」〔註181〕此外，也多論及詞法，甚至以「比興寄託」論詞：「詞至詠古，非惟著不得宋詩腐論，並著不得晚唐人翻案法。反復流連，別有寄託，如楊文公讀義山『珠箔輕明』一絕句，能得其措辭寓意處，便令人感慨不已。」〔註182〕可見他對詞體的概念已非薄技，詞與詩同，仍可寄託比興。他品評詞人則頗具新意，評陸游詞云：

> 詩家有王、孟、儲、韋一派，詞流惟務觀、仙倫、次山、
> 少魯諸家近似，與辛、劉徒作壯語者有別。（冊一，頁655）

鄒祇謨認爲陸游詞與唐代王維、孟浩然、儲光義、韋應物四位田園詩人之風格相近，將陸游詞歸爲蕭疏閑淡、清曠安雅一派，此論點可謂新穎，不將陸游詞歸爲豪放，亦不類於婉約，反將它置於蕭疏清曠的田園風格之中，且言明陸游詞與辛、劉二人豪壯之詞風有別。然此言似與鄒祇謨於〈倚聲初集序〉中所述產生矛盾：

> 南宋諸家，蔣、史、姜、吳，警邁瑰奇，窮姿構彩；而辛、
> 劉、陳、陸諸家，乘間代禪，鯨吞鼇擲，逸懷壯氣，超乎
> 有高望遠舉之思。〔註183〕

此爲將陸游與辛棄疾同歸，認爲他們共有豪爽壯氣，此與上則「與辛、劉徒作壯語者有別」產生衝突，但若更深一層解釋，便可理解。鄒祇謨將陸游與辛棄疾等豪放詞人比肩同類，乃是與蔣捷、姜夔等婉約詞人相較之時，藉由婉、豪之對比，鄒祇謨認爲陸游較偏向豪放一格；如果再將陸游與辛棄疾比較，便可看出二人之差異，陸游詞風之閒雅蕭疏，與辛棄疾的壯語有別。鄒祇謨不再以婉約、豪放二派之框架類

〔註181〕 〔清〕鄒祇謨：《遠志齋詞衷》，收錄於唐圭璋編：《詞話叢編》（北京：中華書局，2005年10月），冊1，頁649。

〔註182〕 〔清〕鄒祇謨：《遠志齋詞衷》，收錄於唐圭璋編：《詞話叢編》（北京：中華書局，2005年10月），冊1，頁653。

〔註183〕 〔清〕鄒祇謨：〈倚聲初集序〉，收錄於《續修四庫全書》集部，冊1728，頁166。

比陸游詞風，而是更深層的指出陸游詞之特色，不再侷限於單一類型之中。

（三）鄒祗謨、王士禎《倚聲初集》：論陸詞屬「英雄之詞」

鄒祗謨請參見上則，今不再贅述。王士禎（1634～1711），字貽上，號阮亭、漁洋山人，山東新城（今山東桓台）人。著作豐富，今存《帶經堂集》、《漁洋詩話》、《衍波詞》、《花草蒙拾》等數十種。《倚聲初集》是鄒祗謨與王士禎共同編纂之詞選，輯錄了明代天啓、崇禎以來五十間年的詞人詞作，於清初詞風有開啓之功，全書共二十卷，前四卷錄有明末清初人詞話與詞韻之語，對詞學文獻之保存頗有貢獻。王士禎於〈倚聲初集序〉中亦將陸游與辛棄疾並列而論：

> 語其正，則景煜爲之祖，至漱玉、淮海而極盛，高、史其
> 大成也。語其變，則眉山導其源，至稼軒、放翁而盡變，
> 陳、劉其餘波也。有詩人之詞，唐、蜀、五代諸人是也。
> 文人之詞，晏、歐、秦、李諸君子是也。有詞人之詞，柳
> 永、周美成、康與之之屬是也。有英雄之詞，蘇、陸、辛、
> 劉是也。⋯⋯至是聲音之道，乃臻極致，而詞之爲功，雖
> 百變而不窮。〔註184〕

王士禎於文中提及二次陸游，且皆與辛棄疾並列。他認爲詞之變體應始於蘇軾，至辛棄疾與陸游始完成。再者，稱陸游詞爲「英雄之詞」，且與蘇、辛等人並稱，正如同鄒祗謨〈倚聲初集序〉所言，他們皆將陸游詞歸於豪放一派，然此結果乃是同其他詞人比較而來。《倚聲初集》中包含明末清初時，詞學思想的承繼與新變，站在一個政局交替的轉捩點，內容負載了從明代以來「主性情」的觀點，同時亦開展了清代後期「言寄託」的論點。書中雖僅輯錄明代詞人詞作，但由其中序文與詞話觀之，鄒、王二人的詞學思想亦可概見，而二人所作序文

〔註184〕〔清〕王士禎：〈倚聲初集序〉，收錄於《續修四庫全書》集部，冊1728，頁164。

皆提及陸游，可見陸游詞對他們而言極具代表性，憑藉與其他詞人風格之對比，將陸游詞歸於豪放詞派當中。王士禛所言未再深入，僅是把詞作風格之框架，一一套入詞人詞作，與鄒祗謨相比，論點稍淺。

（四）劉體仁《七頌堂詞繹》：論陸游詠物詞

劉體仁（1612～1677），字公勇，號蒲庵，河南穎川衛（今安徽阜陽）人，著有《七頌堂文詩集》十四卷，附詞一卷。劉體仁論詞著重詩、詞、曲三者之辨，並以婉約爲正宗本色，豪放爲變體別調，且論及詞法，云：「詞字字有眼，一字輕下不得。」、「文字總要生動，鏤金錯采，所以爲笨伯也。」〔註 185〕他認爲詞作需有詞眼，且忌雕琢，生動活靈者爲佳，書中言及陸游詞云：

> 詠物至詞，更難於詩。即「昭君不慣風沙遠，但暗憶江南
> 江北」，亦費解。放翁「一箇飄零身世，十分冷淡心腸」，
> 全首比興，乃更遒逸。（冊一，頁 621）

劉體仁將姜夔〈疏影〉與陸游〈朝中措〉（幽姿不入少年場）二闋詠梅詞相互比較，認爲姜夔把梅花比作遠嫁番邦之王昭君，實令人難以參透，反觀陸游的詠梅詞，全首寄託比興，以梅花自喻，讀來更有逸致。

（五）沈雄《古今詞話》：論陸詞「陡健圓轉」

沈雄，生卒年不詳，字偶僧，吳江（今江蘇蘇州）人，曾事師錢謙益，與曹溶、陳維崧等人相過從，著有《柳塘詞》一卷、《柳塘詞話》一卷，編纂《古今詞話》八卷。《古今詞話》是繼楊慎《詞品》後的另一大型歷代詞話彙編，分成四門，即〈詞話〉、〈詞品〉、〈詞辨〉與〈詞評〉，各爲上下兩卷，〈詞話〉採錄前人論詞話詞之語，〈詞品〉則搜羅諸家之說並分類而成，〈詞辨〉用於考辨詞調，最後〈詞評〉乃節取古今詞家評論之語且詳加分類而成。沈雄《古今詞話》雖輯錄

〔註 185〕 〔清〕劉體仁：《七頌堂詞繹》，收錄於唐圭璋編：《詞話叢編》（北京：中華書局，2005 年 10 月），冊 1，頁 618、620。

歷代詞話，然於搜羅徵引上則有所缺陷，《四庫全書總目提要》就曾批評：「徵引頗為寒儉，又多不著出典，索引近人之說，尤多標榜，不為定論。」〔註186〕書中許多條目之出處，不引宋金元人原書，反而引明清人之二手以上之資料；此外，沈雄亦喜接續他人詞話於後，而不多加按語，使原詞話失去原貌。但《古今詞話》依舊對保留罕見前人詞話與時人詞話方面有所貢獻。沈雄整理輯錄歷代詞話，非僅將歷代詞話予以呈現，其間亦多沈雄語，他對陸游詞之評論如次：

> 沈雄曰：山谷謂好詞，惟取陡健圓轉。屯田意過久許，筆猶未休。待制滔滔莽莽，不能盡變。如趙德麟云：「新酒又添殘酒病，今春不減前春恨。」陸放翁云：「只有夢魂能再遇，堪嗟夢不由人做。」又黃山谷云：「春未透。花枝瘦。正是愁時候。」梁貢父云：「拚一醉留春，留春不住，醉裏春歸」。此則陡健圓轉之榜樣。（冊一，頁 850）

黃庭堅論詩，喜點鐵成金、奪胎換骨，可見著重詩之境界、新意，然論詞或是如此，「陡健圓轉」應指清雅勁拔、婉轉含蓄，達境界高妙之詞，而沈雄則為此論點作例，他舉陸游〈蝶戀花〉（水漾萍根風卷絮）一闋，與趙令畤〈蝶戀花〉（卷絮風頭寒欲盡）、黃庭堅〈驀山溪〉（鴛鴦翡翠）、梁曾〈木蘭花慢〉（問花花不語），同視為「陡健圓轉」作品之榜樣。

　　另，書中亦載關於陸游生平之事：

> 山陰陸務觀，母夢少游而生，故名其字而字其名。初官臨安，有「小樓一夜聽春雨，深巷明朝賣杏花」，傳入禁中，稱賞知名。韓平原招致之，作〈南園〉、〈閱古〉二記。時雖稱頌而寓勸勉意，得不及於禍，便倚酒自放，號放翁詞。
> （冊一，頁 999）

沈雄此則言及陸游名、字乃從秦觀而來，有關陸游名、字之來由，筆

〔註186〕〔清〕紀昀等：《四庫全書總目提要》（臺北：臺灣商務印書館，1971年 7 月），冊 5，頁 4484～4485。

者於第二節多有討論，請參見之。後言陸游「初官臨安」，此乃孝宗
淳熙十三年（西元 1186 年），陸游六十二歲時，被任命爲嚴州（今浙
江建德）副知事，赴任前，先至臨安覲見孝宗，辭行之時，孝宗諭可
多作詩文，〔註 187〕可知陸游仍居閑職，未受重用。而「小樓一夜聽
春雨，深巷明朝賣杏花」，爲陸游詩〈臨安春雨初霽〉中之詩句，詩
中寫客中傷春，滿懷落寞，對於官場上的庸碌鄙俗早已冷漠心腸，僅
盼能早日歸鄉，「小樓」二句描繪江南煙雨春景，細膩熨貼，自然新
警，進而廣受稱頌。陸游晚年曾爲韓侂冑作〈南園記〉、〈閱古泉記〉
二文，此舉似爲陸游招來「晚節不全」之譏，〔註 188〕然陸游答應韓
侂冑作此二記，乃因當時處境所限，陸游志於恢復中原之心依舊未
改，由其臨終所作〈示兒〉一詩可以爲證。後言陸游因作此二記「得
不及於禍，便倚酒自放」，更令人費解，陸游自號「放翁」，乃是他宦
蜀之時，而非晚年；或因沈雄編纂《古今詞話》時，未加考證之故。

（六）尤侗〈詞苑叢談序〉：論陸詞有太白之氣

《詞苑叢談》爲徐釚鈔撮叢書而成，凡十二卷，分體制、音韻、
品藻、紀事、辯證、諧謔、外編七門，摘錄書籍一百五十餘種，但卻
未標註出處，此爲一大缺憾，書前有尤侗作序。尤侗（1618～1704），
字同人、展成，號悔庵、艮齋，晚年自號西堂老人，蘇州府長州（今
江蘇蘇州）人，著述豐富，有《西堂全集》、《餘集》共一百三十五卷。
〈詞苑叢談序〉云：

> 詞之系宋，猶詩系唐也。唐詩有初盛中晚，宋詞亦有之。

〔註 187〕 《宋史》：「起知嚴州，過闕陛辭，上諭曰：『嚴陵，山水勝處，職
事之暇，可以賦詠自適。』」〔元〕托克托等撰：《宋史》（臺北：鼎
文書局，1984 年 1 月），冊 15，頁 12058。

〔註 188〕 《宋史》：「晚年再出，爲韓侂冑撰南園閱古泉記，見譏清議。朱熹
嘗言：『其能太高，迹太近，恐爲有力者所牽挽，不得全其晚節。』」
又論：「陸游學廣而望隆，晚爲韓侂冑著堂記，君子惜之，抑《春
秋》責賢者備也。」〔元〕托克托等撰：《宋史》（臺北：鼎文書局，
1984 年 1 月），冊 15，頁 12058。

> 唐之詩由六朝樂府而變，宋之詞由五代長短句而變。約而
> 次之，小山、安陸，其詞之初乎。淮海、清眞，其詞之盛
> 乎。石帚、夢窗，似得其中。碧山、玉田，風斯晚矣。唐
> 詩以李、杜爲宗，而宋詞蘇、陸、辛、劉，有太白之氣。
> 秦、黃、周、柳，得少陵之體。此又畫疆而理，聯騎而馳
> 者也。〔註189〕

尤侗首言宋詞如同唐詩有初、盛、中、晚之分，且將詞人一一分置其
中，而後又更進一步地將李白、杜甫與詞人對應，陸游和蘇、辛等人
被認爲有「太白之氣」，尤侗此言，應取李白詩中豪邁之氣爲喻，將
陸游詞歸類於豪放一派。

（七）先著、程洪《詞潔輯評》：評陸游單篇詞闋

　　先著（1651～1721年），字渭求，號遷夫、蓋旦子、之溪老生，
瀘州（今四川）人，著有《之溪老生詩》八卷、《之溪老生集》、《勸
影堂詞》三卷。程洪，生卒年不詳，字丹問，廣陵人，曾與吳綺合編
《記紅集》三卷，《詞韻簡》一卷。《詞潔》共六卷，是爲詞選間有詞
評，先著於〈詞潔序〉云：「詩之道廣，而詞之體輕道廣則窮天際地，
體物狀變，曆古今作者而猶未窮。體輕則轉喉應折，傾耳賞心而足
矣。……至宋人之詞，遂能與其一代之文，同工而獨絕，出於詩之餘，
始判然別於詩矣。故論詞於宋人，亦猶語書法、清言於魏晉間，是後
之無可加者也。」〔註190〕先著認爲宋詞乃一代之文學，後世無可追
者。《詞潔》選詞主「情意」，不取豔褻、佻薄之詞，推重周邦彥、姜
夔之「潔詞」。所謂「潔」，乃指「以情興經緯其間，雖豪宕震激，而
不失於粗；纏綿輕婉，而不入於靡。」〔註191〕可見其論詞觀點。因

〔註189〕　〔清〕徐釚著、王百里校箋：《詞苑叢談校箋》（北京：人民文學出
　　　　　版社，2006年6月），頁3。
〔註190〕　〔清〕先著：〈詞潔序〉，收錄於唐圭璋編：《詞話叢編》（北京：中
　　　　　華書局，2005年10月），冊2，頁1327。
〔註191〕　〔清〕先著：〈詞潔發凡〉，收錄於唐圭璋編：《詞話叢編》（北京：
　　　　　中華書局，2005年10月），冊2，頁1330。

《詞潔》乃屬詞選，故論陸游詞是以詞篇評點之方式。

評〈鵲橋仙〉（華燈縱博）云：「詞之初起，事不出於閨帷、時序。其後有贈送、有寫懷、有詠物，其途遂寬。即宋人亦各競所長，不主一轍。而今之治詞者，惟以鄙穢褻媒爲極，抑何謬與。」（冊二，頁1347）此言詞發展之始，總不脫閨帷怨情、時序傷懷，而後才境界始大，無論詠懷、明志皆融於詞中，詞路漸寬，反觀時人之作，多爲鄙穢褻媒，可謂謬矣。陸游此闋乃寄託感懷之作，首言懷念過往豪情縱橫、雕鞍馳射，以輕舟低篷，一片煙雨鏡湖之悠然自適作結，是爲脫離詞體早期之閨怨傷春之作，而將自我情志賦予詞中。先著此言，應是以陸游此闋詞爲例，批評當時詞作之病。評〈臨江仙〉（鳩雨催成新綠）：「以末二語不能割棄。」（冊二，頁1348）此闋末二句爲「半廊花院月，一帽柳橋風」，可謂新穎殊飾，在彌漫著離別傷感的詞中，此二句實景抒情，以「廊」量月，以「帽」論風，寄予淡淡哀愁，爲點睛之妙。評〈感皇恩〉（小閣倚秋空）：「其人胸中有故，出語自不同。當與『酒徒一半取封侯，獨去作、江邊漁父』合看。」（冊二，頁1351）此闋詞作於陸游宦遊成都之時，當時宋朝對恢復中原、北伐抗金之事，仍因循如故，未見起色，此對陸游而言，只有滿懷落寞失望，心中沉鬱之情隨處可見，遂於出仕與歸隱間拉扯。然於詞末，他在「熟計」之後，選擇歸鄉的路途，可這語間卻又蘊含著不得已的心情，與〈鵲橋仙〉（華燈縱博）一闋合看，詞中所述雖相近，但卻「出語不同」，進而造就二者詞境之相異。

（八）王奕清《歷代詞話》：論陸詞有「去國懷鄉」之感

王奕清（1665～1737），字幼芬，號拙園，太倉（今江蘇蘇州）人。《歷代詞話》，凡十卷，由《歷代詩餘》中輯出，《詞話叢編》題作《歷代詞話》，內容博採歷代隨筆雜著，或成卷詞話。全書搜羅眾多，且體例、編排較前人所輯之大型歷代詞話精良，然亦有使人詬病處。如其所注出處仍不甚詳明，體例不一：或稱人名、或稱書名；有

簡稱、有全稱；有人名書名連屬者；有同一書或同一人而所稱不同者。
似非初一人之手而草草成卷者。又有《高齋詞話》、《東溪詞話》之類，
現存他書一無蹤跡，疑為誤題甚或偽造者。〔註 192〕可知謬誤甚多，
其中論及陸游詞，且與其他詞話無重複論述者，探究如次：

> 翁呈范至能待制〈雙頭蓮〉，末句云：「空悵望，鱠美菰香，
> 秋風又起。」又夜聞杜鵑〈鵲橋仙〉末句云：「故山嵗猶自
> 不堪聽，況半世、飄然羈旅。」去國懷鄉之感，觸緒紛來，
> 讀之令人於邑。（冊二，頁 1235）

此則《歷代詞話》引自《詞統》，然《詞統》作者為誰，作於何時，
則不得而知，或疑是否為明代卓人月、徐士俊所編之《古今詞統》，
可是書中並無此敘述，故只能以二書視之。此則詞話舉陸游〈雙頭蓮〉
（華鬢星星）與〈鵲橋仙〉（茅簷人靜）二闋，言其中有「去國懷鄉」
之感。兩闋皆作於陸游於蜀中之時，末句皆有歸鄉之感，然陸游此處
懷鄉，乃因時不我予，落寞失意使然，情緒紛擾發雜，非單純思念故
鄉而已，固此是使人讀來徒增悵然！

二、清代中期：強調陸游詞中詩意

　　清代中期，無論是創作、評論或是詞學思想的建構，皆愈發豐富
與成熟，浙西、常州二派的起伏、更迭，也為清代詞壇注入源源不絕
的生氣。此時的詞話專著，內容漸趨多樣，如詞作本事、參定字句等。
同時，一有散見詞話分置在許多別集、總集，或筆記當中。

（一）田同之《西圃詞說》：論陸詞仍存詩意

　　田同之（1677～1749），字硯思、西圃，號在田、小山姜，德州
（今山東）人，著有《硯思集》、《二學亭文涘》、《小山姜先生全集》、
《西圃詩說》、《西圃詞說》與《香晚詞》三卷。《西圃詞說》共錄詞
話九十三則，為田同之晚年所輯，是為追述過去見聞，並加以載錄，

〔註 192〕　朱崇才：《詞話史》（北京：中華書局，2007 年 3 月），頁 241。

實非田同之自我創見。〈自序〉云：「行見倚聲一道，訛謬相沿，漸柔而漸熄矣。故不自揣，於源流正變、是非離合之間，追述所聞，證諸所見，而諸家詞話之初要微妙者，又復采擇之，參酌之，務求除魔外而準正軌，以成此填詞之說。」〔註193〕可見田同之作此書，是為除去雜言，進而標示正軌，然何謂正軌？即「能去《花庵》、《草堂》之陳言，不為所役，俾滓竊滌濯，以孤技自拔於流俗。綺靡矣，而不戾乎情。鏤琢矣，而不傷夫氣。夫然後足與古人方駕焉。」〔註194〕田同之認為，脫離《花庵詞選》與《草堂詩餘》之陳詞，免於流俗，綺靡雕琢，未嘗不可，但傷情戾氣則忌矣。此外，田同之對婉約與豪放之見解，有別於前人：「填詞亦各見其性情，性情豪放者，強作婉約主，畢竟豪氣未除。性情婉約者，強作豪放語，不覺婉態自露。故婉約自是本色，豪放亦未嘗非本色也。」〔註195〕可見其立場中立，不偏祖婉、豪任何一方。曾引魏塘曹學士詩詞明辨之語，進而闡述其觀點：

> 魏塘曹學士云：「詞之為體如美人，而詩則壯士也。如春華，而詩則秋實也。如天桃繁杏，而詩則勁松貞柏也。」罕譬最為明快。然詞中亦有壯士，蘇、辛也。亦有秋實，黃、陸也。亦有勁松貞柏，岳鵬舉、文文山也。選詞者兼收並采，斯為大觀。若專尚柔媚，豈勁松貞柏，反不如天桃繁杏乎。（冊二，頁 1450）

田同之讚揚曹學士對詩詞之譬喻，最為明快，然詞中亦有如詩般之壯士、秋實與松柏，其中將陸游詞比做「秋實」。所謂「秋實」，應指品高行純之意，如顏之推曾云：「夫學者猶種樹也，春玩其華，秋登其

〔註193〕　〔清〕田同之：〈西圃詞說自序〉，收錄於唐圭璋編：《詞話叢編》（北京：中華書局，2005 年 10 月），冊 2，頁 1443。

〔註194〕　〔清〕田同之：《西圃詞說》，收錄於唐圭璋編：《詞話叢編》（北京：中華書局，2005 年 10 月），冊 2，頁 1456。

〔註195〕　〔清〕田同之：《西圃詞說》，收錄於唐圭璋編：《詞話叢編》（北京：中華書局，2005 年 10 月），冊 2，頁 1455。

實，講論文章，春華也，修身勵行，秋實也。」〔註196〕是知秋實可引申為品德高潔。陸游一生期盼北伐復國，卻一直無法如願，即便如此，他依舊未向當時的主和派倒戈，堅持自我理念，而心中那股鬱鬱不得志之情感，往往寄託於詞中。陸游除借詞宣洩失志苦悶外，歸隱漁調之聲也時常出現，這或許是陸游心靈上的另一出口，同時也被賦予高潔的形象，故田同之將他的詞喻為「秋實」。

　　田同之企圖撫平詩詞之間的丘壑、溝渠，認為詞中亦有如詩者。以下詞話，則更加串接起詩詞之聯繫：

> 詩詞風氣，正自相循。貞觀、開元之詩，多尚淡遠。大曆、元和後，溫、李、韋、杜漸入香奩，遂啟詞端。《金荃》、《蘭畹》之詞，概崇芳豔。南唐、北宋後，辛、陸、姜、劉漸脫香奩，仍存詩意。（冊二，頁 1452）

他將詩詞之興盛更迭，認為是一種相循式的輪迴，由唐代貞觀、開元始，詩作多呈淡雅悠遠，經晚唐溫庭筠、韋莊等人之後，婉約柔媚之閨閣之詞漸出，迨至《金荃》、《蘭畹》等詞集的出現，穠麗香豔詞風便居上風，此時詩與詞之間，便背道而馳，直至南唐、北宋之後，辛棄疾、陸游等人的詞作，具有詩意，脫離香奩雕縷，總體又向詩歌靠攏，可謂回歸。田同之此言，或有偏頗，然不損其本意；他意圖將詩詞合流，從本質上並論之，田同之對陸游詞的評論，是與前人有別的。在此之前，清代人對陸游詞的評論，多著墨在婉、豪之間派別的分嶺上，而田同之則認為，陸游詞具有詩意，此觀點可視為宋代黃昇評陸游詞的延伸。此外，田同之引宋徵璧之評論云：「務觀之蕭散，而或傷於疏。」（冊二，頁 1485）所謂「蕭散」，是為離散冷清之意。陸游詞中多有隱逸之思，但此種思維並非陸游之心願，而是因主戰抗金之壯志未酬，官場亦失意，進而轉向自我聊慰，文字之間遂不免流露清冷意味，但內心仍舊激昂澎湃。兩相矛盾之下，以致陸游詞中出現

〔註196〕〔北齊〕顏之推：《顏氏家訓》（臺北：鼎文書局，2002 年 1 月），
　　　　　頁 235。

欲說還休的語境，宋徵璧言「傷於疏」，或是如此。

（二）許昂霄《詞綜偶評》：論陸詞掃纖脫俗

　　許昂霄（生卒年不詳），字誦蔚，號蒿廬，海寧（今浙江嘉興）人，著《古詩平仄論略》一卷、《詞韻考略》一卷，《晴雪雅詞》三卷。《詞綜偶評》，由書名可知與《詞綜》有關，全書依朱彝尊、汪森所輯《詞綜》之次序評點，企圖透過評點闡發詞人詞作之意。張載華〈跋〉云：「每一闋中，凡書寫情懷，描模景物，以及音韻法律，靡不指示詳明，直欲使作者洗發性靈，而後學者借爲繩墨，洵詞家之鄭箋已。」〔註 197〕可見對於詞作中描寫之情懷、景物，甚至音韻格律，皆有所評。其中論陸游〈南鄉子〉（歸夢寄吳檣）言：

> 南渡後，唯放翁爲詩家大宗。詞亦掃盡纖淫，超然拔俗。（冊
> 二，頁 1576）

許昂霄稱陸游爲南渡後「詩家大宗」，可知肯定陸游在詩歌上的成就，進而稱其詞亦脫去纖麗淫靡之風格，超脫不俗。此外，對陸游〈采桑子〉（寶釵樓上妝梳晚）詞闋評云：

> 體格髣髴《花間》，但味較薄耳。南宋小令佳者，大抵皆然。
> （冊二，頁 1559）

認爲此闋詞雖近於《花間》，然柔媚風味則較薄矣。以上二則，或可推知許昂霄對陸游詞風之評論，大抵上認爲應是脫離穠麗軟柔之風格。另對〈鵲橋仙〉（華燈縱博）與〈鵲橋仙〉（茅簷人靜）之評論較爲深刻：

> 〈鵲橋仙〉「酒徒一半取封侯，獨去作江邊漁父。」感憤語
> 妙，以蘊藉出之。結句翻用賀知章事，而感慨意即寓其中。
> 又「故山猶自不堪聽」，襯墊一句，不唯句法曲折，而意亦
> 更深。（冊二，頁 1559）

〔註 197〕　〔清〕許昂霄：《詞綜偶評》，收錄於唐圭璋編：《詞話叢編》（北京：中華書局，2005 年 10 月），冊 2，頁 1579。

〈鵲橋仙〉（華燈縱博）中「酒徒」二句，頗有以傲岸睥睨之態，縱覽世俗人生，故許昂霄言「感憤語妙」；而結句「鏡湖元自屬閒人，又何必、君恩賜與。」則用賀知章典故。《新唐書》云：「天寶初，病，夢遊帝居。數日寤，乃請爲道士，還鄉里，詔許之，以宅爲千秋觀而居。又求周宮湖數頃爲放生池，有詔賜鏡湖剡川一曲。」〔註 198〕頗具自嘲之意，一片「煙雨鏡湖」本屬閒人，又何必感恩天子賞賜？心中的感懷慨嘆，不言而喻。〈鵲橋仙〉（茅簷人靜）：「故山猶自不堪聽，況半世、飄然羈旅」二句，以「猶自」、「況」二詞鋪陳轉折，打造出層遞效果，宦遊千里的思鄉之苦，意蘊更深。由以上三則評論來看，許昂霄對陸游詞極爲欣賞，尤其是寄託內心情感，寓意深遠之作品，更受喜愛。

（三）李調元《雨村詞話》：論陸游詞似詩

李調元（1734～1803），字羹堂，號雨村、童山、蠢翁等，綿州（今四川）人，著有《童山詩集》四十二卷、《蠢翁詞》二卷、《童山文集》二十卷、《雨村詞話》四卷等。《雨村詞話》凡四卷，共收錄詞話一百六十八則。卷一至卷三論唐宋詞，或有涉及詞本事，卷四則論明清詞，無論批評或紀事，皆有可取。該詞話觀點傾向於浙西派，〔註199〕〈雨村詞話序〉云：「詩先有樂府而後有古體，有古體而後有近體，樂府即長短句，長短句即古詞也。故曰：詞非詩之餘，乃詩之源也。」〔註200〕可知他將詞體之地位提高，勝過於詩，且奉姜夔爲「詞宗」。卷中有校讎辨證之處，多有可探。書中評陸游詞云：

> 放翁詞似詩，然較詩濃縟，所欠一醒字，而〈破陣子〉詞
> 卻甚工。詞云：「仕至千鐘良易，年過七十常稀。眼底榮華

〔註 198〕〔宋〕歐陽修等撰：《新唐書》（臺北：鼎文書局，1981 年 1 月），冊 7，頁 5607。

〔註 199〕朱崇才：《詞話史》（北京：中華書局，2007 年 3 月），頁 271。

〔註 200〕〔清〕李調元：〈雨村詞話序〉，收錄於唐圭璋編：《詞話叢編》（北京：中華書局，2005 年 10 月），冊 2，頁 1377。

元是夢，身後聲名不自知。營營端爲誰。　　幸有旗亭沽
酒，何妨繭紙題詩。幽谷雲蘿朝採藥，靜院軒窗夕籌碁。
不歸眞個癡。」此不但句醒，且喚醒世間多少人。（冊二，
頁1410）

李調元直指陸游詞似詩，卻較詩穠麗繁縟，且欠一「醒」字。此處「醒」
字，是指與穠縟密麗截然相反的一種美學風格。李調元曾論述詩的風
格標準，拈出「響」、「爽」、「朗」三字：「響者：音節鏗鏘、無沈悶
堆賽之謂也；爽者：正大光明，無囁嚅不出之謂也；而要歸於朗，朗
者：冰雪聰明，無瑕瑜互掩之謂也。」〔註201〕這裡的「響」、「爽」、
「朗」三字，應該說與李調元在評論陸詞時所提到的「醒」字，基本
上是一致。〔註202〕李調元舉陸游〈破陣子〉詞爲例，認爲此詞近於
詩且工，內容無多雕琢，滿紙看來，遣意抒懷直寫其中，有別於過去
詞體書寫的風格面貌。李調元於此，指出陸游詞之特色，賦予「詩化」
的特點，此種評論，既指出他的特別風格，又舉例印證，較田同之更
加深化。

（四）紀昀等《四庫全書總目提要》：論陸游詞近雅

《四庫全書總目提要》（以下簡稱爲《提要》），共二百卷，是紀
昀等人所編纂的一部大型解題書目。詞集無論是總集或是別集，皆被
收錄在集部詞曲類。《提要》所述多簡明精當，且有一定的理論觀點，
誠爲清代中葉考證兼論述類詞話的代表之作。〔註203〕《提要》對陸
游詞之風格討論，較於以往更爲深刻：

游生平精力，盡於爲詩，塡詞乃其餘力，故今所傳者，僅
及詩集百分之一。劉克莊《後村詩話》謂其時掉書袋，要

〔註201〕〔清〕李調元：《雨村詩話（十六卷本）》（四川：巴蜀書社，2006
　　　　年12月），頁27。
〔註202〕歐陽明亮：〈清代陸游詞的批評歷程〉，《中國韻文學刊》，第25卷
　　　　第3期，2011年7月，頁39。
〔註203〕朱崇才：《詞話史》（北京：中華書局，2007年3月），頁273。

是一病。楊慎《詞品》則謂其纖麗處似淮海，雄快處似東
坡。平心而論，游之本意，蓋欲驛騎於二家之間。故奄有
其勝，而皆不能造其極。要之，詩人之言，終爲近雅，與
詞人之冶蕩有殊。其短其長，故具在是也。〔註204〕

《提要》首言陸游一生盡力作詩，僅以餘力塡詞，故詞作僅有詩作的
百分之一；後舉劉克莊與楊慎評語，點出陸游作詞喜用典故，詞風多
樣的特點。《提要》認爲陸游詞之風格，應在婉約、豪放之間，雖無
特定歸類侷限，卻也二者卻無法達其頂峰；最後指出，陸游終是詩人
雅言，故作詞亦是如此，與其他詞人之冶蕩有別，而陸游詞的優點與
缺失皆源於此。田同之與李調元對於陸游「詞近詩」之論述都有著墨，
但卻只在表面上翻轉；《提要》所述則直搗核心，由陸游作詞之本意，
以及他以餘力作詞之觀點探入，更可全面理解。詩與詞二者所承載的
審美風格，與藝術格調各不相同，若以作詩之筆法寫詞，或可激發出
特殊之美學觀點與藝術成就，但卻較遠離原本詞體所具有的審美風
貌，《提要》言陸游詞之長短，應是如此。

（五）黃蘇《蓼園詞評》：評〈水龍吟〉（摩訶池上追遊路）

　　黃蘇（生卒年不詳），原名道溥，字蓼園，廣西臨桂（今廣西桂
林）人，曾輯《蓼園詞選》，內有評點，唐圭璋輯錄爲《蓼園詞評》。
黃蘇選詞以明代《草堂詩餘正集》爲底本，且剔除其中俳諧俚俗之詞，
並以無病呻吟、空疏浮泛爲病，著重詞作之意蘊比興、眞摯情感，而
不以詞風爲選詞標準。書中選錄陸游〈水龍吟〉（摩訶池上追遊路）
一闋，並加以評點：

放翁一生憂國之心，觸處流出，無非一腔忠愛。此詞辭雖
含蓄，而意極沈痛。蓋南渡國步日蹙，而上下安于逸樂，

> 所謂「一城絲管」爭占亭館也。次闋，自歎年華已晚，身
> 安廢棄，流落天涯，不能爲力也。結句「恨向東風滿」，饒
> 有沉雄鬱勃之致，躍躍紙上。（冊四，頁 3079）

黃蘇肯定陸游一生的憂國之心，滿腔熱血則流於作品。〈水龍吟〉一
闋，雖含蓄書寫遊春，但其內容則抑鬱沈痛，無論思鄉，或是傷其年
華逝去，皆愁緒滿懷。黃蘇評陸游此詞，不以表面之風格論之，反將
陸游愛國懷鄉之情提出，眞切觸及詞作中的情感。

（六）葉申薌《本事詞》：陸游將詩檃括入詞

　　葉申薌其人請參見本章第一節，如今不再贅述。《本事詞》共二
卷，上卷輯錄唐至北宋詞作本事，下卷則錄南宋至遼、金、元詞作本
事，此書專錄詞作本事，且搜羅可謂完備。〈自序〉言作此書之緣由
云：「蓋自《玉臺新詠》專錄豔詞，《樂府解題》備徵故實。韓偓著《香
奩》之集，託青樓柳巷而言情。孟棨匯《本事》之篇，敘破鏡輪袍以
紀麗。詩既應爾，詞亦宜然，此《本事詞》所由輯也。」〔註 205〕可
知此書系仿孟棨之《本事詩》而來。書中本事多取自宋代筆記小說，
但徵引原文卻多做增刪，不注出處，此爲一大缺失。書中評陸游〈玉
蝴蝶〉（倦客平生行處云：

> 放翁在王忠州席上，賦〈玉蝴蝶〉云：「倦客平生行處，墜
> 鞭京洛，解佩瀟湘。此夕何年，初賦宋玉高唐。繡簾開、
> 香塵怎起，蓮步穩、銀燭分行。暗端相。燕羞鶯妒，蝶繞
> 蜂忙。　　難忘。芳尊頻勸，峭寒新退，玉漏猶長。幾許
> 幽情，只愁歌罷月侵廊。欲歸時，司空笑問，微近處、丞
> 相嗔狂。斷人腸。假饒相送，上馬何妨。」其描寫處，曲
> 盡情態，令人誦之如見其聲容焉。（冊三，頁 2344）

陸游此詞，係針對酒席上之歌妓而作，詞中繁文細膩地極力描寫

〔註 205〕　〔清〕葉申薌：《本事詞·自序》，收錄於唐圭璋編：《詞話叢編》（北
　　　　　京：中華書局，2005 年 10 月），冊 3，頁 2295。

歌妓情態，如「香塵」、「蓮步」，且以燕、鶯、蝶、蜂襯托歌妓之婀娜柔媚，典故之運用更加深意蘊，筆觸寫來細緻纏綿，使人讀之彷若親見。

此外，葉申薌亦載陸游將詩檃括入詞之事：

> 放翁在蜀日，嘗有所盼，每寄之吟詠。有云：「碧玉當年未破瓜。學成歌舞入侯家。」又云：「篋有吳箋三百個，擬將細字寫春愁。」又云：「裘馬清狂錦水濱。最繁華地作閒人。」及「悠然自適君知否，身與浮名孰重輕。」迨歸里後，復以詩意賦〈風入松〉云：「十年裘馬錦江濱。酒隱紅塵。黃金選勝鶯花海，倚疏狂、驅使青春。弄笛魚龍盡出，題詩風月俱新。　　自憐華髮滿紗巾。猶是官身。風樓曾記當時語，問浮名、何似身親。欲寫吳箋寄與，者回真個閒人。」亦可謂善言情矣。（冊四，頁 2345）

陸游宦遊四川之時，常將心中所感寄託詩詞，文中嘗舉其〈無題〉詩兩首，與〈醉題〉一首，並指出陸游歸鄉後，將其中詩句檃括入詞，〈風入松〉詞就是一例，葉申薌評為「善言情」。陸游將詩檃括入詞之舉，亦可印證其詞風如詩之特色。

三、清代晚期：深入陸游詞之情感內容

由於時局的動盪，在經歷鴉片戰爭的洗禮之後，民族危機意識漸起，故連帶地影響詞壇的發展，此時常州派所強調的雅正寄託，便成為時尚，許多詞話大家皆屬常州派，或是偏向常州派。雖說常州派為當時詞壇主流，但並非含括全部，其中亦有不少詞家無明顯派別，同時浙西派也並未消失，依然在清代詞壇上活動著。在清代晚期，一般詞話家，雖不主一派、不泥一說，折中之下，略有一二主見，但大多出入於北、南兩宋，徘徊於浙西、常州之間，其理論觀點不出浙西、常州藩籬，僅各取所需，自我標榜而已。〔註 206〕整體而言，此時的

〔註206〕 朱崇才：《詞話史》（北京：中華書局，2007 年 3 月），頁 297。

詞話雖無理論創新，然在評論方面，卻較以往更加深入，而非停留於表面。

（一）劉熙載《詞概》：論陸詞「安雅清贍」

劉熙載（1813～1881），字伯簡，號融齋，寤崖子，興化（今江蘇泰州）人，著有《藝概》六卷，即《文概》、《詩概》、《賦概》、《詞曲概》、《書概》、《經義概》，可知涉獵廣泛，唐圭璋將《詞曲概》中詞論部分析出，題作《詞概》，共一百一十五則，前五則爲總論，論及詞之本質與起源；次四十八則，依時代次序評論唐宋金元詞人詞作；最後六十二則，論詞之結構、境界、詞法等。評論皆別出心裁，不傍門戶，自成一家，馮煦《蒿庵論詞》曾云：「興化劉氏熙載，所著《藝概》，於詞多洞微之言，而論東坡尤爲深至。」〔註207〕沈曾植《菌閣瑣談》亦云：「止庵之後，論詞精當，莫若融齋。涉覽既多，會心特遠，非情深意超者，固不能契其淵旨。而得宋人詞心處，融齋較止庵眞際尤多。」〔註208〕可知頗能掌握論詞焦點與創作詞心。

劉熙載評詞喜豪放風格，以香豔穠麗之詞爲病，充分關注蘇軾、辛棄疾等人之詞，並給予最高評價，肯定風格豪放、意蘊深遠的作品，他評陸游詞爲：

> 陸放翁詞，安雅清贍，其尤佳者在蘇、秦間。然乏超然之致，天然之韻，是以人得測其所至。（冊四，頁3694）

劉熙載用「安雅清贍」形容陸游詞，既非豪放、亦非婉約，陸游詞中之佳者，正巧於二者之間；過去楊愼認爲陸游詞：「纖麗處似淮海，雄慨處似東坡」似將豪、婉二派對立來看，之後的評論也大多設法將陸詞歸類，但劉熙載則抓住此二種風格，且云陸詞特色應在其中，探出陸游詞風之共同點。他對陸游詞的評論，別開生面，或許較接近鄒

〔註207〕〔清〕馮煦：《蒿庵論詞》，收錄於唐圭璋編：《詞話叢編》（北京：中華書局，2005年10月），冊4，頁3586。

〔註208〕〔清〕沈曾植：《菌閣瑣談》，收錄於唐圭璋編：《詞話叢編》（北京：中華書局，2005年10月），冊4，頁3608。

祇謨、宋徵璧的說法；但他也指出陸游詞之缺點，即是缺乏「超然之致」、「天然之韻」，可謂人聲。然陸游以餘力作詞，將畢生精力用於作詩，對詞之高妙境界未傾力到達，劉熙載所評之病，或因此而至。

（二）陳廷焯《詞壇叢話》、《白雨齋詞話》、《雲韶集》：直指陸游詞心

陳廷焯（1853～1892），字亦峰，江蘇丹徒人，著有《白雨齋詞存》一卷、《希聲詩集》八卷、《白雨齋詞話》等，輯有《雲韶集》、《詞則》等詞選。陳廷焯於早年曾編纂《雲韶集》凡二十五卷，《詞壇叢話》則是以此為基礎編寫，共一百一十則，綜評《雲韶集》所選部分名家詞作，並闡述編選之因，置於《雲韶集》之前。《雲韶集》為陳廷焯早年所輯，選詞標準：「一以雅正為宗。純正者十之四五，剛健者十之二三，工麗者十之一二。其一淫詞濫語，及應酬無聊之作，概不入選。」〔註209〕知其詞論推尊雅正，此外，稱朱彝尊《詞綜》為「千古詞壇之圭臬」，明顯傾向浙西派。陳廷焯早年評陸游詞，多與辛棄疾比較：

> 稼軒詞，粗粗莽莽，桀傲雄奇，出坡老之上。惟陸游《渭
> 南集》可與抗手，但運典太多，真氣稍遜。
> 稼軒詞非不運典，然運典雖多，而其氣不掩，非放翁所及。
> （冊四，頁 3724）

陳廷焯此二則詞話，可與劉克莊直指陸游詞好「掉書袋」之評論作一連結，陳廷焯認為陸游詞可與辛棄疾相互睥睨，然陸游詞卻用典太多。他與劉克莊不同的是，以氣韻論辛、陸詞，辛詞並非不用典故，然勝出陸詞之因，乃是「其氣不掩」，兩相比較之下，造就陸游詞「真氣稍遜」之評價。陳廷焯於《雲韶集》中，另有將辛、陸二詞之特色加以比較：

〔註209〕〔清〕陳廷焯：《詞壇叢話》，收錄於唐圭璋編：《詞話叢編》（北京：中華書局，2005 年 10 月），冊 4，頁 3739。

> 放翁、稼翁，掃盡綺靡，別樹詞壇一幟。然二公正自不同：
> 稼翁詞悲而壯，如驚雷怒濤，雄視千古；放翁詞悲而鬱，
> 如秋風夜雨，萬籟呼號，其才力真可亞於稼軒。〔註210〕

無論是陸游，或是辛棄疾之詞，在陳廷焯眼中皆是除卻綺靡，以豪氣樹幟詞壇，然二者之間卻同中有異，辛詞為「悲而壯」，陸詞則是「悲而鬱」，這「壯」與「鬱」之間，成就二人詞境的不同。

　　此外，陳廷焯對陸游詞的風格與其人生境遇、忠君愛國之心連上關係：

> 人謂放翁頹放，詩詞一如其人，不知放翁之境，外患既深，
> 內亂已作，不得不緘口結舌托頹放，其忠君愛國之心，實
> 與子美、子瞻無異也。讀先生詞，不當觀其奔放橫逸之處，
> 當觀其一片流離顛沛之思，哀而不傷，深得風人之旨，後
> 之處亂世者，其有以法矣。〔註211〕

陳廷焯破解陸游詞表面的奔放橫逸，於頹放之下所藏匿的是悲鬱哀思，在陳廷焯之前，還未有人看出陸游詞的整體面貌，包含其中的悲鬱。在此之前，人多喻陸游詞之豪氣、意婉，企圖將其詞判宗歸類，或僅言詞風之蕭散，未真正從本質論之。陸游一生憂國，總期盼著哪日可收復故土，可時不我予，陸游只能將自我頹放，試圖能達到一些安慰，但在頹放的表面下，心中那股陰陰鬱鬱的愁苦卻從未走開。陳廷焯抓住其精髓，敏銳地看出陸游詞中之悲鬱；而他也沒忘陸游亦是一位詩人，若將其詩詞相比，陳廷焯云：「放翁詞勝於詩，以詩近於粗，詞則粗精恰當。」〔註212〕他認為陸游詞勝於詩，因詩近於粗獷，而詞則在粗獷與精緻之間，陳廷焯此言，或有偏頗，是以詞體之法要求詩體之工，且陸游詩亦並非完全豪氣，陸游的詩與詞應是各有其殊。

〔註210〕　〔清〕陳廷焯：《雲韶集》，收錄於孫克強、楊傳廣校點整理：〈《雲韶集》輯評（之一）〉，《中國韻文學刊》，第24卷第3期，2010年9月，頁67。
〔註211〕　同前註。
〔註212〕　同前註。

　　陳廷焯中年以後，漸由浙派入主常州，其《白雨齋詞話》爲晚年作品，論詞宗旨乃根柢風騷，一歸於溫柔敦厚，對常州詞派於詞壇之地位做出多方面的論證。《白雨齋詞話》原爲十卷，陳氏生前未刊。光緒二十年（1894）夏，使由其門人許正詩等整理、其父鐵峰審定，刪併成八卷共六百六十九則梓行問世。所刪二卷，多論清詞。〔註 213〕詞話〈自敘〉言：「飛卿、端己，首發其端，周、秦、姜、史、張、王，曲竟其緒，而要皆發源於風雅，推本於騷辯。故其情長，其味永，其爲言也哀以思，其感人也深以婉。」〔註 214〕可知追溯常州派詞學思想之軌跡。《白雨齋詞話》在繼承張惠言、周濟等常派大家詞學的基礎上，提出了具有獨特個性的一整套詞學理論。這套理論以「風雅比興」爲宗旨，首創詞學領域的「溫厚沉鬱」之說。〔註 215〕書中再次將陸、辛二人比較：

> 放翁詞亦爲當時所推重，幾欲與稼軒頡頏。然粗而不精，枝而不理，去稼軒甚遠。大抵稼軒一體，後人不易學步。無稼軒才力，無稼軒胸襟，又不處稼軒境地，欲於粗莽中見沉鬱，其可得手。（冊四，頁 3796）

> 東坡一派，無人能繼。稼軒同時，則有張、陸、劉、蔣輩，後起則有遺山、迦陵、板橋、心餘輩。然愈學稼軒，去稼軒愈遠，稼軒自有真耳。不得其本，徒逐其末，以狂呼叫囂爲稼軒，亦誣稼軒甚矣。（冊四，頁 3962）

雖是將二人再次比較，結果亦無二致，可措詞語氣方面就略顯強烈，陳廷焯於此，將辛詞地位提高，陸詞雖受當時所重，近乎可與辛詞相互頡頏，然卻粗製不精、支疏不理，與辛棄疾相去遠矣。在早年，陳廷焯評論辛、陸二人，對陸游的評價，僅是「真氣稍遜」、「亞於稼軒」，

〔註 213〕　譚新紅：《清詞話考述》（武漢：武漢大學出版社，2009 年 9 月），頁 141。

〔註 214〕　〔清〕陳廷焯：《白雨齋詞話・自敘》，收錄於唐圭璋編：《詞話叢編》（北京：中華書局，2005 年 10 月），冊 4，頁 3750。

〔註 215〕　朱崇才：《詞話史》（北京：中華書局，2007 年 3 月），頁 324。

或指出其中異同，但至晚年，卻論陸詞與辛詞相差甚遠，此言應與陳廷焯「沉鬱」之說有關。何謂沉鬱？陳廷焯云：「所謂沉鬱者，意在筆先，神餘言外，寫怨夫思婦之懷，寓孽子孤臣之感。凡交情之冷淡，身世之飄零，皆可於一草一木發之。而發之又必若隱若見，欲露不露，反覆纏綿，終不許一語道破，匪獨體格之高，亦見性情之厚。」〔註 216〕陳廷焯認為詞意需深厚凝重，表現需含蓄蘊藉，只要能寄託比興、本諸忠厚，意即「沉鬱」。而陸游雖可歸屬辛棄疾一派，但在氣韻、沉鬱方面，則弱於辛詞，故陳廷焯以此批評。

　　除對陸游詞體之總評外，陳廷焯於陸游的單篇詞評亦有亮點，如評陸游〈青玉案〉（西風挾雨聲翻浪）云：「辛、陸並稱豪放，然陸之視辛，奚啻瓦缶之競黃鐘也。擇其遒勁者數章尚可觀，其抱負去稼軒則萬里矣。爽朗。」〔註 217〕陳廷焯指出陸游與辛棄疾二者詞作之不同，由自其胸襟抱負，一位作者的胸襟抱負，往往可定奪詞作之高度，尤其以詞言志，更可探出其中差異，而辛棄疾於此則勝過陸游，劉揚忠於〈陸游、辛棄疾詞內容與風格異同論〉一文中言明二人性格與氣度之別：「陸、辛二人的個性雖都屬於豪爽一類，但還是有較大的差別：陸游性格比較疏放直爽，甚至趨向頹放，連他都自號放翁。這樣的人胸無城府，抒情言志時喜歡直說，而較少含蓄。而辛棄疾則是一個長時間擔任軍事統帥和方面大員的領袖型人物，他有勇有謀，沉重多思，他的友人陳亮甚至認為他為人沉重寡言。」〔註 218〕陳廷焯借此評論二人詞作之高下，獨具慧眼。評〈鷓鴣天〉（家住東吳近帝鄉）：「未嘗不軒爽，而氣魄苦不大，益歎稼軒天人不可及也。」〔註 219〕

〔註 216〕　〔清〕陳廷焯：《白雨齋詞話》，收錄於唐圭璋編：《詞話叢編》（北京：中華書局，2005 年 10 月），冊 4，頁 3777。

〔註 217〕　〔清〕陳廷焯：《詞則・放歌集》（上海：上海古籍出版社，1984年 5 月），頁 339。

〔註 218〕　劉揚忠：〈陸游、辛棄疾詞內容與風格異同論〉，《中國韻文學刊》，第 20 卷第 1 期，2006 年 3 月，頁 35。

〔註 219〕　〔清〕陳廷焯：《詞則・放歌集》（上海：上海古籍出版社，1984年 5 月），頁 340。

陳廷焯認爲此闋詞軒爽，卻氣魄不大，詞作上片表露出一種豪士遊俠的氣質，著墨於「豪舉」二字，然下片「凄涼」一語，完整寄寓作者「一事無成兩鬢霜」的無奈，整闋詞雖有豪氣，但內容情感僅只於作者心中抒發。評〈蝶戀花〉（桐葉晨飄蛩夜語）：「放翁〈蝶戀花〉云：『早信此生終不遇，當年悔草〈長楊賦〉。』情見乎詞，更無一毫含蓄處。稼軒〈鷓鴣天〉云：『卻將萬字平戎策，換得東家種樹書。』亦即放翁之意，而氣格迥乎不同。彼淺而直，此鬱而厚也。」〔註220〕此則直言陸游詞不及辛棄疾含蓄，過於直白，讀者可將詞人之心緒一覽無遺，相較於辛棄疾，詞句中無一描寫自我情緒之字眼，將其藏匿之，如此書寫更可顯出藝術性，亦符合陳廷焯所言「沉鬱」。評〈采桑子〉（寶釵樓上妝梳晚）：「放翁詞疾在一瀉無餘，似此婉雅閑麗而不可多得也。」〔註221〕陳廷焯要指陸游詞之病，乃「一瀉無餘」，如同上則評〈蝶戀花〉（桐葉晨飄蛩夜語）中「早信」二句，過於白描，直抒情感，而此闋〈采桑子〉則是陸游詞中少數擁有「婉雅閑麗」風格之作，甚有《花間》意味。評〈眞珠簾〉（山村水館參差路）：「懷鄉戀闕有杜陵之忠愛，惜少稼軒之魄力耳。數語於放浪中見沉鬱，自是高境。」〔註222〕陸游詞中的懷鄉之情，陳廷焯喻如杜甫，雖然不及辛詞豪氣魄力，但數語間終見沉鬱，可知陳廷焯並非完全否定陸游詞風，其中亦有沉鬱高境。評〈漁家傲〉（東望山陰何處是）：「軒豁是放翁本色。」陸游的性格是疏放直爽，詞作中或有沉鬱，此乃時局、境遇所造成，若將陸游本身情感，賦予作品中，「軒豁」——此種開朗疏爽的詞風，才是本色。

　　陳廷焯對陸游詞的評價，在清代晚期中可謂重要，他將辛、陸二

〔註220〕　〔清〕陳廷焯：《白雨齋詞話》，收錄於唐圭璋編：《詞話叢編》（北京：中華書局，2005 年 10 月），冊 4，頁 3974。

〔註221〕　〔清〕陳廷焯：《詞則・大雅集》（上海：上海古籍出版社，1984年 5 月），頁 105。

〔註222〕　〔清〕陳廷焯：《詞則・放歌集》（上海：上海古籍出版社，1984年 5 月），頁 341。

詞不斷比較、並列，而借此探出陸游詞之本質，並將陸游一生的境遇、忠君愛國的情感與詞作相繫，進而得出陸游詞之本色。較之以往論點，陳廷焯之評論可說是向內挖掘出陸游詞之核心。

（三）馮煦《蒿庵論詞》：論陸詞「逋峭沈鬱」

馮煦（1843～1927），字夢華，號蒿庵，江蘇金壇人，著有《蒿庵類稿》二十三卷續編二卷、《蒿庵隨筆》四卷、《蒙香室詞》（又名《蒿庵詞》）二卷、《蒿庵論詞》一卷等。馮煦曾以毛晉所刻《宋六十名家詞》爲基礎，編輯《宋六十一家詞選》，且在書中爲若干詞人撰寫「例言」，並加以評述，唐圭璋輯錄「例言」，題《蒿庵論詞》，收入《詞話叢編》。《蒿庵論詞》共四十五則，論及三十七位詞家。馮煦論詞，尚婉約，詞學理論則與周濟、譚獻等常州派傳人相近，主比興寄託之說。論陸游詞：

> 劍南屏除纖艷，獨往獨來，其逋峭沈鬱之概，求之有宋諸家，無可方比。《提要》以爲詩人之言，終爲近雅，與詞人之冶蕩有殊，是也。至謂游欲驛騎東坡、淮海之間，故奄有其勝，而皆不能造其極，則或非放翁之本意歟。（冊四，頁 3593）

馮煦之言，繼陳廷焯之後亦看出陸游詞中的沉鬱，並稱其詞曲折多姿，前言「屏除纖艷，獨往獨來」指出陸游境遇之不得志，同時肯定《提要》予陸詞之評論，認爲其詞近雅如詩，與一般詞人有別；詞風馳乘於蘇軾、秦觀之間，偶有勝出，卻皆不能造極，馮煦認爲此應不是陸游之本意。馮煦給予陸游詞十分良好的評價，甚言「有宋諸家，無可方比」，馮煦與陳廷焯同偏向常州派，皆著重詞作的「比興寄託」，同時，馮煦亦承陳廷焯所言「沉鬱」，兩者較爲不同的是，陳廷焯論陸詞，多與辛詞比較，實成反例，而爲辛棄疾的沉鬱高妙增添墊石；反觀馮煦，採正面角度評論，並給予陸游詞直接且高度的評價，但在深度批評方面，則不及陳廷焯。

（四）譚獻《復堂詞話》：論陸詞「纖穠得中」

　　譚獻（1832～1901），字仲修，號復堂，仁和（今浙江杭州）人，著有《復堂類集》、《復堂文續》、《復堂日記》、《蘼蕪詞》、《復堂詞》等，輯有《復堂詞錄》、《篋中詞》。譚獻詞論多散見於《復堂類稿》、《復堂日記》、《篋中詞》以及對周濟《詞辨》的評點中，由門人徐珂於光緒二十六年（1900）匯輯成編，譚獻題爲《復堂詞話》。全書共一百三十則，涉及詞之本事、品藻與議論，詞學觀點則是主常州、抑浙西，批評浙派：「巧構形似之言，漸忘古意，竹垞、樊榭不得辭其過。」、「浙派洗明代淫曼之陋，而流爲江湖。」、「南宋詞敝，瑣屑餖飣。朱厲二家，學之者流爲寒乞。」〔註223〕認爲導致浙派末流弊病叢生之因爲：「浙派爲人詬病，由其以姜張爲止境，而又不能如白石之澀，玉田之潤。」、「太鴻思力可到清眞，苦爲玉田所累。」〔註224〕譚獻明確指出浙西派的缺點。但是，詞壇到了晚清，浙西、常州二派各自的長處和流弊都漸趨明朗，這是譚獻所不能不正視的問題。因而，譚獻在堅持常州派主要觀點的基礎上，又試圖突破門戶之見，調和二派，以揚長矯弊。〔註225〕他對常州派的缺失亦有體認：「常州派興，雖不無皮傅，而比興漸盛。故以浙派洗明代淫曼之陋，而流爲江湖。以常派挽朱、厲、吳、郭（原注：頻伽流寓。）侂染餖飣之失，而流爲學究。」、「常州詞派，不善學之，入於平鈍廓落，當求其用意深雋處。」〔註226〕可知他並非一味因循常州派，於此，譚獻以三法救之，一以「作者之用心未必然，而讀者之用心何必不然」，救張、周比興寄託說之牽強，二求雅，三則消泯周濟正

〔註223〕　〔清〕譚獻：《復堂詞話》，收錄於唐圭璋編：《詞話叢編》（北京：中華書局，2005 年 10 月），冊 4，頁 4008、3999、4008。

〔註224〕　〔清〕譚獻：《復堂詞話》，收錄於唐圭璋編：《詞話叢編》（北京：中華書局，2005 年 10 月），冊 4，頁 4008。

〔註225〕　朱崇才：《詞話史》（北京：中華書局，2007 年 3 月），頁 320。

〔註226〕　〔清〕譚獻：《復堂詞話》，收錄於唐圭璋編：《詞話叢編》（北京：中華書局，2005 年 10 月），冊 4，頁 3999、4009。

變觀。〔註227〕譚獻曾評陸游詞：

> 放翁纖穠得中，精粹不少。南宋善學少游者惟陸。評陸游〈朝
> 中措〉。起句「怕歌愁舞懶逢迎」。（冊四，頁 3994）

他評陸游〈朝中措〉（怕歌愁舞懶逢迎）一闋，認爲是「纖穠得中、精粹不少」，並指出陸游詞是南宋唯一近似秦觀者。與陳廷焯不同，譚獻將陸游與秦觀相較之，由不同角度評論，或與陳廷焯相比，譚獻更加關注陸游詞中纖麗婉約的風格。此外，譚獻於〈老學後庵自訂詞序〉中，對陸游有更全面的評論：

> 兩宋詞人之耆壽者，前稱子野，後則放翁。放翁樂府曲而
> 至，婉而深，跌宕而昭彰。〔註228〕

譚獻稱陸游爲耆壽者，陸游臨終時已達八十五歲高齡，或與張先的八十九歲相比，略有遜色，然「耆壽」一詞，卻也當之無愧。譚獻此則評論，論及陸游詞兩種詞風，其中一種即是近似秦觀詞的清麗作品，認爲是「曲至深婉」，而另一種風格則用「跌宕昭彰」形容之，「跌宕昭彰」一詞出自蕭統《陶淵明集・序》：「其文章不群，詞采精拔；跌宕昭彰，獨超眾類；抑揚爽朗，莫之與京。」〔註229〕是蕭統給予陶淵明文章的評價，認爲其文章的氣勢放縱不拘，文意鮮明，而譚獻稱陸游詞「跌宕昭彰」，應是指其詞中雄慨激昂的部份，而爽朗疏放亦涵蓋其中。譚獻同時關注到了陸游詞中的兩種風貌，且皆給予讚揚，雖不深刻，但卻全面。

綜觀整個清代，對於陸游詞的評論自是由淺入深，清代前期，詞論家企圖將陸游詞風加以歸類，無論是婉約，或是豪放，皆有人

〔註227〕 譚新紅：《清詞話考述》（武漢：武漢大學出版社，2009 年 9 月），頁 150。

〔註228〕 〔清〕譚獻：《復堂文續》，收錄於國家清史編纂委員會：《清代詩文集彙編》（上海：上海古籍出版社，2010 年 12 月），冊 721，頁 225。

〔註229〕 〔南朝梁〕蕭統：《陶淵明集・序》，收錄於〔東晉〕陶淵明撰：《陶淵明集》（香港：中華書局香港分局，1987 年 2 月），頁 10。

言之，但此類評論不免片面，顧此失彼，而評論者多以自身詞學思想出發，總是撿挑有利的說法，加以鞏固並宣傳自我理論，以致於僅能從表面上論及陸詞，較少以具體或多面向的角度進行分析與評論，此時，清代詞學正行起步階段，詞人亦逐步建構詞學理論，並以選詞、作詞來做為實踐，更進一步地唱和、結社形成詞派，為高舉理論旗幟，因此，不得不在評論詞作時，指定風向，使陸游詞在清代前期未被授予全面性的評價，然在這些評論中，雖詞家各有所好，但皆論及陸游，可知陸游詞之地位舉足輕重。清代中期，詞評家多著墨在陸游詩、詞之間的連繫，言其詞似詩、詞勝於詩、詞中有詩意……等，皆有別於前期將陸游詞生硬歸類的情況，其中以《四庫全書總目提要》對陸游詞之評論最為得當，無論是論陸游詞風驛騎於婉豪之間，或是言陸游以詩人之言作詞，較於以往都更為深入，同時，亦能看出陸游詞之長處、缺失，皆源於此，評論頗為精妙。清代晚期，無論是劉熙載、陳廷焯、馮煦、譚獻，雖亦是將自身詞論烙印在陸詞上，但與前期不同的是，他們更為深刻、精微，劉熙載敏銳地把握住陸游不同詞風下的共性；陳廷焯將陸游際遇連接詞作，直搗核心；馮煦以直接、正面的角度評論，並給予肯定，使陸游詞不再是與其他詞人比較下的產物；譚獻與同期詞論家相比，給予陸游的評價，雖不深刻，但卻以自身觀點全面性地贊揚陸游同時具有的兩種詞風。清代人對陸游詞的評論，與本身的詞學脈絡密切相關，然透過他們的批評與詮釋，亦可得出陸游詞作中各種不同的層次與意蘊，進而參透陸游詞的「整體意義」。

四、以韻文形式論陸游詞

　　王師偉勇《清代論詞絕句初編》云：「就詞人『接受史』之研究而言，欲具體掌握其研究材料，宜自十方面著手：一曰他人和韻之作，二曰他人仿擬之作，三曰詩話，四曰筆記，五曰詞籍（集）序跋，六曰詞話，七曰論詞長短句，八曰論詞絕句，九曰評點資料，十曰詞選。」

〔註 230〕以韻文形式評論詞作，論詞絕句與論詞長短句為不可或缺之材料，且尤以清代為盛，二者以簡短的篇幅針對詞人、詞作、詞風進行評論，往往字字珠璣，亦可從中窺探清人論詞的整體面貌，擴大詞學批評的視野。

（一）以「論詞絕句」論陸游詞

清代論詞絕句經王師偉勇整理輯佚，計得 136 家，1137 首作品，〔註 231〕萃成《清代論詞絕句初編》一書，筆者依據此書檢索清代論詞絕句中論陸游詞者，得趙昱、李其永、江昱、譚瑩、華長卿、李綺青等六家，共計六首論詞絕句，可類歸為論陸游晚年失節之事、論陸游漁隱遊春詞、論陸游「掉書袋」之癖、論陸游沈園憾事四端。

1. 論陸游晚年失節之事

陸游晚年曾為韓侂冑作〈南園記〉、〈閱古泉記〉二文，後人多譏陸游此舉使其晚年失節，但陸游僅是由作此二文，對當時掌權者韓侂冑寄予北伐抗金之期望，並非求榮。然陸游晚年失節之傳聞，已植人心，加以《宋史》記載，可信度增加，故趙昱〈南宋雜事詩〉之四八即云：

> 掖垣清職棄如遺，片石休嗟瘞草時；不敵四夫人擘阮，錦裀紅縐索新詞。〔註 232〕

趙昱（1689～1747），原名殿昂，字功千，號谷林，浙江仁和人。常與杭世駿、全祖望、厲鶚等文壇名流相互唱和，著有《爱日堂集》。首二句以北宋仁宗慶曆黨爭，與《紅樓夢》寶玉瘞草為典故，意指陸游清名

〔註 230〕 王師偉勇著：《清代論詞絕句初編》（臺北：里仁書局，2010 年 9 月），頁 1。

〔註 231〕 據王師偉勇《清代論詞絕句‧正編》所錄，清代論詞絕句為 133 家，1067 首作品，然經王師偉勇與趙福勇最新所得，確認《清代論詞絕句‧附錄》中邱晉成、歐陽述與陳芸三家詞篇，作於清代，應改錄《清代論詞絕句‧正編》。趙福勇著：《清代「論詞絕句」論北宋詞人及其作品研究》（彰化：國立彰化師範大學國文研究所博士論文，2011 年 1 月），頁 38。

〔註 232〕 王師偉勇著：《清代論詞絕句初編》（臺北：里仁書局，2010 年 9 月），頁 100。

難守。三、四句則言韓侂冑命其四夫人向陸游索詞，陸游不敵，詞中有「飛上錦裀紅縐」一句，此事記載於據宋・葉紹翁《四朝聞見錄》乙集：

> （陸游）誓不復出。韓侂冑固欲其出，落致仕，除次對，公勉爲之出。韓喜陸附己，至出所愛四夫人擘阮琴起舞，索公爲詞，有「飛上錦裀紅縐」之語。〔註233〕

其中所言之詞，於陸游集中未見，僅於《四朝聞見錄》有載。清代吳衡照《蓮子居詞話》則有對此事亦有提及：

> 《四朝聞見錄》，放翁致仕後，韓侂冑固欲其出，公勉應之。侂冑喜附己，至出所愛四夫人擘阮起舞，索公爲詞，有「飛上錦裀紅縐」之語。今放翁集無此詞。四夫人，侂冑新進之妾，亦見《四朝聞見錄》。《詞林紀事》引《續資治通鑒》張、譚、王、陳四知郡夫人者，誤也。（冊三，頁2416）

吳衡照對文中「飛上錦裀紅縐」句與韓侂冑四夫人進行考證，認爲陸游詞中未見此詞，且韓侂冑四夫人並非張宗橚所言，是張、譚、王、陳四知郡夫人。〔註234〕吳衡照未對陸游依附韓侂冑一事表述己見，僅闡述書中所聞。趙昱則以絕句形式對陸游失節之事表達看法，雖無直言惋惜，但「休嗟」、「不敵」等詞，以透露詩中情感，由此更可體會論詞絕句之精鍊簡約。

譚瑩〈論詞絕句一百首〉之六六亦論及此事：

> 蓮花博士曲新飜，合是詩人總斷魂；飛上錦裀紅縐語，千秋遺恨記南園。〔註235〕

〔註233〕　〔宋〕葉紹翁：《四朝聞見錄》，收錄於鄧子勉輯：《宋金元詞話叢編》（南京：鳳凰出版社，2008年12月），頁410。

〔註234〕　張宗橚按語：「王宗沐《續資治通鑑》，韓侂冑愛妾張、譚、王、陳，皆知郡夫人。」〔清〕張宗橚編、楊寶霖補正：《詞林紀事補正》（上海：上海古籍出版社，1998年11月），頁693。

〔註235〕　王師偉勇著：《清代論詞絕句初編》（臺北：里仁書局，2010年9月），頁212。

譚瑩（1800～1871），字兆仁，號玉生，南海縣捕屬（今廣東佛山）人。首句言陸游與前妻離合傷心之事。「蓮花博士」語出陸游〈九月十四日，夜雞初鳴，夢一故人相語曰：我爲蓮華博士，蓋鏡湖新置官也。我且去矣，君能暫爲之乎？月得酒千壺，亦不惡也。既覺，惘然作絕句記之〉一詩，詩云：「白首歸修汗簡書，每因囊粟戲侏儒。不知月給千壺酒，得似蓮華博士無？」〔註236〕「曲新釄」之「曲」，指陸游〈釵頭鳳〉一闋，〈釵頭鳳〉詞牌又名〈折紅英〉，原名〈擷芳詞〉，出自宋代無名氏之手，因詞中有「都如夢，何曾共，可憐孤似釵頭鳳」句，故陸游取名〈釵頭鳳〉，〔註237〕此詞牌源自北宋，經陸游運用而再次流行，故譚瑩言「曲新釄」。第二句稱陸游爲「詩人」，且言總是斷魂，陸游以「愛國詩人」著稱，將其誓言北伐的豪心壯志，與時不我予的失志慨嘆寄予詩作，而譚瑩所指「斷魂」，應是後者。後三、四句便言陸游依附韓侂冑之事，且爲之創作詞、文；「飛上錦裀紅縐」之詞不見詞籍，而〈南園記〉則得見其全貌，譚瑩云「千秋遺恨」，乃指陸游爲韓侂冑作詞爲文之憾恨，《四庫全書總目提要》載：「葉紹翁《四朝聞見錄》載韓侂冑喜游附己，至出所愛四夫人號滿頭花者索詞，有『飛上錦裀紅縐』之句，今集內不載。蓋游老而墜節，失身侂冑，爲一時清議所譏。游亦自知其誤，棄其稿而不存。〈南園閱古泉記〉不編於《渭南集》中，亦此意也。而終不能禁當代之傳述，是亦爲可炯戒者矣。」〔註238〕《提要》言陸游知己失節，遺憾後悔，故文集中不見此二記，譚瑩應是依此觀點。

〔註236〕〔宋〕陸游：《陸放翁全集》（北京：中國書店，1995年5月），下冊，頁750。

〔註237〕無名氏〈擷芳詞〉曰：「風搖蕩，雨蒙茸。翠條柔弱花頭重。春衫窄。香肌濕。記得年時，共伊曾摘。　都如夢。何曾共。可憐孤似釵頭鳳。關山隔。晚雲碧。燕兒來也，又無消息。」參吳藕汀、吳小汀：《詞調名辭典》（上海：上海書店出版社，2005年），頁953～954。

〔註238〕〔清〕紀昀等：《四庫全書總目提要》（臺北：臺灣商務印書館，1971年7月），冊5，頁4444。

2. 論陸游漁隱遊春詞

陸游詞中未乏隱逸閑適之詞，如〈漁父〉五首；〈采桑子〉（三山山下閒居士）、〈鷓鴣天〉（家住蒼煙落照間）、（插腳紅塵已是顛）、（懶向青門學種瓜）三首；〈戀繡衾〉（不惜貂裘換釣篷）；〈鵲橋仙〉（華燈縱博）……等，多以山水爲景，己身之恬淡自適爲詞心，創作出一連串的漁隱詞。然陸游的閒逸卻是幾經罷黜後的產物，詞中總有幾分無奈之感，由於功名夢斷、報國無門，因此才寫下此番作品，雖是如此，但陸游的漁隱詞仍堪稱佳作，塑造出頹放不羈、悠閒自得的形象，李其永〈讀歷朝詞雜興〉之十七云：

> 不惜貂裘換釣篷，一身來往綠波中；漁竿長在桃花樹，春
> 色山陰陸放翁。〔註239〕

李其永（生卒年不詳），首句爲陸游〈戀繡衾〉第一句，未易改一字，第二句則敘述陸游來往煙波綠池的形象。三、四句則言及陸游的遊春詞，其中最著名的即是〈水龍吟〉：

> 摩訶池上追游路，紅綠參差春晚。韶光妍媚，海棠如醉，
> 桃花欲暖。挑菜初閒，禁煙將近，一城絲管。看金鞍爭道，
> 香車飛蓋，爭先占、新亭館。　　惆悵年華暗換。點銷魂、
> 雨收雲散。鏡奩掩月，釵梁拆鳳，秦箏斜雁。身在天涯，
> 亂山孤壘，危樓飛觀。歎春來只有，楊花和恨，向東風滿。

〔註240〕

〈水龍吟〉一闋雖寫遊春，然下片的淒苦孤嘆卻表其心志，反差即見，藉由上下片的鮮明對比，更可表現其中哀苦；陸游的描寫春色之詞作不少，其中寄託傷春感懷如〈水龍吟〉之作，也不在少數，李其永言「春色山陰陸放翁」，應是在此。

〔註239〕　王師偉勇著：《清代論詞絕句初編》（臺北：里仁書局，2010 年 9 月），頁 117。

〔註240〕　唐圭璋編：《全宋詞》（北京：中華書局，2009 年 3 月），冊 3，頁 1600。

3. 論陸游「掉書袋」之癖

劉克莊曾指出陸游詞之缺點:「放翁、稼軒,一掃纖豔,不事斧鑿,但時時掉書袋,要是一癖。」〔註241〕清代論詞絕句中亦有人論及,江昱〈論詞十八首〉之九云:

> 蓮花博士浣鉛華,風味蕭疎一別家;便使時時掉書袋,也勝康柳逐淫鼃。〔註242〕

江昱(1706～1775),字賓谷,號松泉,江蘇儀徵人,著有《松泉詩集》、《梅鶴詞》等。「蓮花博士」出自陸游詩,此處則指稱陸游,江昱稱讚陸游詞「洗盡鉛華」,詞風蕭疎,有別於他人。所謂蕭疎,應指陸游詞中那股蕭瑟閒散之味,田同之《西圃詞說》曾言:「務觀之蕭散,而或傷於疎。」(冊二,頁1485)陸游晚年雖作閒逸歸隱之詞,然其中卻蘊含不得不的無奈,欲說還休的情感,不見往年的豪氣雄慨,徒留下陸游所營造的「蕭疎」之感。第三句則言陸游詞用典太過之毛病,但結尾句卻扳回一城,言陸游即使「時時掉書袋」,仍勝於柳永、康與之,「鼃」,通「哇」,「淫鼃」則作「淫哇」之意,江昱於此是以柳、康二人的淫靡綺麗之詞為病,可見江昱崇尚雅正之詞,而陸游的融典化用,則受其喜愛。

華長卿〈論詞絕句〉之二六亦云:

> 劍南詞筆鬭仙根,修月全無斧鑿痕;卻怪時時掉書袋,驚他枵腹過雷門。〔註243〕

華長卿(1804～1881),原名長梿,字枚宗,號梅莊,著《梅莊詩鈔》、《黛香管詞鈔》。首二句言陸游詞脫俗之仙氣,寫詞全無雕琢痕跡,正如劉克莊言:「放翁、稼軒,一掃纖豔,不事斧鑿。」可知華長卿

〔註241〕 〔宋〕《後村詩話》,收錄於鄧子勉輯:《宋金元詞話叢編》(南京:鳳凰出版社,2008年12月),頁525。

〔註242〕 王師偉勇著:《清代論詞絕句初編》(臺北:里仁書局,2010年9月),頁121。

〔註243〕 王師偉勇著:《清代論詞絕句初編》(臺北:里仁書局,2010年9月),頁233。

對陸游詞的揚贊。後三、四句，或爲陸游辯解，「柺腹」，即空腹之意；「雷門」，指會稽城門，有大鼓，鼓聲宏亮，可傳到洛陽城。《漢書‧王尊傳》：「毋持布鼓過雷門。」顏師古注：「雷門，會稽城門也，有大鼓。越擊此鼓，聲聞洛陽，故尊引之也。」〔註 244〕劉克莊認爲陸游詞用典太過，是爲一病，華長卿則試圖爲他解套，認爲陸游詞中多用典故，此舉並非一名肚中毫無墨水者可以做到的，更遑論於雷門擊鼓，響徹城中。

4. 論陸游沈園憾事

關於陸游與其唐琬相遇沈園之事，本章第一節已有論述，而無論是宋代，或是後來詞話、筆記的記載，多以論述本事爲主，而李綺青則從情感層面切入，有別於以往，其〈讀劍南集書後〉之五云：

> 姑惡聲聲聒耳喧，釵頭鳳曲暗銷魂；生平一事堪惆悵，四十年中沈氏園。〔註 245〕

李綺青（1859～1925），字漢珍，晚年改漢父，別號倦齋老人。廣東惠陽（今廣東惠城）人。陸游與唐琬仳離，乃因唐氏「弗獲於姑」，故首句言「姑惡聲聲聒耳喧」，陸母的嫌棄聲聲在耳，促使二人無奈分離。雖兩人已解縭，且各有婚嫁，但心中卻仍有情感，沈園相遇一事，則又更加深中憾恨，第二句「釵頭鳳曲暗銷魂」，陸游於沈園壁上題〈釵頭鳳〉一闋，傳其前妻亦有和詞，兩人皆將自身斷腸銷魂之情感寄予詞作，因此李綺青言「暗銷魂」。第三句則指出陸游一生之憾，尤以此事「堪惆悵」，最末句「四十年中沈氏園」，應指陸游於寧宗慶元五年（1199）所作之〈沈園〉之二，詩云：「夢斷香消四十年，沈園柳老不吹綿。此身行作稽山土，猶吊遺蹤一泫然。」〔註 246〕這

〔註 244〕〔東漢〕班固：《漢書》（臺北：鼎文書局，1983 年 10 月），冊四，頁 3230。

〔註 245〕王師偉勇著：《清代論詞絕句初編》（臺北：里仁書局，2010 年 9 月），頁 253。

〔註 246〕〔宋〕陸游：《陸放翁全集》（北京：中國書店，1995 年 5 月），中冊，頁 591。

四十年間人事已非，僅徒留惆悵於心中。李綺青以情感角度切入陸游〈釵頭鳳〉本事，且為之嘆息。

（二）以「論詞長短句」論陸游詞

清代論詞長短句論陸游詞者，共計二闋，即焦袁熹〔註247〕〈采桑子・陸放翁〉（蠟封夜半親飛檄）與〈采桑子・放翁〉（驚鴻照影春波綠），分別涉及陸游的愛國情感，以及兒女情事，茲分述如下：

1. 論陸游愛國情感

　　蠟封夜半親飛檄，馳諭幽并。雨黑風腥。不許書生夢不醒。

　　　　低篷三扇平生事，兩鬢星星。家祭丁寧。等到冬青一樹青。〔註248〕

陸游一生忠貞憂國，期待朝廷能收復故土、一統中原，然此願終不得成，而焦袁熹此詞則是描述陸游無法成就願望之哀嘆。首二句「蠟封夜半親飛檄，馳諭幽并。」乃是化用陸游詞〈訴衷情〉（青衫初入九重城）中：「蠟封夜半傳檄，馳騎諭幽并。」〔註249〕一句。孝宗隆興元年（西元1163年），陸游任職樞密院編修官，受中書省、樞密院二府之命，起草〈代二府與夏國主書〉、〈蠟彈省箚〉二文，期望能藉由聯合西夏與招撫抗金力士之舉，驅逐金人收復失地。是時孝宗即位，表面上雖有恢復故土之態，實則色屬內荏，首鼠兩端，因此，對於陸游力主抗金之念，面似褒獎，實則畏惡，故最終依舊

〔註247〕 焦袁熹（1661～1736），字廣期，號南浦，江蘇金山（今上海）人，著有《白雲樓詩話》、《此木軒直寄詞》、《此木軒贅語》、《此木軒論詩》及《此木軒歷科詩經文》等書。有關清代焦袁熹「論詞長短句」可參唐玉鳳：《焦袁熹「論詞長短句」及其詞研究》（臺南：國立成功大學中國文學系碩士論文，2011年7月）。

〔註248〕 南京大學中國語言文學系全清詞編纂研究室編：《全清詞・順康卷》（北京：中華書局，2002年5月），頁10583。

〔註249〕 原詞為：「青衫初入九重城。結友盡豪英。蠟封夜半傳檄，馳騎諭幽並。　時易失，志難成。鬢絲生。平章風月，彈壓江山，別是功名。」唐圭璋編：《全宋詞》（北京：中華書局，2009年3月），冊3，頁1596。

遠離陸游，將其貶謫出朝。〔註 250〕雖陸游終不得重用，然夜半傳檄，騎諭幽并，正是書生報國的具體作為，陸游將此事寫入詞中，表露出得意之情；焦袁熹則進而化用，企圖揭示陸游親身報效家國的作為，塑造陸游的愛國形象。第二句「雨黑風腥。不許書生夢不醒。」意指時局不利，陸游只能迫至夢中，一嘗抗金北伐、收復故土的宿願。孝宗乾道八年（西元 1172 年），陸游納入王炎幕下，任左承議郎權四川撫使司幹辦公事兼檢法官，此時陸游曾有短暫的軍旅生活，此乃陸游生平最感快意之時，以致往後餘生，亦多有吟詠，但這般生活卻無持久，是年十月，王炎奉詔回京，幕僚皆散去，陸游改任成都府安撫司參議官，陸游報國之心再受顛簸。焦袁熹以「雨黑風腥」形容朝廷小人當道、烏雲蔽日之暗，〔註 251〕「不許書生夢不醒」則運用夢境與現實之鮮明對比，表達現實生活的殘酷，陸游作有許多紀夢詩，如〈九月十六日夜夢駐軍河外，遣使招降諸城，覺而有作〉：「殺氣昏昏橫塞上，東並黃河開玉帳。晝飛羽檄下列城，夜脫貂裘撫降將。將軍櫪上汗血馬，猛士腰間虎文帳。階前白刃明如霜，門外長戟森相向。朔風卷地吹急雪，轉盼玉花深一丈。誰言鐵衣冷徹骨，感義懷恩如挾纊。腥臊窟穴一洗空，太行北嶽元無恙。更呼鬥酒作長歌，要遣天山健兒唱。」〔註 252〕借夢中的勝利來寄託恢復失地、統一中原的理想願望；又如追憶戎馬生活的詩作：〈頻夜夢至南鄭小益之間慨然有懷〉，表達陸游欲重返疆場、抗金救國的壯志豪情；亦有抒發報國無期、壯志難酬的悲憤之夢，如〈貧甚

〔註 250〕　《宋史》：「時龍大淵、曾覿用事，游為樞臣張燾言：『覿、大淵招權植黨，熒惑聖聽，公及今不言，異日將不可去。』燾遽以聞，上詰語所自來，燾以游對。上怒，出通判建康府，尋易隆興府。」（健康應為鎮江之誤）〔元〕托克托等撰：《宋史》（臺北：鼎文書局，1984 年 1 月），冊 15，頁 12058。

〔註 251〕　當時為孝宗所寵信之龍大淵、曾覿、張說、王抃等，皆在朝廷排除異己，植黨營私。

〔註 252〕　〔宋〕陸游：《陸放翁全集》（北京：中國書店，1995 年 5 月），中冊，頁 64。

戲作絕句之六〉:「可憐老境蕭蕭夢,常在荒山破驛中。」〈晚泊〉:
「半世無歸似轉蓬,今年作夢到巴東。」等,可知陸游是將平生無
法紓解之情、達成之願寄託夢中,然夢境始終虛幻,現實不許陸游
流連夢中,但夢中的美好,卻致使夢醒更加苦痛,焦袁熹作此言,
將陸游的處境真實呈現。此闋詞的上片,焦袁熹將陸游的得意與失
志同時呈現,強烈表達陸游的內外衝突。下片首句「低篷三扇平生
事」,化用自陸游〈鵲橋仙〉(華燈縱博):「華燈縱博,雕鞍馳射,
誰記當年豪舉。酒徒一一取封侯,獨去作、江邊漁父。   輕舟八
尺,低篷三扇,占斷蘋洲煙雨。鏡湖元自屬閒人,又何必、君恩賜
與。」〔註253〕此闋詞作於陸游晚年歸隱山陰之時,詞中表面似自
我寬慰,追求恬淡閒靜的生活,然言語間仍有股怨憤之感,此兩種
情緒於陸游心中不斷拉扯,焦袁熹言「低篷三扇平生事,兩鬢星星。」
試圖表述陸游晚年之心緒,縱有萬般豪情,如今兩鬢花白,只能作
為一名煙波釣叟,徜徉於自我天地之間。「家祭丁寧。」一句,乃
言陸游臨終前所作之〈示兒〉:「死去原知萬事空,但悲不見九州同。
王師北定中原日,家祭毋忘告乃翁。」〔註254〕此詩為陸游一生政
治抱負、愛國思想的結晶,即使身形以逝,精神長流,亦可見陸游
為理想之堅持。末句「等到多青一樹青。」意指無論陸游如何的傾
生期待,南宋終究滅亡;焦袁熹使用元僧楊璉真迦破壞宋帝后陵
寢,將墓中寶物挖掘殆盡,使帝后曝屍於外,最後由唐珏率眾拾骨
瘞埋,並植多青樹以記之。焦袁熹論陸游,或以時序據進,從陸游
的得意報國,至辭世後理想願望亦不可得,將陸游一生的重大遭
遇、畢生之志,以及晚年的無奈慨嘆皆濃縮其中,建構出一組屬於
陸游的悲劇形象。

〔註253〕 唐圭璋編:《全宋詞》(北京:中華書局,2009 年 3 月),冊 3,頁
1595。

〔註254〕 〔宋〕陸游:《陸放翁全集》(北京:中國書店,1995 年 5 月),下
冊,頁 1153。

2. 論陸游兒女情事

> 驚鴻照影春波綠，風月池臺。畫角聲哀。舊事依然心上來。
>
> 　單棲懊惱釵頭鳳，錦字親裁。獨泪空陪。一寸相思一寸灰。〔註255〕

若論及陸游的兒女情事，必是陸游與唐琬之事。首三句化用自陸游〈沈園〉二首之一：「城上斜陽畫角哀，沈園非復舊池台。傷心橋下春波綠，曾是驚鴻照影來。」〔註256〕所謂「驚鴻照影」，應指當日沈園相遇時，唐琬的翩然身影，曹植〈洛神賦〉曾言：「其形也，翩若驚鴻‧婉若遊龍。」形容洛神姿態優美矯捷，猶如驚起的鴻雁，焦袁熹云「驚鴻照影春波綠，風月池臺。」乃是重塑陸游與唐婉重逢沈園之情景，企圖由景入情。「畫角聲哀。舊事依然心上來。」則言陸游惆悵哀嘆。唐琬自二人相遇沈園之後，便抑鬱而終，陸游四十年後重遊故地，聽聞畫角哀聲，舊事依然上心，未曾忘卻。焦袁熹於上片描寫陸游重遊沈園，慨嘆人事已非，今毋若往昔之悲。下片則以陸游角度，表達對唐琬的深切思念。陸游將原詞調名〈擷芳詞〉改為〈釵頭鳳〉，是取原詞「可憐孤似釵頭鳳」中「孤不成雙」之意；唐琬已逝，二人終究無法雙宿雙飛，只能於夜半之時，獨自淚流悼念，故焦袁熹云：「單棲懊惱釵頭鳳，錦字親裁。獨泪空陪。」最後一句則引用李商隱〈無題〉詩四之二末句，詩云：「颯颯東風細雨來，芙蓉塘外有輕雷。金蟾齧鎖燒香入，玉虎牽絲汲井回。賈氏窺簾韓掾少，宓妃留枕魏王才。春心莫共花爭發，一寸相思一寸灰。」〔註257〕焦袁熹借李商隱之詩，喻陸游的思念最終只能化成灰燼，空留滿腹惆悵。

〔註255〕南京大學中國語言文學系全清詞編纂研究室編：《全清詞‧順康卷》（北京：中華書局，2002 年 5 月），頁 10583。

〔註256〕〔宋〕陸游：《陸放翁全集》（北京：中國書店，1995 年 5 月），中冊，頁 591。

〔註257〕〔清〕聖祖敕撰：《全唐詩》（北京：中華書局，2005 年 4 月），冊 8，頁 6214。

小　結

　　本章係就詞話、詞籍（集）序跋、詩話、筆記、詞選評點、論詞絕句、論詞長短句等進行分析歸納，疏理歷代對陸游詞之接受評論，可得四端，茲就所得結果臚列如次：

　　其一、陸游〈釵頭鳳〉本事由來已久，宋代筆記就有所載錄，然整體故事未得全面，且故事主人翁也僅言陸游與其前妻某氏，不見細節；迨至周密《齊東野語》將細節補齊，如言陸游前妻爲唐閎之女云云。宋代曾載有陸游前妻有和詞，卻不得全闋，而此和詞則於明代出現，雖眞實性可疑，但亦爲後世留下佳詞。清代對〈釵頭鳳〉本事記載，數量最爲多數，故事的完整性也在此時完成，同時亦對本事進行考證，雖有所質疑，但多數清人還是秉持若有其事的態度。

　　其二、宋代對陸游詞的評論，多在其生平本事上著墨，如陸游名、字、別號之來由，以及〈釵頭鳳〉本事等。對陸游詞的評論，僅黃昇與劉克莊二人，皆讚揚其詞，且將陸游詩詞相比，認爲其詞更勝其詩，或言陸游詞風之多樣，雄慨之處可與蘇、辛比肩，二人詞論可謂開後世之門，爾後明、清兩代，亦多見類於二者之論點。元代對陸游之評論，多專注於軼事上，如陸游有妾擅詞藝，此則軼事經考證後，應爲虛構，因其中陸游於壁上所見之題詩，乃爲陸游所作，文中擷取〈感秋〉詩末四句，並略改字詞，當驛卒女所作，而後妾作別陸游詞，更錯置詞牌名，更可驗證此軼事不可信。此外，對陸游爲韓侂胄作〈南園記〉一事，則採較爲負面的態度，及認爲陸游晚年失節，遭致清議亦無可厚非。

　　其三、明代爲詞體的過渡期，此時對陸游詞的評論，單篇詞闋的評點較總體評論是爲豐富許多，論及對陸游詞的總評，以楊愼、毛晉爲主，認爲陸游詞風婉、豪皆佳，此論點於後來清代對陸游詞風之類歸，可謂濫觴。單篇詞闋的評點，則多著重陸游詞情，或與當時的詞壇風尚有關；此外，對陸游詞的評論多集中於明代晚期，亦可見得明代詞壇的風向脈動，使陸游詞於晚期漸受關注。

　　其四、清代論陸游詞,以淺入深。清代前期,試圖將陸游詞風類歸婉、豪,然評論者多各言其事,擷取與自身詞學思想相符者,未見其他;清代中期,則論及陸游詩入詞的情況,言其詞似詩、詞勝於詩、詞中有詩意……等,對陸游詞有更進一步的體會;清代晚期,對陸游詞之評論則更為深入,將陸游詞中情意連結陸游的生平際遇,可謂直探其創作核心,此外,亦以全面性的觀點進行批評,不再擇其所需,而是給予整體的讚揚。清代對陸游詞的評論,多與自身詞學思想有關,然從他們對陸游的闡釋觀點,更可得陸游詞之「整體意義」。

第四章　陸游詞影響史研究

　　接受史可分爲效果史、闡釋史與影響史三方面，本章節企圖將陸游詞的影響史作一闡述，以歷代詞人仿擬、和韻、集句等作品爲文本，從中探析陸游詞於當代與後世之影響面相。《接受美學與接受理論》云：

> 產生文學作品的歷史背景不是一種與觀察者隔絕的、事實性的獨立的系列事件。……文學事件只是在那些隨之而來或對之再次發生反響的情況下——假如有些讀者要再次欣賞這部過去的作品，或有些作者力圖模仿、超越或反對這部作品——才能持續地發生影響。文學的連貫性，使一種事件在當代及以後的讀者、批評家和作家的文學經驗的期待視野中得到基本的調節。〔註1〕

作品於作者創作之後，不斷地受到關注，首由編選入集，可看出作品於讀者間產生之效果，此爲直接且有效地觀察作品的受歡迎程度；再者，批評家的評論、分析，闡釋了作品內含的意蘊與價值；最後，從其他作者的唱和、模仿，探查作品之影響，此種影響更爲深層，直探創作核心。所謂影響史，就是受到藝術原型和藝術母題的影響啟發、

〔註1〕〔德〕姚斯、霍拉勃著，周寧、金元浦譯：《接受美學與接受理論·走向接受美學》（瀋陽：遼寧人民出版社，1987年9月），頁27。

形成文學系列的歷代作品史。〔註2〕因此，影響史可視爲接受的另一種面相，只有經過接受、咀嚼、消化後，才能再創造出與原作相仿或相連結的作品。

喬億《劍溪說詩》曰：「節序同，景物同，而時有盛衰，境有苦樂，人心故自不同。以不同接所同，斯同亦不同，而詩文之用無窮焉。」〔註3〕此言說明文學創作的獨特與多重性，然創作是無法完全隔絕承襲與借鑑，王國維《人間詞話》云：「最工之文學，非徒善創，亦且善因。」〔註4〕王國維明白點出經典的產生，並非僅依靠獨創，其中的仿效與承繼亦不可忽略。因此透過歷代詞人仿效、唱和陸游詞等作品，可窺探陸游詞另一接受面相。綜觀歷代詞作，受陸游詞影響進而創作的作品，表現方式可歸納爲三大類別，即「和韻」（含次韻、依韻、用韻等）、「仿擬」（題序中有「擬」、「效」、「改」、「法」、「用」等字之作品）、「集句」（包含整引、截取、增損、化用、檃括等技巧）。

和韻之法首出現於詩歌中，爾後詞體盛，詞人將此法移植於詞作之中，故探討「和韻詞」的用韻方式，則需溯源至詩體，明代徐師曾於《詩體明辨》中對於「和韻」種類有清楚且明確的定義：「和韻詩有三類，一曰依韻，爲同在一韻中，而不必用其字也；二曰次韻，謂和其原韻，而先後次第皆因之也；三曰用韻，謂用其韻，而先後不必次也。」〔註5〕所謂「依韻」，即指和韻作品之韻腳僅需與原作於同一韻部即可，毋須按原作所用之韻字；「次韻」則需依照原作韻字，且次序不可易改，是爲最嚴格；「用韻」仍須使用原作韻字，但次序可易。除形式上的要求外，和韻作品之內容、風格也須與原作相互輝映，

〔註2〕 陳文忠：《文學美學與接受史研究》（合肥：安徽人民出版社，2008年4月），頁301。

〔註3〕 〔清〕喬億：《劍溪說詩》，收錄於《續修四庫全書》（北京：商務印書館，2005年），冊1701，頁226。

〔註4〕 王國維著、施議對譯注：《人間詞話譯注》（臺北：貫雅文化事業公司，1991年5月），頁448。

〔註5〕 〔明〕徐師曾：《詩體明辨》（臺北：廣文書局，1972年4月），下冊，卷14，頁1039。

是屬完整。一部經典不會曲高和寡，反倒是眾人的追隨才愈顯其中價值，對陸游詞的唱和作品，不僅限於當代，陸游與友人之相互酬唱，甚於後世詞人也多有追和。

所謂「仿擬」即是作品於題序中標明「擬」、「效」、「改」、「法」、「用」等字，且將原作之體製、作法、內容與風格皆仿效、承襲者。據王師偉勇撰〈兩宋詞人仿擬典範作品析論〉中指出「仿擬體」依其效仿方式，可列歸為：「效仿作法與體製」、「效仿體製、內容與風格」以及「效仿總體風格」三種類型。〔註6〕仿擬作品是為對前人詞作的作法、體製與內容風格多有嚮往，故起而效之。「仿擬」是讀者接受作品後，受其影響而加以模仿創作，因此亦可視為接受的另一面相。

「集句」作法之產生始於詩，最早以晉朝的傅咸發明專集《詩經》原句為詩的辦法，集句詩就此而生，但南北朝時並未出現追隨者，直至宋初始漸有作者。〔註7〕明代徐師曾《文體明辨序說·集句詩》言：「集句詩者，雜集古句以成詩也。自晉以來有之，至宋王安石尤長於此。蓋必博學強識，融會貫通，如出一手，然後為工。若牽合博會，意不相實，則不足以語此矣。」〔註8〕徐師曾定義「集句詩」為「雜集古句以成詩」，今人裴普賢更明確指出「集句詩」是完全採集前人的詩句或文句而成，不可有自創之一字一句摻雜其中，甚亦不許改動任何字句，〔註9〕然此與「集句詞」之形式或有不同。據王師偉勇〈蘇

〔註6〕 王師偉勇撰：〈兩宋詞人仿擬典範作品析論〉，收錄於《人文與創意學術研討會論文集》（臺北：里仁書局，2008 年 6 月），頁 89～129。

〔註7〕 裴溥言：〈歷代集句詩發展總論〉，《東吳文史學報》，第 3 期，1978年 6 月，頁 16。

〔註8〕 〔明〕徐師曾著，羅根澤校點：《文體明辨序說·集句詩》（臺北：長安出版社，1978 年 12 月），頁 111。

〔註9〕 裴普賢：「所謂集句詩是完全採集前人的詩句或文句，以另行組合成一詩的作品，不許有任何一句自創之作摻雜其中，甚至更動前人句子一字，也不被容許（簡縮一、二字，已屬例外），與一般的創作完全不同，而形成一種特殊的詩體者。」裴普賢：《集句詩研究》（臺北：臺灣學生書局，1975 年 11 月），頁 1。

軾集句詞探微——借唐詩繫年宋詞之二〉一文中，曾以宋祁、王安石、蘇軾、向子諲四位詞家之集句作品，證明集句詞之形式與後世之定義不同，蓋可包含：「一、集前人成句；二、就前人成句更動其字詞而後集之；三、化用前人詩意，另鑄新詞以集之；四、截取前人詩句以集之；五、集入作者個人之作品。」〔註10〕又王師偉勇於〈兩宋集句詞形式考〉中更爲確立「集句詞」之定義：「集句詞者，以整引、截取、增損、化用、檃括等方式，雜集古句；間或雜入一、二今人或個人作品以成詞也。」〔註11〕可見集句詞著重汲取他人字句，並加以變化更動，另成新作，其中亦含有接受態度，故爲本章節討論之一環。

　　本章以《全宋詞》、《全金元詞》、《全明詞》、《全明詞補編》、《全清詞‧順康卷》、《全清詞‧順康卷補編》與《清詞別集百三十四種》爲文本，搜羅歷代詞人對陸游詞之和韻、仿擬、集句作品，加以分析歸納，借此一窺歷代詞人受陸游詞影響，進而創作之情況，並將此串連，建構出陸游詞之影響史。

第一節　宋、元代陸游詞影響史

　　陸游詞對宋金元詞家的影響創作多表現於和韻作品，對《全宋詞》與《全金元詞》進行統計，共有八闋和韻作品，即史浩〈鷓鴣天〉（我本飄然出岫雲）、史浩〈生查子〉（雙蛟畫鼓催）、毛开〈水調歌頭〉（襟帶大江左）、王奕〈水調歌頭〉（迢迢墦冢水）、毛开〈念奴嬌〉（少年奇志）、韓元吉〈念奴嬌〉（湖山泥影）、韓元吉〈滿江紅〉（江繞層城）、韓奕〈鵲橋仙〉（三江秋水），茲臚列簡表並探討如次：

〔註10〕王師偉勇撰：〈蘇軾集句詞探微——借唐詩繫年宋詞之二〉，收錄於《宋詞與唐詩對應研究》（臺北：文史哲出版社，2004 年 3 月），頁 363。

〔註11〕王師偉勇撰：〈兩宋集句詞形式考〉，收錄於《詞學專題研究》（臺北：文史哲出版社，2003 年 4 月），頁 330。

作　者	詞調名	詞題（序）	首句前四字	出　處
史浩	〈鷓鴣天〉	次韻陸務觀賀東歸	我本飄然	《全宋詞》，冊二，頁 1268
史浩	〈生查子〉	即席次韻陸務觀	雙蛟畫鼓	《全宋詞》，冊二，頁 1270
毛开	〈水調歌頭〉	次韻務觀陪太守方務德登多景樓	襟帶大江	《全宋詞》，冊二，頁 1360
毛开	〈念奴嬌〉	次韻寄陸務觀、韓無咎	少年奇志	《全宋詞》，冊二，頁 1362
韓元吉	〈滿江紅〉	再至丹陽，每懷務觀，有歌其所製者，因用其韻是王季夷、章冠之	江繞層城	《全宋詞》，冊二，頁 1397
韓元吉	〈念奴嬌〉	次陸務觀見貽念奴嬌韻	湖山泥影	《全宋詞》，冊二，頁 1399
王奕	〈水調歌頭〉	和陸放翁多景樓	迢迢墦冢	《全宋詞》，冊五，頁 3298
韓奕	〈鵲橋仙〉	漁父詞和放翁詞	三江秋水	《全金元詞·元詞》，頁 1153

一、和〈鷓鴣天〉（南浦舟中兩玉人）

陸游〈鷓鴣天　薛公肅家席上作〉原詞如次：

> 南浦舟中兩玉人。誰知重見楚江濱。憑教後苑紅牙版，引上
> 西川綠錦茵。　　纔淺笑，却輕嚬。淡黃楊柳又催春。情知
> 語言難傳恨，不似琵琶道得真。（《全宋詞》冊三，頁1584）

史浩，字直翁，生於宋徽宗重寧五年（1106），卒於宋光宗紹熙五年
（1194），明州鄞縣（今浙江省寧波市鄞縣）人，著有《鄮峯眞隱漫
錄》，其〈鷓鴣天　次韻陸務觀賀東歸〉，即次韻陸游詞：

> 我本飄然出岫雲。掛冠歸去岸綸巾。但教名利休韁鎖，心
> 地何時不是春。　　竹葉美，菊花新。百杯且聽繞梁塵。
> 故鄉父老應相賀，林下方今見一人。（《全宋詞》冊二，頁
> 1268）

〈鷓鴣天〉，雙調五十五字，上片四句，下片五句，各三平韻，一韻
到底。相較二闋詞的韻腳，史浩使用之韻腳爲「雲、巾、春、新、塵、
人」，陸游詞韻腳則作「人、濱、茵、噸、春、眞」，可知皆押第六部
平聲韻，是屬和韻中之「依韻」。以內容風格而言，陸游此闋詞乃是
歌宴酒席中的應酬之作，其中言及「楚江濱」、「西川」，可知此作完
成於陸游宦遊蜀中之時，薛公肅則未詳其人。此詞未有深意，僅於末
句迂迴轉折，借訴情懷，俞陛雲《唐五代兩宋詞選釋》言：「蓋一落
言詮，便無餘味，不若空中轉恨，見聲音之感人。故曰香山之悲商婦
琵琶，不在整衣自言之際，而在急弦轉撥之時，爲之青衫淚濕也。」
〔註12〕史浩作品則呈現慶賀歸鄉之欣喜，兼有名韁利鎖的無奈，及事
過境遷的慨嘆，可見史浩作品僅由押韻方面承襲陸游，內容則多由己
出。

二、和〈生查子〉

史浩另有一闋和韻作品，即〈生查子 即席次韻陸務觀〉：

> 雙蛟畫鼓催，一水銀蟾滿。見奪錦標回，卻倚花枝看。　　已
> 擘冷金橙，更釃玻璃碗。歸去詫鄉關，不負平生眼。(《全
> 宋詞》，冊二，頁 1270)

〈生查子〉，雙調四十字，上下片各四句，各押兩仄韻，上去通押。
史浩此闋作品韻腳爲「滿、看、碗、眼」，僅「看」屬第七部去聲，
其餘爲第七部上聲。綜觀陸游所作〈生查子〉共兩闋，即〈生查子〉
(還山荷主恩)與〈生查子〉(梁空燕委巢)，但這兩闋詞其一押第十
二部上聲韻，另一闋押第四部上聲韻，與史浩所作韻腳均不屬同部，
但詞題明確言及作品是和陸游韻，因此可推測陸游原詞已佚，現今無
法得見當時史浩所依和詞作之原貌。

〔註12〕俞陛雲：《唐五代兩宋詞選釋》(臺北：文史哲出版社，1988 年 7 月)，
頁 348。

三、和〈水調歌頭 多景樓〉（江左占形勝）

陸游原詞乃屬登高能賦之作品，詞曰：

> 江左占形勝，最數古徐州。連山如畫，佳處縹緲著危樓。
> 鼓角臨風悲壯，烽火連空明滅，往事憶孫劉。千里曜戈甲，
> 萬竈宿貔貅。　　露霑草，風落木，歲方秋。使君宏放，
> 談笑洗盡古今愁。不見襄陽登覽，磨滅遊人無數，遺恨黯
> 難收。叔子獨千載，名與漢江流。（《全宋詞》冊三，頁 1580）

多景樓位於鎮江府（今江蘇省鎮江市）北固山甘露寺內，爲游賞勝地。
宋張邦基《墨莊漫錄》中曾載：「鎮江府甘露寺在北固山上。江山之
勝，煙雲顯晦，萃於目前。舊有多景樓，尤爲勝覽之最。蓋取李贊皇
〈題臨江亭〉詩有『多景懸窗牖』之句，以是命名，樓即臨江故基
也。……自經兵火，樓今廢。近雖稍復營繕，而樓基半已侵削，殊可
惜也。」〔註13〕多景樓爲臨江亭故基，但又因兵火戰亂而遭逢毀損，
故陸游所登之多景樓並非故地，他於〈入蜀記〉中言明：「登多景樓。
樓亦非故址，主僧化昭所築。下臨大江，淮南草木可數。登覽之勝，
實過於舊。」〔註14〕此闋詞作於宋孝宗隆興二年（1164），陸游時任
鎮江通判，關於陸游登多景樓之事蹟，張孝祥〈題陸務觀多景樓長句〉
載：「甘露多景樓，天下勝處，廢以爲優婆賽之居，不知幾年。桐廬
方公尹京口，政成暇日，領客來游，慨然太息。寺僧識公意，閱月樓
成，陸務觀賦〈水調〉歌之，張安國書而刻之崖石。」〔註15〕桐廬方
公即指方滋，字務德，當時爲鎮江知府，由張孝祥所言得知，是日方
滋於政務閒暇時，邀請各方友人登多景樓，陸游亦屬其列，且作詞詠
賦，賦成後寄毛开，毛开有和作，調寄〈水調歌頭 次韻務觀陪太守方

〔註13〕〔宋〕張邦基：《墨莊漫錄》，收錄於《叢書集成初編》（北京：中華
書局，1985 年），冊 2865，頁 43。

〔註14〕〔宋〕陸游：《渭南文集・入蜀記》，收錄於《陸放翁全集》（出版地
不詳：中國書店，1986 年 6 月），上冊，頁 268。

〔註15〕〔宋〕張孝祥：《于湖居士文集・題陸務觀多景樓長句》，收錄於《宋
集珍本叢刊》（北京，線裝書局，2004 年 5 月），冊 59，頁 724。

務德登多景樓〉：

> 襟帶大江左，平望見三州。鑿空遺跡，千古奇勝米公樓。
> 太守中朝耆舊，別乘當今豪逸，人物眇應劉。此地一尊
> 酒，歌吹擁貔貅。　　楚山曉，淮月夜，海門秋。登臨
> 無盡，須信詩眼不供愁。恨我相望千里，空想一時高唱，
> 零落幾人收。妙賞頻回首，誰復繼風流。（《全宋詞》冊
> 二，頁 1360）

毛开，字仲平，信安（今浙江常山）人。生卒年不詳，約宋孝宗淳熙
初（1174）前後在世，著有《樵隱詩餘》，尤袤嘗爲作序。〈水調歌頭〉，
雙調九十五字，上片九句四平韻，下片十句亦四平韻，陸游原詞韻腳
爲「州、樓、劉、貅、秋、愁、收、流」，皆爲第十二部平聲韻，而
毛开和韻作品之韻腳，與陸游同，亦爲「州、樓、劉、貅、秋、愁、
收、流」，甚至次序不改，可見如同詞題所言，此和韻作品是爲「次
韻」。綜觀二闋詞作內容，皆爲登高抒愁之作品。陸游作品上片由廣
闊地域空間著手，形容登高所覽景色之壯麗，且憶起古時英雄豪傑，
將整體時空往悠久的歷史陳跡中帶去，詞中韻味飽滿而醇厚；下片則
提及內心的抑鬱與痛苦，最後以羊祜的典故比擬方滋，讚揚方滋鎮守
京口的功業，全詞將敘事、抒情、感嘆等情緒融入其中，氣勢貫注、
豪情激昂。另一闋毛开作品，歌頌內容多與陸游同，詞中亦表明自己
想與陸游、方滋等人，一同登高遊覽。因此，毛开和韻陸游作品，不
僅韻腳相同，內容亦有所關連。

　　此外，還有另一闋和韻作品，王奕〈水調歌頭 和陸放翁多景樓〉
乃是追和陸游〈水調歌頭 多景樓〉（江左占形勝），詞云：

> 迢迢嶓冢水，直瀉到東州。不揀秦淮吳楚，明月一家樓，
> 何代非聊非相，底事柴桑老子，偏恁不推劉。半體鹿皮服，
> 千古晉貔貅。　　過東魯，登北固，感春秋。抵掌嫣然一
> 笑，莫枉少陵愁。說甚蕭鍋曹石，古矣蘇吟米畫，黑白滿
> 盤收。對水注杯酒，爲我向東流。（《全宋詞》冊五，頁 3298）

王奕，字伯敬，自號玉斗山人，生卒年不詳，與謝枋得相善，入元後，曾補《玉山教諭》，故可推知王奕應爲宋末元初之人，玉山（今江西省玉山縣）人，著有《斗山文集》十二卷，《梅品雜詠》七卷，今不傳，僅存《東行斐稿》傳於世。此闋詞的韻腳爲「州、樓、劉、貅、秋、愁、收、流」，屬第十二部平聲韻，且這些韻腳與陸游所用之字相同，並次序不改，可見此爲「次韻」作品。內容則與陸游登高賦愁有別，王奕不多渲染登高覽見之景色，反倒是多有懷古情緒，借悠古的歷史以抒己懷。因此王奕的和韻作品，僅沿用陸游原作之韻腳，內容則較無相關。

四、和〈赤壁詞　招韓無咎遊金山〉（禁門鐘曉）

陸游作有〈赤壁詞　招韓無咎遊金山〉：

> 禁門鐘曉，憶君來朝路，初翔鸞鵠。西府中臺推獨步，行對金蓮宮燭。憂繡華韉，仙葩寶帶，看即飛騰速。人生難料，一尊此地相屬。　　回首紫陌青門，西湖閒院，鎖千稍修竹。素壁棲鴉應好在，殘夢不堪重續。歲月驚心，功名看鏡，短鬢無多綠。一歡休惜，與君同醉浮玉。（《全宋詞》冊三，頁 1579）

〈念奴嬌〉雙調一百字，此調有平韻、仄韻兩體，陸游作品爲仄韻體，上下片各四仄韻，一韻到底，韻腳作「鵠、燭、速、屬、竹、續、綠、玉」，押第十五部入聲。陸游〈京口唱和序〉一文中，清楚記敘他與韓元吉在鎮江唱和的情況：

> 隆興二年潤十一月壬申，許昌韓無咎以新番陽守來省太夫人於潤。方是時，予爲通判郡事，與無咎別，蓋逾年矣。相與到舊故，問朋遊，覽觀江山，舉酒相屬，甚樂。明年，改元乾道，正月辛亥，無咎以考功郎徵。念別有日，乃益相與遊。遊之日，未嘗不更相和答，道羣居之樂，致離闊之思，念人事之無常，悼吾生之不留；又丁寧相戒以窮達

死生毋相忘之意。其詞多婉轉深切，讀之動人。〔註16〕

這闋詞當作於宋隆興二年（1164）閏十一月，陸游當時為鎮江通判，他與韓元吉二人相聚鎮江，歷時兩個月，創作多首唱和作品。韓元吉，字無咎，號南澗，許昌（今河南省許昌市）人。生於宋徽宗重和元年（1118）生，卒於南宋孝宗淳熙十四年（1187）。官至吏部尚書，著有《焦尾集詞》一卷，今不傳。其有〈念奴嬌 次陸務觀見貽念奴嬌韻〉一闋和：

> 湖山泥影，弄晴絲、目送天涯鴻鵠。春水移船花似霧，醉裏題詩刻燭。離別經年，相逢猶健，底恨光陰速。壯懷渾在，浩然起舞相屬。　　長記入洛聲名，風流觴詠，有蘭亭修竹。絕唱人間知不知，零落金貂誰續。北固煙鐘，西州雪岸，且共杯中綠。紫臺青瑣，看君歸上羣玉。（《全宋詞》冊二，頁 1399）

韓元吉所使用的韻腳與陸游同，即「鵠、燭、速、屬、竹、續、綠、玉」，且次序不改，故屬「次韻」作品。關於內容，陸游在原作裡對韓元吉多有稱頌，首先在上片以藻詞歌頌韓元吉在朝為官飛黃騰達的情況，然在上片最後兩句，將敘述時空拉回現實，世事難料，因此今日兩人又相聚在鎮江。下片陸游描寫前幾年在京城做官的處境，對比韓元吉的飛騰，自己僅是深鎖閒院中的修竹而已，但如今皆已成往事，今日與老友重逢，只有同醉方可盡歡。韓元吉讀完陸游詞後，隨即和韻一闋，並把詞牌名改回原名〈念奴嬌〉，內容不僅答謝陸游詞中對他的稱頌，同時引用晉朝文人陸機的的典故，借陸機年少時於洛陽引起文壇關注的事件讚揚陸游作品。可見兩闋和韻作品，在押韻以及內容方面皆有相關。

除韓元吉對陸游此作有和韻外，另毛开亦有一闋和韻作品，為〈念奴嬌 次韻寄陸務觀、韓無咎〉：

〔註16〕〔宋〕陸游：《渭南文集·京口唱和序》，收錄於《陸放翁全集》（北京：中國書店，1986年6月），上冊，頁76。

少年奇志，笑功名畫虎，文章刻鵠。永夜漫漫悲畫短，難
挽蒼龍銜燭。飛翟飄零，浮雲遷變，過眼郵傳速。昔人眞
意，眇然千載誰屬。　　猶喜二子當年，諸公籍甚，賞雲
和孤竹。翰墨流傳知幾許，遺響宮商相續。夢裏京華，不
須驚嘆，春草年年綠。赤霄歸去，更看奔電噴玉。（《全宋
詞》冊二，頁 1362）

這闋詞的產生，源於陸游與韓元吉二人相互唱和，毛开讀完陸游原作
與韓元吉的和韻作品後，也創作一闋加以唱和。此闋作品的韻腳爲
「鵠、燭、速、屬、竹、續、綠、玉」，與陸游及韓元吉作品所使用
的韻字相同，韻字順序也未改，故爲如同詞題所言，是爲「次韻」作
品。內容則多讚許陸游、韓元吉二人，且對二人共同的失意發出慨嘆，
並給予安慰，因此在內容上也與上二闋作品多有關連，由此也可體會
出宋代文人藉由應酬唱和交流情感的情況。

五、和〈滿江紅〉（危堞朱欄）

陸游〈滿江紅〉詞曰：

危堞朱欄，登覽處、一江秋色。人正似、征鴻社燕，幾番
輕別。繾綣難忘當日語，淒涼又作它鄉客。問鬢邊、都有
幾多絲，眞堪織。　　楊柳院，秋千陌。無限事，成虛擲。
如今何處也，夢魂難覓。金鴨微溫香縹渺，錦茵初展情蕭
瑟。料也應、紅淚伴秋霖，燈前滴。（《全宋詞》冊三，頁
1581）

陸游此闋詞作於宋孝宗乾道元年（1165）七月，當時陸游從鎮江通判
改任隆興（今江西省南昌市）通判，詞中有「登覽處、一江秋色。人
正似、征鴻社燕，幾番輕別。」等語，應爲臨行贈別之作。陸游離開
鎮江一年後，韓元吉恰好經過鎮江，偶聽有人傳唱陸游〈滿江紅〉（危
堞朱欄）詞，故用原韻，塡作和詞，因此韓元吉的和韻作品，應寫於
乾道二年（1166）。

韓元吉除有〈念奴嬌〉（湖山泥影）和韻作品外，另有〈滿江紅　再至丹陽，每懷務觀，有歌其所製者，因用其韻是王季夷、章冠之〉（江繞層城）一闋，詞曰：

> 江繞層城，重樓迥、依然山色。□□有、佳人猶記，舊家離別。把酒只如當日醉，揮毫賸欠尊前客。算平林、有恨寄傷心，煙如織。　　湖平樹，花連陌。風景是，光陰易。歎新聲渾在，斷雲難覓。暮雨不成巫峽夢，數峯還認湘波瑟。但與君、同看小槽紅，眞珠滴。（《全宋詞》冊二，頁1397）

〈滿江紅〉詞調爲雙調九十三字，上片四仄韻，下片五仄韻，陸游原詞韻腳爲「色、別、客、織、陌、擲、覓、瑟、滴」，押第十七部入聲韻，韓元吉和韻作品韻腳皆與陸游同，且次序未改，是爲「次韻」。陸游詞中籠罩一股離別愁緒，上片首寫登高覽景，滿江秋色，加以人幾度輕別，更添愁思。下片則設想對方別後處境，過往情事皆成虛擲，良人夢中難覓，最後僅能以淚伴秋霖，整闋詞以秋景愁思貫串，展現作者離別時之心境。韓元吉和韻作品則以思念感懷往事爲主軸，他再度回到鎮江，想起當年他與陸游相伴遊覽之事，如今故地重遊，只有一人，便將思念情緒寄予詞中，一抒情懷。

六、和〈鵲橋仙〉（一竿風月）

陸游〈鵲橋仙〉：

> 一竿風月，一蓑煙雨，家在釣臺西住。賣魚生怕進城門，況肯到、紅塵深處？　　潮生理棹，潮平繫纜，潮落浩歌歸去。時人錯把比嚴光，我自是、無名漁父。（《全宋詞》冊三，頁1595）

韓奕，字公望，號蒙齋，平江（今江蘇省蘇州市）人，約生於元文宗之時，卒年不詳，著有《韓山人集》。他作有一闋〈鵲橋仙　漁父詞和放翁韻〉詞：

三江秋水，五湖春雨。只在釣船中住。滔滔波浪與天浮，
釣時認得魚多處。　　杏壇有樹。桃源有路。罷釣有時閒
去。雖年八十垂綸，□不是、姓姜漁父。（《全金元詞・元
詞》，頁 1153）

〈鵲橋仙〉，共雙調五十六字，前後各五句，分別押兩仄韻。陸游所
使用的韻腳爲「住、處、去、父」，韓奕雖是追和，但韻腳及韻字順
序亦與陸游同，屬「次韻」作品。陸游此闋詞作於宋孝宗淳熙十三年
（1186），當時陸游以六十二歲的年紀被朝廷起用，出任嚴州（今浙
江省建德縣）知州。嚴州有頗富盛名的嚴子陵釣臺，陸游便以此爲觸
發，創作新詞。上半闋描寫嚴光的漁父生活，一根釣竿、一件蓑衣就
是漁父生活的全貌，但因生活所需，卻不得不進城入市，進城猶可怕，
更何況入世紅塵？嚴光即是嚴子陵，東漢時著名隱士，范仲淹曾重修
嚴光祠堂，並撰寫〈桐廬郡嚴先生祠堂記〉，內有「雲山蒼蒼，江水
泱泱。先生之風，山高水長」〔註17〕贊語，標記出嚴光「高風亮節」
的形象。下半闋以「潮生」、「潮平」、「潮落」作爲開頭，敘述漁父與
大自然同調的規律生活，「浩歌歸去」則點出漁父生活的愉悅心情，
最後以「無名漁父」自居，對於嚴光這種「有名漁父」表達輕蔑之意。
韓奕作品是爲追和，內容亦描寫漁父生活，但與陸游所含意蘊不同，
對象不也相同，陸游云嚴光，而韓奕言及姜太公，可見雖同爲漁父詞，
抒情遣意則較無相關。

綜觀宋、元和韻作品，以宋代爲多數，元代作品僅有一闋，且以
友人相互唱酬爲主，少有追和作品。除和韻作品外，筆者搜羅《全宋
詞》與《全金元詞》未得見「仿擬」及「集句」陸游詞等作品，故宋、
元時期的「仿擬」、「集句」作品，本章暫不討論。

〔註17〕〔宋〕范仲淹：《范文正公文集・桐廬郡嚴先生祠堂記》，收錄於《宋
　　　集珍本叢刊》（北京，線裝書局，2004 年 5 月），冊 3，頁 10。

第二節　明代陸游詞影響史

搜羅饒宗頤初纂、張璋總纂的《全明詞》六冊，以及周明初、葉嘩編輯《全明詞‧補編》二冊，可窺見明代詞人受陸游詞的影響創作亦集中在和韻作品，仿擬與集句皆無。明代詞人有七家對陸游詞作進行唱和，即陳鐸、王屋、彭孫貽、余懷、陸嘉淑、唐世濟、茅維，創作和韻作品共九闋，茲就詞牌名、詞題（序）與引用出處表列如下：

	作　者	詞調名	詞題（序）	首句前四字	出　處
1	陳鐸	〈水龍吟〉	和陸務觀	十二平橋	《全明詞》，冊二，頁 454
2	王屋	〈雙頭蓮〉	和放翁	待去還留	《全明詞》，冊四，頁 1674
3	王屋	〈洞庭春色〉	次陸務觀韻	肉眼芬芸	《全明詞》，冊四，頁 1680
4	彭孫貽	〈戀繡衾〉	和放翁漫興	蠟屐棕蓑	《全明詞》，冊四，頁 1708
5	余懷	〈水龍吟〉	和陸放翁	白雲黃石	《全明詞》，冊五，頁 2402
6	陸嘉淑	〈玉樓春〉	和先渭南立春	廿年風雪	《全明詞》，冊五，頁 2601
7	陸嘉淑	〈玉樓春〉	和先渭南立春	少時走馬	《全明詞》，冊五，頁 2601
8	唐世濟	〈驀山溪〉	春暮衙齋對花獨酌，次陸放翁韻	故園歸計	《全明詞補編》，下冊，頁 677
9	茅維	〈水龍吟〉	春思，步陸務觀韻	西園幾樹	《全明詞補編》，下冊，頁 727

一、和〈水龍吟〉（摩訶池上追遊路）

陸游〈水龍吟 春日遊摩訶池〉：

> 摩訶池上追游路，紅綠參差春晚。韶光妍媚，海棠如醉，桃花欲暖。挑菜初閑，禁煙將近，一城絲管。看金鞍爭道，香車飛蓋，爭先占、新亭館。　　惆悵年華暗換。點銷魂、

雨收雲散。鏡奩掩月，釵梁拆鳳，秦箏斜雁。身在天涯，
亂山孤壘，危樓飛觀。歎春來只有，楊花和恨，向東風滿。
（《全宋詞》冊三，頁 1600）

陳鐸，字大聲，號秋碧，別號坐隱先生，又號七一居士，生卒年不詳。
原籍下邳（今江蘇省徐州市）人，後徙南京，著有《坐隱先生草堂餘
意》、《秋碧樂府》、《梨雲寄傲》等。其〈水龍吟　和陸務觀〉云：

十二平橋湖上路，一笛梅花弄晚。禁煙時候，乍雨還晴，
輕寒不暖。春服重裁，紅顏未老，又聞絃管。看堆紅注綠，
酒觴花擔，漸塞滿、閒亭館。　　一刻千金不換。登時間、
夕陽人散。嬌雲送馬，高林啼鳥，遠波低雁。回首那堪，
歸鴉城郭，斷鐘樓觀。擬明朝，來拾墜鈿遺珥，怕落紅填
滿。（《全明詞》冊二，頁 454）

〈水龍吟〉雙調，共一百零二字，上片四仄韻，下片五仄韻，上去通
押。陳鐸此闋詞的韻腳爲「晚、暖、管、館、換、散、雁、觀、滿」，
分屬第七部上聲韻及去聲韻。由陸游原詞中，可見陳鐸和詞的韻腳是
與陸游同，且次序也未改易，知陳鐸〈水龍吟　和陸務觀〉乃屬「次
韻」作品。

陸游原詞內容是描寫他於成都的遊春景況。上半片寫滿成都春季
時的繁華爛漫，在「韶光妍媚」的氣氛中，游賞春光乃是一大樂事，
眾人無不驅車前往，形成「金鞍爭道」、「香車飛蓋」的盛況，然此種
遊春光景卻凸顯作者本身的寂寞、失落之情。陸游下片更寫到「惆悵
年華暗換」、「身在天涯」、「亂山孤壘」，很明顯的與上半片形成強烈且
鮮明的對比，這也是此闋詞的獨特之處。魏慶之贊曰：「思致精妙，超
出近世樂府。」〔註18〕黃蘇《蓼園詞評》更深刻體會這闋詞的眞意而
云：「放翁一生憂國之心，觸處流出，無非一腔忠愛。此詞辭雖含蓄，
而意極沉痛。蓋南渡國步日蹙，而上下安於逸樂，所謂『一城絲管』

〔註18〕〔宋〕魏慶之：《中興詞話》，收錄於《詩人玉屑》（臺北：九思出版
　　　有限公司，1978 年 11 月），頁 479。

爭占亭館也。次闋，自嘆年華已晚，身安廢棄，流落天涯，不能爲力也。結句『恨向東風滿』，饒有沉雄郁勃之致，躍躍紙上。」〔註19〕陸游將自身愁思融入遊春之景，使之充塞於天地之間，整體而言既衝突又融合無間，將憂思愁緒確切的宣洩一地。陳鐸的詞中內容主要描寫紅顏傷春，悲歡時光易逝、事非人散，與陸游原詞比較，雖是愁緒滿盈，但所訴說的情意以及表現手法則大不相同。

除陳鐸外，余懷另有一闋和韻作品也是對陸游〈水龍吟 春日遊摩訶池〉唱和。余懷，字澹心，一字無懷，號曼翁，又號曼持老人。福建蒲田人，僑居江寧。生於明神宗萬曆四十四年（1616），卒年不詳。在明末紛擾離亂之際，詞風淒麗，著有《研山詞》、《秋雪詞》，總稱《玉琴齋詞》。其〈水龍吟 和陸放翁〉：

> 白雲黃石人家，山中宰相推前輩。布裘似鐵，湘簾似水，
> 有人酣睡。劍削芙蓉，書裝玳瑁，都無塵累。聽鷓鴣啼罷，
> 霓裳舞破，千日酒，眞堪醉。　　說起英雄兒女，哭東風、
> 幾番揮淚。明年五十，江南游子，九分憔悴。白髮臨頭，
> 黃金去手，負凌雲氣。待何時、倩取麻姑鳥爪，爲余抓背。
> （《全明詞》冊五，頁 2402）

余懷這闋詞的韻腳爲「輩、睡、累、醉、淚、悴、氣、背」，屬第三部去聲韻，與陸游〈水龍吟 春日遊摩訶池〉所押的第七部上聲韻及去聲韻並不相同，故余懷並非和其詞韻，然陸游詞作中共有二闋〈水龍吟〉，另一闋爲〈水龍吟 榮南作〉，押第七部去聲韻，亦與余懷所作〈水龍吟 和陸放翁〉不和，因此僅能由詞意區辨余懷所和之原詞。余懷此闋詞乃是他所作四十九歲感遇詞六首之一，除有和韻陸游詞外，另對王安石、蘇軾、辛棄疾、劉克莊也作和詞，六闋詞前有序：

> 白香山云：四十九年身老日，一百五夜月明天。蘇子瞻云：
> 嗟我與君皆丙子，四十九年窮不死。余今年四十九，身既

〔註19〕〔宋〕黃蘇：《蓼園詞評》，見於唐圭璋編《詞話叢編》（北京：中華書局，2005 年 10 月），冊 4，頁 3079～3080。

　　老矣，窮猶未死，追想生平，六朝如夢。每愛宋諸公詞，
　　倚而和之。聊進一盃，正山谷所云坐來聲歊霜竹也。(《全
　　明詞》，冊五，頁 2402)

余懷作四十九歲感遇詞六首，乃因感到自己以逐漸衰老，回想生平，
宛如夢逝，故作六闋和韻詞，抒發黍離之悲與個人失意困頓之慨嘆。
綜觀余懷〈水龍吟　和陸放翁〉內容情意，亦與序中所言相符，多悲
訴今昔的身世之感。陸游〈水龍吟　榮南作〉一闋，詞意是言陸游初
到榮州（今四川省榮縣）就任知州時，面對此片瘴氣瀰漫的蠻荒之地，
感慨自身如浮萍飄泊，友朋皆散去，所思念之佳人亦在遠方，如此落
拓的處境，何談功名抱負？不過只是揮淚自傷、虛度年華。而另一闋
〈水龍吟　春日遊摩訶池〉則是一片暗嘆年華已逝之泣，在歡樂遊春
的人群中，「惆悵年華暗換」，與余懷於詞中的發感之情相同，故余懷
〈水龍吟　和陸放翁〉應是唱和陸游〈水龍吟　春日遊摩訶池〉一闋，
且不由和韻著手，而是深入詞中情意。

　　另茅維亦有一闋和韻詞〈水龍吟　春思，步陸務觀韻〉，：
　　西園幾樹飛紅紫，斜照滿窗晴晚。庭花作態，初含禁冷，
　　半舒欺煖。瀹茗松軒，攜尊蘿石，鶯簧調管。待豔陽微歛，
　　林光歷亂，都收拾、清森館。　　　四十鬒絲將換，數前歡、
　　多時萍散。粗豪年少，今壻射馬，雕弓號鵰，夢想山中，
　　白雲窗牖，朱霞樓觀。擲年華總似，游絲百丈，向晴空滿。
　　(《全名詞補編》下冊，頁 727)

茅維，字孝若，自號僧曇，歸安（今浙江省湖州市）人。生於明神宗
萬曆二年（1575），卒年不詳，與臧懋循、吳稼澄、吳夢陽並稱「四
子」，善詩、雜劇，著有《十賚堂》。此闋詞韻腳為「晚、暖、管、館、
換、散、雁、觀、滿」，與陸游〈水龍吟　春日遊摩訶池〉同，且順序
未易，屬次韻作品。以內容來說，如同其詞題，詞中藉春景發想，漸
帶出往事回憶，回想年少英豪，心懷遠志，可惜鬒絲將換，年華易逝，
整體與陸游詞中所抒之情相似，故茅維此闋詞，乃是押韻及內容皆與

陸游相和之作品。

二、和〈雙頭蓮〉(風卷征塵)

陸游現存的詞作中，共有二闋以〈雙頭蓮〉為詞牌的作品，一題「呈范至能待制」：

> 華鬢星星，驚壯志成虛，此身如寄。蕭條病驥。向暗裏、
> 消盡當年豪氣。夢斷故國山川，隔重重煙水。身萬里。舊
> 社凋零，青門俊遊誰記。　　盡道錦里繁華，歎官閑晝永，
> 柴荊添睡。清愁自醉。念此際、付與何人心事。縱有楚柁
> 吳檣，知何時東逝。空悵望，鱠美菰香，秋風又起。(《全
> 宋詞》冊三，頁 1594)

另一闋云：

> 風卷征塵，堪歎處、青驄正搖金轡。客襟貯淚。漫萬點如
> 血，憑誰持寄。佇想豔態幽情，壓江南佳麗。春正媚。怎
> 忍長亭，匆匆頓分連理。　　目斷淡日平蕪，煙濃樹遠，
> 微茫如薺。悲歡夢裏。奈倦客、又是關河千里。最苦唱徹
> 驪歌，重遲留無計。何限事，待與丁寧，行時已醉。(《全
> 宋詞》冊三，頁 1599)

〈雙頭蓮〉有二體，第一體為雙調一百零三字，上片十三句押三仄韻，下片十二句押五仄韻，可參見周邦彥〈雙頭蓮〉(一抹殘霞)；陸游作品乃屬又一體，共雙調一百字，上片十句押六仄韻，下片十句押五仄韻。陸游〈雙頭蓮 呈范至能待制〉此闋詞的韻腳為「寄、驥、氣、水、里、記、睡、醉、事、逝、起」，押第三部的仄聲韻，而另一闋〈雙頭蓮〉的韻腳則為「轡、淚、寄、麗、媚、理、薺、裏、里、計、醉」，同是押第三部仄聲韻。

王屋作有〈雙頭蓮 和放翁〉一闋，詞云：

> 待去還留，無奈是扁舟，定須歸去。欲言不語。共飲淚吞
> 血，何緣得住。只箇眼角眉尖，聽千愁分據。銜玉箸。不

敢輕垂，潛彈向無人處。　　最恨解纜西風，送歸帆一霎，東飛如注。他思我慮。料各自夢裡，勤勤偷遇。只怕夢不縣人，便須叟難聚。空憶徧，那夕燈邊，窺人倚柱。（《全明詞》冊四，頁 1674）

王屋，初名畹，字孝峙，又字蕙蘪、鮮民、無名，浙江嘉善（今浙江省嘉善縣）人。生於明神宗萬曆二十三年（1595），卒年不詳。少時曾因傭書以致學，過目不忘，即口成誦。著作甚多，少有流傳，今僅存《草賢堂詞箋》、《蘗弦齋詞箋》以及《蘗弦齋雜箋》。王屋這闋詞，其韻腳爲「去、語、住、據、箸、處、注、慮、遇、聚、柱」，押第四部仄聲韻，此押韻與陸游兩闋〈雙頭蓮〉之韻腳皆不相和，由於王屋於詞題中未言明此闋詞乃是和陸游詞之韻，故可推斷應是和其詞意才是。

陸游〈雙頭蓮　呈范至能待制〉作於宋孝宗淳熙二年（1175），與范成大同在成都，二人以文字相交，多有詩詞唱和。〈雙頭蓮〉應當作於此年秋季，詞中訴說作者仕途失意的慨嘆。這一年陸游已五十一歲，他以「華鬢星星」形容自己，並不過分，然年歲漸老壯志未成，心中無限悲感，僅能與好友傾訴，與此同時，更抒發自己的思鄉之苦，以思歸做整闋詞的總結，表達欲歸而不得的苦悶。另一闋〈雙頭蓮〉（風卷征塵），則是在抒寫離別之情，詞中情景交融，敘事與想像交錯書寫，反映出作者的凌亂蕪雜的紛亂思緒，詞中情感表達曲折委婉，跌宕起伏，整體而言未落俗套，且頗耐人尋味。從王屋詞中所寫，可知此闋詞亦是離情之作，故可推斷應是唱和陸游〈雙頭蓮〉（風卷征塵）作品。

三、和〈洞庭春色〉（壯歲文章）

王屋除創作〈雙頭蓮　和放翁〉一闋外，另有〈洞庭春色　次陸務觀韻〉：

肉眼芬芸，誰明孰暗，我學宋人。笑陵陽當日，三遭刖足，

一番封國，畢竟誰眞。牽着一毛全體動，怕屈了求伸難再
伸。吾姑自、把連城自待，七尺閑身。山花半開未落，清
溪裏、純是冰蕈。愛草堂泥壁，前溪後竹，不須汛掃，近
日無塵。窮達原來骨有命，道錢可通神誰是神。從今後，
等虔驢東郭，概做祥麟。（《全明詞》冊四，頁 1680）

〈洞庭春色〉又名〈沁園春〉，雙調，共一百四十字，上片押四平韻，
下片押五平韻，且一韻到底。王屋此闋詞的韻腳爲「人、眞、伸、身、
蕈、塵、神、麟」，皆屬第六部平聲韻。

　　陸游詞作中詞牌名作〈沁園春〉者，共有三闋，即〈沁園春〉（粉
破梅梢）、〈沁園春〉（孤鶴歸飛）、〈沁園春〉（一別秦樓），此三闋詞
分別押第十三部、第六部以及第十一部平聲韻，其中〈沁園春〉（粉
破梅梢）與〈沁園春〉（一別秦樓）從韻腳上來看，顯然非王屋所唱
和。而〈沁園春〉（孤鶴歸飛）的韻腳爲「人、塵、春、新、身、貧、
蕈、鄰」，依據王屋於詞題中所寫「次陸務觀韻」，可知王屋作品應屬
「次韻」，即和韻作品需依照原作韻字，且次序不可易改，就此而言，
〈沁園春〉（孤鶴歸飛）便不是王屋唱和陸游之原作，然陸游唯一一
闋的〈洞庭春色〉則無此疑慮，原詞如下：

壯歲文章，暮年勳業，自昔誤人。算英雄成敗，軒裳得失，
難如人意，空喪天眞。請看邯鄲當日夢，待炊罷黃粱徐欠
伸。方知道，許多時富貴，何處關身。人間定無可意，怎
換得、玉膾絲蕈。且釣竿漁艇，筆牀茶灶，閒聽荷雨，一
洗衣塵。洛水秦關千古後，尚棘暗銅駝空愴神。何須更，
慕封侯定遠，圖像麒麟。（《全宋詞》冊三，頁 1592）

陸游這闋詞的韻腳爲「人、眞、伸、身、蕈、塵、神、麟」，亦屬第
六部平聲韻，且韻字次序也與王屋作品相同，故從押韻韻腳來看，可
推斷王屋〈洞庭春色　次陸務觀韻〉應是與陸游的〈洞庭春色〉（壯歲
文章）一詞唱和。從內容相較，陸游詞內容多是訴說因年歲漸老，壯
志未伸，進而對仕宦功名感到厭棄，對退隱歸居的生活則認爲「得其

所哉」，詞中運用許多典故，以及古人語意，期望能在過去的歷史中找尋到一絲認同與歸屬。王屋作品內容亦是如此，藉由典故的運用，抒發自我壯志未酬的感嘆。因此，〈洞庭春色 次陸務觀韻〉並非僅是唱和陸游詞韻，其中內容也是王屋所要相和唱酬的一環。

四、和〈戀繡衾〉（不惜貂裘換釣篷）

彭孫貽，字仲謀，一字羿仁，浙江海鹽（今浙江嘉興市海鹽縣）人，生卒年皆不詳，明思宗崇禎十年（1637）前後還在世。明朝更代後，杜門奉母，終生不仕。卒後，鄉人私諡孝介，擅長詩畫，尤工倚聲，著有《茗齋詩餘》。

彭孫貽有〈戀繡衾 和放翁漫興〉一闋，詞云：

> 蠟屐棕簑斗笠篷。任村兒、笑殺此翁。菜甲荳丁瓠子，素侯鯖、何減萬鍾。　一壺濁酒三升綠，縱行歌、山灣水重。何用學、於陵子，濫姓名、高士傳中。（《全明詞》冊四，頁 1708）

彭孫貽此闋詞的韻腳爲「篷、翁、鍾、重、中」，屬第一部平聲韻，然觀陸游〈戀繡衾〉原詞：

> 不惜貂裘換釣篷。嗟時人、誰識放翁。歸櫂借、樵風穩，數聲聞、林外暮鍾。　幽棲莫笑蝸廬小，有雲山、煙水萬重。半世向、丹青看，喜如今、身在畫中。（《全宋詞》冊三，頁 1598）

其韻腳爲「篷、翁、鍾、重、中」，與彭孫貽所作之詞同，且順序不改，可知彭孫貽對陸游〈戀繡衾〉（不惜貂裘換釣篷）一闋乃是「次韻」作品。就詞作內容而言，兩闋詞亦有共同性。陸游此闋詞意言歸隱之樂，首句開頭便已「貂裘」換作「釣篷」，卻不感到一絲不捨；「貂裘」與「釣篷」象徵士人們出仕與歸隱兩種極爲不同的生活，而陸游則捨貂裘換釣篷，選擇歸隱山林；接下來，陸游則開展自身的隱居之樂，在黃昏時分，划著小船向自己的蝸廬歸去，從遠處傳來鐘聲，營

造出一派閑適、悠然的氣氛，這是那些庸庸碌碌，於官場上浮沈、顛簸的士人們無法體驗的；結尾從「半世」到「如今」，由觀畫至現今人彷若畫中的慨嘆，點出陸游對歸隱生活的追求，整闋詞充斥著歸隱生活的閑適之感，宛如張志和〈漁歌子〉輕快節奏，加以陸游庸錄半生後，最後回歸自然山林的感嘆，爲詞中灑上不少柔情，讀來悠悠然然，山水之景猶如眼前。彭孫貽〈戀繡衾〉一詞中亦是描寫隱居樂趣，與陸游相較，更有股隨興之感，強調自身於田園、山水之樂，且不稱羨於凌子出世之美名。由此可見，彭孫貽〈戀繡衾 和放翁漫興〉一闋，與陸游〈戀繡衾〉（不惜貂裘換釣篷），從音韻及內容上皆有對應的作品。

五、和〈木蘭花〉（三年流落巴山道）

陸游作〈木蘭花〉一闋，詞云：

> 三年流落巴山道。破盡青衫塵滿帽。身如西瀼渡頭雲，愁抵瞿唐關上草。　春盤春酒年年好。試戴銀旛判醉倒。今朝一歲大家添，不是人間偏我老。（《全宋詞》冊三，頁1584）

〈木蘭花〉，亦名〈玉樓春〉，陸嘉淑曾作二闋〈玉樓春 和先渭南立春〉：

> 廿年風雪江南道。猶是當時遼海帽。也知我意欲云云，爭奈謀生真草草。　滿山晴雪風光好。可惜梅花偏凍倒。但看臘盡又春回，無論年少無論老。（《全明詞》冊五，頁2601）

> 少時走馬邯鄲道。風撲征衣沙撲帽。歸來高臥幾滄桑，依然春發王孫草。　松醪凍拍浮蛆好。長嘯一尊頻自倒。已知一歲是半添，可能偏遣英雄老。（《全明詞》冊五，頁2601）

陸嘉淑，字孝可，一字冰修，號辛齋，海寧（今浙江省海寧市）人，

生於明光宗泰昌元年（1620），卒於清聖祖康熙二十八年（1689），本
爲明諸生，明亡後，入清不仕，著有《辛齋詩餘》。〈玉樓春〉，雙調
共五十四字，上下片各四句，押仄聲韻，此二闋作品，韻腳爲「道、
帽、草、好、倒、老」，屬第八部上聲韻及去聲韻。陸游原詞韻腳與
陸嘉淑詞作相同，且次序亦同，故陸嘉淑〈玉樓春　和先渭南立春〉
二闋，是爲陸游〈木蘭花〉的次韻作品。

　　陸游此闋詞作於宋孝宗乾道七年（1171）立春當日，陸游時任四
川夔州通判，立春是爲二十四節氣之首，象徵春天的到來、新的開始，
然在此之前，陸游卻歷經坎坷，自宋孝宗隆興元年（1163）被貶出京，
外放鎮江通判後，就開始一連串顛沛流離，至乾道六年（1170）到夔
州上任，期間從江蘇到江西，返回浙江，在到四川，〔註20〕遙遠而頻
繁的調動，使陸游疲於奔命，同時心力交瘁，其實早在乾道五年（1169）
已接到任命，卻因久病不能即刻啓程，延至次年五月才出發，十月正
式於夔州上任。故此闋詞的上片正說明陸游當時的處境與心緒，「身
如西瀼渡頭雲，愁抵瞿唐關上草」一句，以夔州景物爲比，寄喻自己
流落巴蜀之悲愁無奈，讀來更有切身之感；下片開始則進入「立春」
的主題，隨著時序的推移，面對新春的到來，陸游亦振奮精神迎接新
年，末二句「今朝一歲大家添，不是人間偏我老。」更是妙趣橫生，
喝著春酒微茫的陸游，寫下如此質樸近幾童言的句子，可見他已暫時
拋下煩憂，盡情迎接一年的開始。綜觀整闋詞，陸游以立春節氣爲寄
託，順著時令進行除舊佈新，將一切的困頓與不順遂留置過去，洗去
愁雲，賦予自己對未來的期待，爲生命注入一股重新開始的力量。而
陸嘉淑二闋〈玉樓春〉則多言時光易逝人易老的慨嘆，同樣以立春節
氣爲發想，春去春回，景色依舊，但人卻年華不再，頗有「年年歲歲

〔註20〕陸游從隆興元年被貶至鎮江任通判，兩年後，改任隆興通判；一年
　　　　後，免職還鄉，卜居鏡湖之濱；三年之後才又被啓用，派至夔州，
　　　　但仍是任職通判。參于北山著：《陸游年譜》（上海：上海古籍出版
　　　　社，2006 年 6 月），頁 98～144。

花相似，歲歲年年人不同」〔註21〕之感。可知這兩闋〈玉樓春〉在聲韻上與陸游〈木蘭花〉（三年流落巴山道）唱和，但從詞意來看，雖出發點相似，但所觸及與引申的情感卻有所不同。

六、和〈驀山溪〉（窮山孤壘）

陸游〈驀山溪 遊三榮龍洞〉：

> 窮山孤壘，臘盡春初破。寂寞掩空齋，好一箇、無聊底我。嘯臺龍岫，隨分有雲山，臨淺瀨，蔭長松，閒據胡牀坐。
>
> 　　三杯徑醉，不覺紗巾墮。畫角喚人歸，落梅村、籃輿夜過。城門漸近，幾點妓衣紅，官驛外，酒壚前，也有閒燈火。（《全宋詞》冊三，頁 1584）

唐世濟，字美承，號存憶，浙江烏程烏鎮（今浙江省桐鄉市）人。生於明穆宗隆慶四年（1570），約卒於清世祖順治六年（1649），年八十卒，著有《瓊麈集詞選》等。唐世濟作有一闋〈驀山溪 春暮衙齋對花獨酌，次陸放翁韻〉追和陸游，詞云：

> 故園歸計，好夢風吹破。把酒對茶蘼，也剩得、殘春還我。錦攢霞簇，不合在官衙，歌笑侶，隔遙天，只對黃鶯坐。
>
> 　　池面微香，莫遣紅雲墮。開足便思飛，暖融融、東風好過。麗詞初就，暝色赴深杯，還寢室，意翛然，畫障圍燈火。（《全明詞補編》下冊，頁 677）

〔註21〕〔唐〕劉希夷〈代悲白頭翁〉：「洛陽城東桃李花，飛來飛去落誰家？洛陽女兒惜顏色，坐見落花長嘆息。今年花落顏色改，明年花開復誰在？已見松柏摧為薪，更聞桑田變成海。古人無復洛城東，今人還對落花風。年年歲歲花相似，歲歲年年人不同。寄言全盛紅顏子，應憐半死白頭翁。此翁白頭真可憐，伊昔紅顏美少年。公子王孫芳樹下，清歌妙舞落花前。光祿池臺開錦繡，將軍樓閣畫神仙。一朝臥病無相識，三春行樂在誰邊。宛轉蛾眉能幾時，須臾鶴髮亂如絲。但看古來歌舞地，惟有黃昏鳥雀悲。」〔清〕清聖祖御定：《全唐詩》（臺北：文史哲出版社，1987 年 12 月），冊 2，頁 885～886。

〈驀山溪〉，又名〈上陽春〉，雙調八十二字，押仄聲韻。觀唐世濟、陸游作品，韻腳皆為「破、我、坐、墮、過、火」，屬第九部，故唐世濟〈驀山溪　春暮衙齋對花獨酌，次陸放翁韻〉同詞題所寫，是為次韻作品。陸游〈驀山溪　遊三榮龍洞〉作於宋醇熙元年（1174），題作遊三榮龍洞，將旅程從出行至歸來，完整描寫。詞的開頭即點出地點、時間，且敘述作者當時寂寞孤獨的心境；榮州雖處蠻荒之地，但依舊有好山好景，仍有供人放鬆、悠然閒靜的去處；小酌一番後，不覺時光流逝，轉眼即黃昏，城樓上的號角聲，催促遊人歸去。整闋詞書寫出遊時心境的轉變，從百賴無聊到閑適輕鬆，景物描繪並不突出強調，反而是心緒的歷程描繪成為詞作的中心與情意。而唐世濟〈驀山溪　春暮衙齋對花獨酌，次陸放翁韻〉之內容則與陸游所寫或有不同，唐世濟詞作於春暮，有別於陸游的春初，再者，他亦未出遊，僅是訴說對花獨酌的心情，但兩闋詞所傾訴的孤獨感卻頗為相似，這或許也是唐世濟創作此闋和韻詞的初衷。

第三節　清代陸游詞影響史

　　清代詞人對陸游的接受，比起宋元時期與明代，無論是數量或品質上皆有進步，因受陸游詞影響，進而創作的作品已不僅限於追和，仿擬與集句詞在此時亦頗見之。筆者就《全清詞・順康卷》二十冊、《全清詞・順康卷補編》四冊、《清詞別集百三十四種》十二冊，進行搜羅檢索，得追和陸游詞共二十三闋，詞人二十家；仿擬詞五闋，詞家四人；集句詞二闋，詞家二人。茲臚列簡表，略加討論如次：

一、清人追和陸游詞

	作　者	詞調名	詞題（序）	首句前四字	出　處
1	陸瑤林	〈玉樓春〉	章江，用放翁韻	當年曾走	《全清詞・順康卷》，冊二，頁1189

2	何五雲	〈鷓鴣天〉	自遣,和陸放翁葭萌驛韻	來去東山	《全清詞‧順康卷》,冊四,頁1932
3	賀裳	〈釵頭鳳〉	效放翁體	人初暝	《全清詞‧順康卷》,冊四,頁2414
4	支遵范	〈戀繡衾〉	閑居,次放翁韻	莫訝苔錢	《全清詞‧順康卷》,冊六,頁3226
5	董元愷	〈隔浦蓮近拍〉	醉後入渦胡,和陸放翁韻	扁舟遠泛	《全清詞‧順康卷》,冊六,頁3292
6	陳祚明	〈漢宮春〉	丁未臘月,和冰修燕山立春,用渭南韻	短律無春	《全清詞‧順康卷》,冊六,頁3463
7	何采	〈點絳唇〉	辭免徵薦,寄高陽、臨朐兩相公用放翁韻	啓事收回	《全清詞‧順康卷》,冊八,頁4614
8	王士祿	〈好事近〉	憶柳菴舊隱,次放翁韻	回首碧山	《全清詞‧順康卷》,冊八,頁4727
9	仲恒	〈清商怨〉	別意,依陸游體	擎杯話別	《全清詞‧順康卷》,冊八,頁4782
10	萬樹	〈青玉案〉	自題小像 放翁韻	三年吃盡	《全清詞‧順康卷》,冊十,頁5546
11	萬樹	〈雙頭蓮〉	志慨 放翁韻	從買遊轎	《全清詞‧順康卷》,冊十,頁5585
12	方炳	〈謝池春〉	懷孫執升,用放翁韻	山閣晴空	《全清詞‧順康卷》,冊十,頁5806
13	范荃	〈月上海棠〉	曉起看盆中海棠,用陸放翁韻	看花怕說	《全清詞‧順康卷》,冊十一,頁6361

14	王晫	〈夜遊宮〉	咏月宮事，次陸放翁韻	玉殿寒光	《全清詞・順康卷》，冊十一，頁 6677
15	金烺	〈安公子〉	安譽亭觀季茂子衡角射，用陸渭南原韻	海燕初經	《全清詞・順康卷》，冊十四，頁 8087
16	張榮	〈驀山溪〉	月下，用陸放翁韻	啓窗對月	《全清詞・順康卷》，冊十八，頁 10266
17	陳王猷	〈賣花聲〉	歸舟，用放翁韻	病且歸歟	《全清詞・順康卷》，冊十八，頁 10720
18	唐夢賚	〈沁園春〉	同用陸放翁韻志歸意	短焰燈檠	《全清詞補編》，冊二，頁 946
19	吳陳琰	〈眞珠簾〉	官橋泉小憩，次放翁韻	花驄踏遍	《全清詞補編》，冊二，頁 1062
20	王霖	〈沁園春〉	七月十四夜同闓林東齋對月，用陸放翁韻	好箇今宵	《全清詞補編》，冊四，頁 2207
21	王霖	〈沁園春〉	十五夜賀闓林復用前韻	說甚紛紛	《全清詞補編》，冊四，頁 2207
22	王霖	〈沁園春〉	通惠河之遊，僕與闓林皆有詩，而晚楓以腹疾未和，詞以促之，仍用前韻	爲問前遊	《全清詞補編》，冊四，頁 2207
23	陳維崧	〈雙頭蓮〉	夏日過叔岱水野鋪同諸子觀荷用放翁詞韻	老樹空村	《清詞別集》，冊二，頁 1087

　　觀上述簡表，可知清代詞人追和陸游詞之數量，比起前代較爲豐碩，也甚是多元。其中以王霖作和詞三闋爲最多，其次爲萬樹的二闋；以詞調探討之，清代和韻詞未出現集中追和陸游某一詞調的作品，下列茲就陸游原詞，以及其和韻方式臚列表格：

作　者	詞調名	陸游原詞 （首句前四字）	和韻方式	出　處
陸瑤林	〈玉樓春〉	〈木蘭花〉（三年流落）	次韻	《全宋詞》冊三， 頁 1584
何五雲	〈鷓鴣天〉	〈鷓鴣天〉（看盡巴山）	次韻	同上，頁 1583
賀裳	〈釵頭鳳〉	〈釵頭鳳〉（紅酥手）	依韻	同上，頁 1585
支遵范	〈戀繡衾〉	〈戀繡衾〉（不惜貂裘）	次韻	同上，頁 1598
董元愷	〈隔浦蓮近拍〉	〈隔浦蓮近拍〉（騎鯨 雲路）	次韻	同上，頁 1594
陳祚明	〈漢宮春〉	〈漢宮春〉（羽箭雕弓）	次韻	同上，頁 1588
何采	〈點絳唇〉	〈點絳唇〉（采藥歸來）	次韻	同上，頁 1597
王士祿	〈好事近〉	〈好事近〉（揮袖別人）	次韻	同上，頁 1582
仲恒	〈清商怨〉	〈清商怨〉（江頭日暮）	次韻	同上，頁 1586
萬樹	〈青玉案〉	〈青玉案〉（西風挾雨）	次韻	同上，頁 1580
萬樹	〈雙頭蓮〉	〈雙頭蓮〉（華鬢星星）	次韻	同上，頁 1594
方炳	〈謝池春〉	〈謝池春〉（賀監湖邊）	次韻	同上，頁 1597
范荃	〈月上海棠〉	〈月上海棠〉（蘭房繡 戶）	次韻	同上，頁 1588
王晫	〈夜遊宮〉	〈夜遊宮〉（獨夜寒侵）	次韻	同上，頁 1590
金烺	〈安公子〉	〈安公子〉（風雨出經）	次韻	同上，頁 1590
張榮	〈驀山溪〉	〈驀山溪〉（窮山孤壘）	次韻	同上，頁 1584
陳王猷	〈賣花聲〉	〈謝池春〉（賀監湖邊）	次韻	同上，頁 1597
唐夢賚	〈沁園春〉	〈沁園春〉（粉破梅梢）	次韻	同上，頁 1586
吳陳琰	〈真珠簾〉	〈真珠簾〉（山村水館）	次韻	同上，頁 1589
王霖	〈沁園春〉	〈沁園春〉（孤鶴歸飛）	次韻	同上，頁 1587
王霖	〈沁園春〉	〈沁園春〉（孤鶴歸飛）	次韻	同上，頁 1587
王霖	〈沁園春〉	〈沁園春〉（孤鶴歸飛）	次韻	同上，頁 1587
陳維崧	〈雙頭蓮〉	〈雙頭蓮〉（華鬢星星）	次韻	同上，頁 1594

　　由此可見，清代詞人和韻陸游作品皆以次韻爲法，即使用韻字、
次序與陸游原作相同，並多在詞題中即標明「用放翁韻」、「次陸放翁

韻」……等，且所和詞調分散，未有集中之情況。此中以和〈沁園春〉（孤鶴歸飛）者爲最多，凡三首；其次爲〈謝池春〉（賀監湖邊）與〈雙頭蓮〉（華鬢星星），各二首，其餘皆僅有一闋。就詞情與詞境而言，其中有十四闋和韻作品，整體的意蘊是與陸游作品近似，如唐夢賚〈沁園春〉：「短焰燈檠，微聲茶灶，良夜初深。正青蒭矮檻，連嘶征馬，紅墻高樹，早宿瞑禽。小啓鸱尊，頻烘獸炭，濁聖清賢仔細斟。江湖裏、憶孤篷邈邈，雙騎駸駸。　　蹉跎怪到而今。恰落木陰森暮景侵。有歸裝襤褸，圖書東壁，同遊灑落，大賂南金。晨閣蛛絲，晚簷雀噪，付與梅花報好音。蕭齋上，況松柯筠葉，不改初心。」（《全清詞補編》，冊二，頁 946）此闋作品韻腳乃依循陸游詞韻，次序相同；觀其內容，亦與陸游所傾訴相近，且唐夢賚已在詞題中言明：「同用陸放翁韻志歸意。」可知他不論在形式上，或是意境蘊含上，皆企圖與陸游唱和。此外，支遵范〈戀繡衾　閒居，次放翁韻〉：「莫訝苔錢不似蓬。問才名、誰似放翁。聽到密林深處，帶霜敲、塵外曉鐘。　　矬墻爲倩山頭補，更奇雲、幽沼幾重。座上春風消息，怕而今、還在夢中。」（《全清詞‧順康卷》，冊六，頁 3226）此闋亦是次韻作品，值得探究的是，支遵范於詞中儼然現示出他對陸游的推崇與敬重，所謂：「問才名、誰似放翁」可見詞人在追和陸游時，除受影響而創作外，亦存有一份崇敬、嚮往的心情。

二、清人仿擬陸游詞

　　清人除和韻作品外，另作有仿擬詞，今就清人仿擬陸游詞之作，進行探討。根據《全清詞‧順康卷》二十冊、《全清詞‧順康卷補編》四冊、《清詞別集百三十四種》十二冊初步檢索，對陸游作品進行仿擬、仿效之作品共有五闋，詞人四家，茲附錄如次：

　　賀裳〈釵頭鳳　效放翁體〉

　　　人初暝。同吹醒。換郎不覺推郎枕。膏沈炷。天應曙。黃
　　　耳將惺，綠鸚私覷。去。去。去。　　驚相應。疑還聽。

羅衣着罷仍歸寢。來難遇。歸無遽。銀燭雖殘，銅壺猶注。
住。住。住。（《全清詞・順康卷》，冊四，頁 2414）

仲恒〈清商怨　別意，依陸游體〉：

擎杯話別不飲。耐西風嚴凜。前路蕭條，離人何處寢。　　歸
來圍寬似沈。奈漏永。是是堪省。強疊鴛衾。淚珠淋滿枕。
（《全清詞・順康卷》，冊八，頁 4782）

仲恒〈月照梨花　依陸放翁體〉：

葉落如卸。蕭條庭樹。幾陣西風，蟲鳴四野。天外無限砧
聲。不堪聽。　　鸚哥漫把雙鬟罵。怎生睡也。不管薰龍
麝。寒蟾乍明乍暗，欲捲簾旌。啓還停。（《全清詞・順康
卷》，冊八，頁 4826）

錢芳標〈鎖寒窗　歲暮，戲學放翁〉：

冷雨昏烟，重扉靜掩，宛然空谷。軍持棐几，淡貯水仙天
竹。咽銅壺、譙更漸深，剪聲尚伴攤書燭。喜復陶擁處，
猊煙不散，小屛斜簇。　　涼燠。隙駒速。算塵世難消，
莫過閒福。名韉利鞿，一笑從渠馳逐。記年時、青綾夜寒，
曉來陡減雙鬢綠。問爭如、臘酒懵騰，蝶夢松床熟。（《全
清詞・順康卷》，冊十三，頁 7602）

尤珍〈鵲橋仙　寄同館年友，擬放翁體〉：

退朝歸院，吟詩飲酒，同館年年歡聚。青門一別最相思，
空目斷、暮雲春樹。昨宵夢裏，留連話舊，猶是昔年情緒。
玉堂天上故人多，誰念我、雙鬢如許。（《全清詞・順康卷》，
冊十五　頁 8510）

上述四位詞家，除錢芳標所作仿擬詞，於詞題中未標舉陸游詞爲一體
外，其餘作家皆清楚道及。依次如下：賀裳：「效放翁體」、仲恒：「依
陸游體」、「依陸放翁體」、尤珍：「擬放翁體」，即是將陸游詞視爲一
種體式風格，並模仿之。其中賀裳〈釵頭鳳　效放翁體〉與仲恒〈清
商怨　別意，依陸游體〉亦屬和韻詞，各追和陸游〈釵頭鳳〉（紅酥手）

與〈清商怨〉（江頭日暮痛飲），此二人將陸游詞視爲一種詞格體製，於其中進行體式上的效仿。綜觀整體，清代詞人仿擬陸游詞，多著重於詞中意蘊風格，如仲恒〈月照梨花　依陸放翁體〉，即是其例。陸游詞作中共有二闋〈月照梨花〉，且皆題名「閨思」，反觀仲恒作品，詞中婉轉細膩，託景喻情，一片女子閨中愁思，近似陸游詞作；又尤珍〈鵲橋仙　寄同館年友，擬放翁體〉，以詼諧卻又帶有無奈反諷的口氣，渲染整闋詞，正如同陸游〈鵲橋仙〉中的一派情緒。可知清代詞人於仿效陸游詞作，乃是將其體製、風格與意蘊提昇，並且鍾愛、推崇，故進而模仿。

三、清人集用陸游詞

清人集用陸游詞之作品，僅有二闋，茲臚列簡表：

	作　者	詞調名	首句前四字	集句所用陸游詞調名	出處《全清詞・順康卷》
1	傅燮詷	〈搗練子〉	愁脉脉	第三句集陸游〈南鄉子〉（水驛江程去路長）	冊十四，頁 8224
2	董儒龍	〈鷓鴣天〉	醉裏無何	第四句集陸游〈南鄉子〉（煙樹參差認武昌）	冊十五，頁 8562

（一）傅燮詷集用陸游詞

傅燮詷，字浣嵐，一字玄異（或作去異），號繩庵，河北靈壽（今河北省靈壽縣）人。生於明思宗崇禎十六年（1643），卒年不詳，著有《繩庵詞》，編有《詞覯》。傅燮詷作有〈搗練子〉一闋，詞題言「戲集古句」，詞云：

> 愁脉脉，陳克 淚雙雙。秦觀 水驛江程去路長。陸游 滿院落花春寂寂，韋莊 暗思何事立斜陽。李珣（《全清詞・順康卷》，冊十四，頁 8224）

觀此闋詞，其中共集有陳克、秦觀、陸游、韋莊與李珣之詞句，包

含唐五代與宋代詞人，可知傅燮詷對詞體興盛朝代之作品似有所愛好。此闋詞中「水驛江程去路長」集用陸游〈南鄉子〉詞句，原詞如下：

> 歸夢寄吳檣。水驛江程去路長。想見芳洲初系纜，斜陽。煙樹參差認武昌。　　愁鬢點新霜。曾是朝衣染御香。重到故鄉交舊少，淒涼。卻恐它鄉勝故鄉。（《全宋詞》，冊三，頁1580）

傅燮詷未改動任何字眼，亦未擷取，特將陸游的詞句完整保留，並運用其作品當中，可知他對陸游此詞句之愛好；且傅燮詷將陸游與秦觀、韋莊等著名詞家並列，即肯定陸游之詞名，足以與他們並駕齊驅，相提並論。

（二）董儒龍集用陸游詞

董儒龍，字蓉仙，號神庵，江蘇宜興（今江蘇省宜興市）人。生於清世祖順治五年（1648），卒於清聖祖康熙五十七年（1718）之後，著有《柳堂詞稿》。作有集句詞〈鷓鴣天　將抵武昌　集句〉一闋：

> 醉裏無何即是鄉。蘇軾〈破陣子〉。欲攜斗酒答秋光。劉潛夫〈踏莎行〉。暮江寒碧縈長路，朱熹〈菩薩蠻〉。煙樹參差認武昌。陸游〈南鄉子〉。　　追往事，劉潛夫〈賀新郎〉。易成傷。歐陽脩〈訴衷情〉。燕歸帆盡水茫茫。薛昭蘊〈浣溪紗〉。轆轤金井梧桐晚，李煜〈采桑子〉。若聽離歌須斷腸。劉德修〈長相思〉。（《全清詞・順康卷》，冊十五，頁8562）

董儒龍此闋詞，與傅燮詷同，皆集用陸游〈南鄉子〉（歸夢寄吳檣）其中詞句，但所選之句則相異。此詞除陸游外，亦集蘇軾、劉克莊、朱熹、歐陽脩、薛昭蘊、李煜、劉德修等人之詞句，並標註詞牌名。

　　陳起曾言：「作詩固難，集句尤不易。」〔註22〕然集句詞更要顧及聲韻、平仄的協調妥貼，以及語氣是否連貫，詞境有無融合，否則僅是牽強附會，而或「百補破衲」。〔註23〕傅燮調與董儒龍同以陸游〈南鄉子〉（歸夢寄吳檣）一闋作爲集句，且將其中詞句運用得宜，融入其間，或可推知，陸游此闋詞藝術性高，情意柔軟，可鑲嵌於他詞之下，卻又不失其主題，此亦歸功於集句詞作者的創作手法；而陸游〈南鄉子〉也透過清人集句詞的創作，重新被賦予生命。

小　結

　　蒐羅《全宋詞》、《全金元詞》、《全明詞》、《全明詞補編》、《全清詞・順康卷》、《全清詞・順康卷補編》與《清詞別集百三十四種》其中對陸游詞作的和韻、仿擬與集句作品，約略可勾勒出各代詞人經受陸游影響而創作的歷史輪廓，從他們對陸游詞的接受創作情況，可得下列三端：

　　其一、在宋元時期，對於陸游詞的創作接受，僅出現和韻作品，仿擬與集句作品皆無，且和韻作品也多爲與陸游相互唱和、或贈酬之作，較無對於陸游推崇追和的詞作。同時創作的詞人亦較爲少數，僅有五家八闋作品，可知宋元時期受陸游詞影響而創作的詞人、作品皆屬初期萌生的階段。

　　其二、陸游詞的影響史在明代也僅有和韻作品出現，數量與宋、元時代相比也未有顯著的進步，或因明代爲詞史上的衰微期，作品的數量與品質皆不如以往，使陸游詞影響史在明代有所停滯，同時也爲

〔註22〕〔宋〕陳起：《江湖小集》，收錄於《景印文淵閣四庫全書》（臺北：臺灣商務印書館，1984 年 7 月），冊 1357，頁 68。

〔註23〕〔清〕沈雄：《古今詞話・詞品》上卷引《柳塘詞話》曰：「徐士俊謂集句有六難，屬對一也，協調二也，不失粘三也，切題意四也，情思連續五也，句句精美六也。賀裳曰：集之佳者亦僅一斑斕衣也，否則百補破衲矣。」見於唐圭璋編《詞話叢編》（北京：中華書局，2005 年 10 月），冊 1，頁 843。

清詞的大放異彩醞釀準備。

　　其三、清代對陸游詞的接受創作，有別於宋元時期、明代，呈現多元及多樣性，不僅有和韻作品，仿擬、集句創作亦在其中。此外，有些詞人的作品不僅在作形式仿效，其內容中也表現對陸游的推崇，可見清代對陸游的創作接受，是有十足的成長。

第五章　結　論

　　本論文以西方接受美學理論作爲研究基礎，企圖站在讀者的角度，審視陸游詞在不同時代的讀者群中被接受的情況，包含他們對陸游詞所表現的各種響應與感受；同時援引中國文學資料，如詞話、詞籍（集）、序跋、詩話、筆記、詞選、評點、論詞絕句、論詞長短句、仿擬、和韻作品……等，考察歷代對陸游詞之接受態度，茲就以各朝代對陸游詞接受之發展變化論述如次：

一、宋代對陸游詞之接受

　　陸游詞的刊刻，始附於《渭南文集》後，爲其子陸子遹所刻，由於版本精善，流傳至今。迨至明代，因活字版印刷方式的盛行，明人華珵以活版印刷再次出版《渭南文集》，亦使陸游詞的流傳更加廣行。明代毛晉的汲古閣刻本問世之後，經毛晉的再度校勘，使版本更爲完整，同時毛晉也將附於文集後陸游詞二卷，合爲一卷，刊於《宋六十名家詞》中，《四庫全書》沿用此版本，爾後，唐圭璋編《全宋詞》再次加以增補，得陸游詞一百四十三闋，陸游詞的版本至此底定。

　　宋代詞選對陸游詞的接受情況，筆者蒐羅宋代詞選共五部，即黃大輿《梅苑》、曾慥《樂府雅詞》、書坊編與何士信增修《增修箋注妙選群英草堂詩餘》、趙聞禮《陽春白雪》、周密《絕妙好詞》，其中《梅苑》、《樂府雅詞》未收錄陸詞，有收錄之詞選，以《中興以來絕妙詞

選》選錄最多，共得二十闋，而《增修箋注妙選群英草堂詩餘》則僅收錄一闋。當時各部詞選對選人、選域各有要求，導致陸游詞於宋代同時，選錄情況有所差異。黃昇選詞不拘風格，《中興以來絕妙詞選》擇錄南宋詞為主，不收鄙俗之作，故能選錄陸游較多作品；《增修箋注妙選群英草堂詩餘》為宋代流行唱本，選詞目的在於應酬喜慶、酒宴歡愉之用，而陸游當時以詩行世，較未受關注。從宋代詞選觀看陸游詞的接受情況，可由詞選選域的角度切入，探知其詞被接受之因素。

有關陸游詞於宋代之評論，多圍繞於本事上，如〈釵頭鳳〉一詞之本事，以及陸游名、字、別號之由來、陸游晚年依附韓侂胄之事等。有關〈釵頭鳳〉本事，宋代陳鵠《耆舊續聞》、劉克莊《後村詩話》以及周密《齊東野語》皆有所記，其中陳鵠與劉克莊對此事之描寫未深入，僅言陸游有前妻，不得陸母意，故將逐之，二人相遇於沈園，前妻以酒餚贈，陸游感慨賦詞。周密所載則更為仔細，言陸游前妻乃唐閎之女，與陸母以姑姪相稱，並載陸游感念前妻之詩作，論述更加完整。陸游名、字之來由，宋人多認為與秦觀有關，相傳陸母於生陸游前夢見秦觀所至，因此將其名、字與秦觀相錯而置，然筆者認為陸游名、字是否來自秦觀之說法可疑，加以陸游詩文中並無關於自己名、字的直接記述，且與陸游同時之人亦未有載錄，應是陸游與詩文兼擅之秦觀可相互比肩，故後人以此作一連結，遂言陸游名、字與秦觀有關。另論陸游晚年為韓侂胄作記，進而失節之事，葉紹翁與羅大經認為陸游應不會因攀附權貴，而甘願作記，兩人皆有為陸游平反之意。陸游詞於宋人的評論，首推黃昇，他認為陸游詞較其詩更為佳妙，讚譽其詞敷腴俊逸；劉克莊則將陸游詞與辛棄疾並論，言二者皆有憂時憤世之思，同具豪放感慨之氣魄，並揚讚陸游無論何種詞風皆勝於其他詞家，但劉克莊亦指出陸游詞「時時掉書袋」的缺點。

宋代對陸游詞的創作接受，以和韻作品為主，且以陸游與友人間相互唱酬為多，即史浩〈鷓鴣天〉（我本飄然出岫雲）、史浩〈生查子〉（雙蛟畫鼓催）、毛开〈水調歌頭〉（襟帶大江左）、王奕〈水調歌頭〉

（迢迢墦冢水）、毛开〈念奴嬌〉（少年奇志）、韓元吉〈念奴嬌〉（湖山泥影）、韓元吉〈滿江紅〉（江繞層城），共有七闋，其中毛开、韓元吉二人，於詞中寄予對陸游之思念，最爲有情。「仿擬」、「集句」陸游詞的作品，於宋代未見，可知當時受陸游詞影響進而創作之詞作，僅有和韻作品問世。

綜觀整體宋代對陸游詞之接受，或與明、清兩代相比，資料甚少，然無論是詞選、創作、評論，皆有爲後世開展之勢。爾後，許多對陸游詞之印象，皆由宋代而來。

二、金、元兩代對陸游詞之接受

金、元兩代詞選，經筆者蒐羅共五部，即仇遠、陳恕可所輯《樂府補題》一卷、元好問輯《中州樂府》一卷、盧陵鳳林書院輯《精選名儒草堂詩餘》三卷、周南端輯《天下同文》一卷與彭至中輯《鳴鶴餘音》九卷，皆未選輯陸游詞，或因兩代詞選多爲斷代詞選或專題詞選，且規模較宋代詞選更爲小型，導致收錄的詞人詞作不多。《樂府補題》皆收南宋遺民作品，以詠物詞爲主，即是將亡國之痛寄予詞中。元好問《中州樂府》乃金代唯一詞選，選詞目的在於存史，故僅收金源詞人。《精選名儒草堂詩餘》亦以南宋遺民詞爲選錄主體，內容多是國仇家恨之悲。《天下同文》以收錄元代詞人與南宋遺民爲主，本爲詩集，但其中三卷收有詞作，明代毛晉則將三卷合爲一卷，單獨刊行，故可以詞選視之。《鳴鶴餘音》所收多爲全眞道祖師或他派道士，內容以宣揚宗教爲主。金元詞選輯錄詞人詞作皆有其顯著之目的性，如抒發心中亡國之痛、設想存史於後代，或發揚教旨等，而此等目的皆爲陸游詞不被選錄之因。

金代對陸游無所評論，因此不與討論。元代僅有二則論及陸游，即陳世崇《隨隱漫錄》、劉壎《隱居通議》；《隨隱漫錄》中載關於陸游有妾擅詞藝之事，經清人考證，應爲子虛烏有，因陳世崇《隨隱漫錄》所載陸游妾之題壁詩，是陸游〈感秋〉詩擷取末四句，稍改詩中

一、二字而成，故此事應是後人有心附會；《隱居通議》，多載記陸游生平，尤其官場浮沈，言及陸游晚年為韓侂冑作記失節之事。

金元兩代的陸游詞影響史，僅有元代韓奕有一闋追和作品，即〈鵲橋仙〉（三江秋水），和陸游〈鵲橋仙〉（一竿風月），內容附和陸游詞中的漁父形象，然二人所言則不同，陸游稱嚴光乃取反諷之意，企圖摒除名利，自甘為「無名漁父」，而韓奕則云姜太公，將自己對隱逸生活的嚮往，寄託詞中。二人皆以「漁父」形象貫穿詞作，然其中的遣詞意蘊，卻有所差異。

金、元兩代對陸游詞之接受，呈現停滯的現象，不僅詞選無輯錄，追和作品只一闋，甚至未對其詞展開論述，可見陸游詞於金、元兩代的接受情況，不甚理想。

三、明代對陸游詞之接受

明代詞選選輯陸游詞之情況，經筆者蒐羅十四部，其中十二部有收錄，周履靖《唐宋元明酒詞》未輯陸游詞，而陸雲龍《詞菁》只擇一闋，卻誤收毛滂作品，等於未收陸游詞；選輯最多者為卓人月《古今詞統》，計四十四闋。由明代詞選擇錄陸游詞之概況，可知陸游詞之互見始於明代，共有七闋詞是他人作品誤收為陸游詞，所以造成此結果，除後世詞選的沿襲前作之謬誤，如《類選箋釋續選草堂詩餘》與《草堂詩餘四集・續集》，或因大型詞選未臻成熟所致，如《花草粹編》。此外，亦有本屬陸游詞卻誤題為他人作品的情況，出現於《花草粹編》與《精選古今詩餘醉》兩部詞選。綜觀來看，陸游詞在明代詞選互見之情況，若與其他唐宋詞人相較，情況則較為良好，此應與陸游詞集從宋代流傳之版本較為精善有關。陸游詞於明代詞選中輯錄之數量，由明初至明末，有逐漸增加之趨勢，此與明代詞壇的整體風尚密切相關，至崇禎時期，明代詞人有意突破「花草」框架，以致編輯詞選時，選詞重心已由晚唐、五代及北宋，轉向南宋，而陸游則乘此風潮，漸受關注。明代亦有譜體詞選的出現，即周瑛《詞學筌蹄》、

張綖《詩餘圖譜》、徐師曾《詩餘》與程明善《嘯餘譜》四部，由明代譜體詞選觀察陸游詞於格律面向被接受之情況，可知〈釵頭鳳〉（紅酥手）、〈夜遊宮〉（獨夜寒侵翠被）、〈謝池春〉（賀監湖邊）、〈戀繡衾〉（不惜貂裘換釣篷）此四闋詞，堪稱典範。

　　明代對陸游詞的評論，以詞選評點爲多，總論僅有楊愼與毛晉涉及，認爲陸游詞風，無論是婉約或豪放，皆值得稱許，甚可與秦觀、蘇軾相比，此一論點，影響清代極深；而此二人或是接續宋代劉克莊之觀點，可知楊愼與毛晉，在評論陸游詞的角色上，可謂承先啓後。評點單篇詞闋的部分，以卓人月匯選，徐士俊參評《古今詞統》最爲豐富，可歸納爲「論陸游詞句佳妙」、「引用詩、文、詞喻其詞境」、「直抒閱詞之感」三端，且《古今詞統》也是明代詞選中選輯陸游詞最多者，可知其作者對陸游詞之喜愛。此外，潘游龍《精選古今詩餘醉》與沈際飛《草堂詩餘四集》，對陸游詞皆有評點。

　　明代有關陸游詞的影響史，僅見九闋和韻作品，在數量上並無顯著進步，此或與明代爲詞之衰微期相關；明詞的創作，無論是在數量或品質上，皆不如以往，導致明代陸游詞影響史呈現停滯的情況。

　　綜觀明代對陸游詞之接受，多集中於晚明，而此現象代表明人對陸游詞之接受，與當時詞壇的風尚息息相關，同時，無論是詞選、創作或是詞論，皆屬萌芽、準備的階段，不僅承襲宋元以來的基礎，更爲後世清代詞壇百家爭鳴、趨於成熟的狀態進行奠基。

四、清代對陸游詞之接受

　　清代詞選數量眾多，筆者共計可掌握詞選計二十部，其中選輯陸游詞之詞選，共十六部，擇錄最多者爲沈辰垣、王奕清等：《御選歷代詩餘》，計收陸游詞九十闋。清代詞壇有明顯開宗立派的現象出現，以浙西詞派與常州詞派最爲盛行，此二派有詞選行世，且對陸游詞皆有接受，未有任何一派出現失衡未錄的情況。經筆者統計，〈朝中措〉（怕歌愁舞懶逢迎）、〈漁家傲〉（東望山陰何處是）、〈鵲橋仙〉（茅簷

人靜）三闋皆受浙派、常派之歡迎，然總觀來看，不論是浙派或常派，對於陸游詞之選輯是較爲分散而未集中，此應與陸游詞風多樣有關。清代的譜體詞選，奠基於明代之上，有更完備體製與編纂方式，受明代譜體詞選關注的陸游詞三闋，在清代亦屬熱門。此外，〈繡停針〉（歎半紀）、〈雙頭蓮〉（華鬢星星）二闋，則再創典範。

清代對陸游詞之評論，較之宋、元、明三代，數量更多，且評論也更爲精闢。清代前期，由於詞壇派別始立，爲建構、鞏固自身詞學思想，對陸游詞之評論，僅於表面風格之類歸而已。賀裳贊陸游詞「幾於點鐵」，將陸游與史達祖、方千里、洪叔璵三人並稱，屬纖麗柔媚之風格。鄒祇謨論陸詞，認爲其詞類於唐代王維等田園詩派，亦與王士禎同指出陸游詞應屬蘇、辛一派，爲「英雄之詞」。劉體仁肯定陸游詠物詞，尤喜〈朝中措〉（幽姿不入少年場）一闋。沈雄則以黃庭堅詞論中「陡健圓轉」品評，應指陸詞清雅勁拔、婉轉含蓄，可達高妙之境界。尤侗認爲陸游詞有太白之氣，取李白之豪魄喻之，可知尤侗亦將陸游歸屬豪放一派。王奕清《歷代詞話》收一則詞話，稱陸游詞有「去國懷鄉」之感。先著、程洪對陸游單篇詞闋的評點，亦有妙處。清代中期，著重陸游詩與詞的聯繫，言其詞似詩、詞勝於詩、詞中有詩意……等。田同之認爲陸游詞尚存詩意，譽爲詞中「秋實」。許昂霄論陸游詞已脫去纖麗淫靡之風格，可謂超俗。李調元更直指陸游詞似詩，且以〈破陣子〉（仕至千鍾良意）爲例，認爲此闋詞甚工。《四庫全書總目提要》之評論，最爲精妙得當，認爲陸游詞之長處、缺失，皆源自詞中之詩意未消。黃蘇評陸游〈水龍吟〉（摩訶池上追遊路）一闋，認爲詞雖含蓄，而意極沈痛，尾句則有沈痛鬱勃之致。葉申薌則寫出陸游將其詩櫽括入詞之事。清代晚期，對陸游詞評論更爲深刻、全面，詞評家不再以婉約、豪放等風格侷限陸詞。劉熙載贊陸詞「安雅清贍」；陳廷焯反從陸游的創作因素思考，連結陸游生平際遇，直探核心；馮煦則言陸詞「連峭沈鬱」，給予陸游正面且直接的角度評論，使陸游詞不再是與其他詞人比較下的產物；譚獻論陸游

詞「纖穠得中」，則較爲全面。在清代也有以韻文形式評論陸游詞者，經筆者蒐羅分析，共得「論詞絕句」六首，即趙昱、李其永、江昱、譚瑩、華長卿、李綺青六家，可歸納爲「論陸游晚年失節之事」、「論陸游漁隱遊春詞」、「論陸游『掉書袋』之癖」，以及「論陸游沈園憾事」四端；「論詞長短句」共得二闋，皆爲焦袁熹所作，論及陸游的愛國情感與兒女情長。無論是「論詞絕句」或「論詞長短句」皆爲評論陸詞開展不同的面向。

　　影響創作的部份，在清代的表現則更爲多元，不僅有和韻作品，仿擬、集句作品也在其中，共計有追和作品二十三闋，詞人二十家；仿擬詞五闋，詞家四人；集句詞二闋，詞家二人。清人除在形式上，對陸游詞進行仿效外，詞作內容也表現對陸游推崇。

　　清代對陸游詞之接受，較爲多元且多樣，無論派別，對陸游詞皆未出現極端評價。同時，陸游詞接受史，在清代可謂結果、收成，以往於宋元明三代，對陸游的接受與評價，較不明朗，多爲片段或因數量不多未得全面。迨至清代，數量與品質同時提昇，更可見得陸游詞被接受之情況，因此，清代陸游詞的接受史，已達鼎盛、豐收的階段。

　　總之，陸游詞經過歷代讀者的挑揀、批評與創作仿效，更加歷練出它的價值。陸游或不以詞著稱，但卻展現了有別於其他詞家的風範，同時，未能有一家之風格可概括。從詞選來看，陸游詞眞正受到關注的時間點，要到晚明時，才漸顯頭角。而清代不論是浙派、常派，對陸詞皆呈現接受的態度，證明陸游詞不僅有單一面向。由詞論角度切入，可知陸游詞風乃駕馭於婉、豪之間，而且陸游詞中所蘊含之詩意，也使它成就了另一種澹雅閑逸的風格；益以生平際遇，使陸游詞更增添一股蕭疏之感。同時詞論家的批評，也展現它在詞壇上的重要性、代表性。透過歷代讀者的觀點，我們可以清楚得知陸游詞更多層面的價值與意義。

參考書目

一、專書

（一）陸游詞集與研究專著

1. 〔宋〕陸游撰，夏承燾箋注：《放翁詞編年箋注》，臺北：漢京文化事業公司，1984 年 7 月。

2. 〔宋〕陸游：《陸放翁全集》，北京：中國書店，1986 年 6 月。

3. 瞿蟾納：《放翁詞研究》，臺北：嘉新水泥公司，1972 年 3 月。

4. 朱東潤撰：《陸游傳》，臺北：華世出版社，1894 年 3 月。

5. 疾風選注：《陸放翁詩詞選》，杭州：浙江人民出版社，1982 年 2 月。

6. 歐小牧：《陸游年譜》，臺北：木鐸出版社，1982 年 5 月。

7. 朱東潤：《陸游傳》，臺北：華世出版社，1984 年 2 月。

8. 陸應南選注：《陸游詩選》，臺北：遠流出版社，1988 年 7 月。

9. 陳香：《陸放翁別傳》，臺北：國家出版社，1992 年 9 月。

10. 萬文武：《亙古英才：陸放翁》。武漢：武漢大學出版社，1995 年 11 月。

11. 王雙啓編著：《陸游詞新釋輯評》，北京 中國書店，2001 年 1 月。

12. 邱鳴皋：《陸游評傳》，南京：南京大學出版社，2002 年 2 月。

13. 蔡義江撰：《陸游詩詞選評》，上海：上海古籍出版社， 2003 年 6 月。

14. 孔凡禮、齊治平編：《陸游資料彙編》，北京：中華書局，2004 年 1 月。

15. 于北山：《陸游年譜》，上海：上海古籍出版社，2006 年 6 月。

16. 歐俊明：《陸游研究》，上海：上海三聯書店，2007 年 12 月。

（二）其他詞集

【總集】

1. 〔後蜀〕趙崇祚輯：《花間集》，《四部備要》本，臺北：中華書局，1981 年。

2. 趙尊嶽輯：《明詞彙刊》，上海：上海古籍出版社，1992 年 7 月。

3. 南京大學中國語言文學系全清詞編纂研究室編：《全清詞・順康卷》，北京：中華書局，2002 年 5 月。

4. 唐圭璋編：《全宋詞》，北京：中華書局，2009 年 3 月。

【選集】

1. 〔宋〕黃大輿輯：《梅苑》，《唐宋人選唐宋詞》本，上海：上海古籍出版社，2004 年 10 月。

2. 〔宋〕曾慥輯：《樂府雅詞》，《唐宋人選唐宋詞》本，上海：上海古籍出版社，2004 年 10 月。

3. 〔宋〕書坊原編、何士信增修：《增修箋注妙選群英草堂詩餘》，《唐宋人選唐宋詞》本，上海：上海古籍出版社，2004 年 10 月。

4. 〔宋〕黃昇輯：《中興以來絕妙詞選》，《唐宋人選唐宋詞》本，上海：上海古籍出版社，2004 年 10 月。

5. 〔宋〕趙聞禮輯：《陽春白雪》，《唐宋人選唐宋詞》本，上海：上海古籍出版社，2004 年 10 月。

6. 〔宋〕周密輯：《絕妙好詞》，《唐宋人選唐宋詞》本，上海：上海古籍出版社，2004 年 10 月。

7. 〔宋〕黃昇：《花庵詞選》，《唐宋人選唐宋詞》本，上海：上海古籍出版社，2004 年 10 月。

8. 〔金〕元好問輯：《中州樂府》，臺北：臺灣商務印書館，1979 年。

9. 〔元〕陳恕可輯：《樂府補題》，《文津閣四庫全書》本，上海：上海古籍出版社，2002 年 3 月。

10. 〔元〕鳳林書院輯、程端麟校點：《精選名儒草堂詩餘》，瀋陽：遼寧教育出版社，2003 年 3 月。

11. 〔元〕周南端輯：《天下同文》，臺北：臺灣商務印書館，出版年月不詳。

12. 〔元〕彭致中輯：《鳴鶴餘音》，臺北：藝文印書館，1962 年。

13. 〔明〕周履靖輯：《唐宋元明酒詞》，臺北：臺灣商務印書館，1969年4月。

14. 〔明〕陳耀文輯：《花草稡編》，《景印文淵閣四庫全書》本，臺北：臺灣商務印書館，1983年。

15. 〔明〕徐師曾：《文體明辨》，《四庫全書存目叢書》本，臺南：莊嚴文化出版公司，1997年6月。

16. 〔明〕書賈輯；王兆鵬、黃文吉、童向飛校點：《天機餘錦》，瀋陽：遼寧教育出版社，2000年1月。

17. 〔明〕茅暎輯：《詞的》，《四庫未收書輯刊》本，北京：北京出版社，2000年1月。

18. 〔明〕顧從敬輯：《類選箋釋草堂詩餘》，《續修四庫全書》本，上海：上海古籍出版社，2002年3月。

19. 〔明〕卓人月匯選，徐士俊參評：《古今詞統》，《續修四庫全書》本，上海：上海古籍出版社，2002年3月。

20. 〔明〕楊慎輯：《詞林萬選》，《楊升庵叢書》本，成都：天地出版社，2002年。

21. 〔明〕楊慎輯：《百琲明珠》，《楊升庵叢書》本，成都：天地出版社，2002年。

22. 〔明〕潘游龍輯、梁穎校點：《精選古今詩餘醉》，瀋陽：遼寧教育出版社，2003年3月。

23. 〔明〕陸雲龍輯：《翠娛閣評選行笈必攜詞菁》，藏於中國國家圖書館。

24. 〔明〕卓人月編，何士俊評：《草堂詩餘》，明末刊豹變齋印本，現藏於國家圖書館。

25. 〔明〕沈際飛：《古香岑草堂詩餘四集》，明崇禎間太末翁少麓刊本，現藏於國家圖書館。

26. 〔清〕許寶善輯：《自怡軒詞選》，清嘉慶元年許氏刊本，現藏於國家圖書館。

27. 〔清〕葉申薌輯：《天籟軒詞選》，清道光間刊本，現藏於國家圖書館。

28. 〔清〕王闓運輯：《湘綺樓詞選》，王氏湘綺樓刊本，1917年。

29. 〔清〕沈時棟輯：《古今詞選》，臺北：東方書局，1956年5月。

30. 〔清〕夏秉衡輯：《清綺軒詞選》，《歷代名人詞選》本，臺北：大西洋圖書公司，1966年5月。

31. 〔清〕馮煦輯：《宋六十一家詞選》，臺北：文化圖書公司，1956 年 3 月。

32. 〔清〕梁令嫺輯：《藝蘅館詞選》，臺北：臺灣中華書局，1970 年 10 月。

33. 〔清〕沈辰垣、王奕清等：《御選歷代詩餘》，臺北：廣文書局，1972 年 5 月。

34. 〔清〕端木埰輯：《宋詞十九首》，臺北：正中書局，1977 年 7 月。

35. 〔清〕戈載輯、杜文瀾校注：《宋七家詞選》，臺北：河洛圖書，1978 年。

36. 〔清〕陳廷焯輯：《詞則》，上海：上海古籍出版社，1984 年 5 月。

37. 〔清〕黃蘇輯：《蓼園詞選》，濟南：齊魯書社，1988 年 9 月。

38. 〔清〕蔣景祁：《瑤華集》，《四庫禁燬叢刊》本，北京：北京出版社，2000 年。

39. 〔清〕周銘：《林下詞選》，收錄於《續修四庫全書》本，上海：上海古籍出版社，2002 年 3 月。

40. 〔清〕張惠言輯：《詞選》，《續修四庫全書》本，上海：上海古籍出版社，2002 年 3 月。

41. 〔清〕董毅輯：《續詞選》，《續修四庫全書》本，上海：上海古籍出版社，2002 年 3 月。

42. 〔清〕周濟輯：《詞辨》，《續修四庫全書》本，上海：上海古籍出版社，2002 年 3 月。

43. 〔清〕周濟輯：《宋四家詞選》，《續修四庫全書》本，上海：上海古籍出版社，2002 年 3 月。

44. 〔清〕鄒祇謨、王士禛輯：《倚聲初集〉，《續修四庫全書》本，上海：上海古籍出版社，2002 年 3 月。

45. 〔清〕朱祖謀輯：《宋詞三百首》，臺北：臺灣古籍出版社，2005 年 11 月。

46. 〔清〕先著、程洪輯；劉崇德、徐文武點校：《詞潔》，保定：河南大學出版社，2007 年 8 月。

47. 〔清〕朱彝尊、汪森編：《詞綜》，上海：上海古籍出版社，2008 年 3 月。

48. 唐圭璋：《唐宋詞簡釋》，臺北：木鐸出版社，1982 年 3 月。

49. 俞平伯：《唐宋詞選釋》，北京：人民文學出版社，1994 年 12 月。

【詞譜】

1. 〔明〕程明善輯:《嘯餘譜》,《四庫全書存目叢書》本,臺南:莊嚴文化出版公司,1997 年 6 月。

2. 〔明〕周瑛輯:《詞學筌蹄》,《續修四庫全書》本,上海:上海古籍出版社,2002 年 3 月。

3. 〔明〕張綖撰:《詩餘圖譜》,《續修四庫全書》本,上海:上海古籍出版社,2002 年 3 月。

4. 〔清〕葉申薌:《天籟軒詞譜》,清道光間刊本,現藏於國家圖書館。

5. 〔清〕王奕清:《欽定詞譜》,《景印文淵閣四庫全書》本,臺北:臺灣商務印書館,1983 年。

6. 〔清〕賴以邠輯:《填詞圖譜》,《詞學全書》本,北京:書目文獻出版社,1986 年 11 月。

7. 〔清〕賴以邠輯:《填詞圖譜續集》,《詞學全書》本,北京:書目文獻出版社,1986 年 11 月。

8. 〔清〕舒夢蘭:《白香詞譜》,臺北:世界書局,1994 年 3 月。

9. 〔清〕秦巘編著;鄧魁英、劉永泰校點:《詞繫》,北京:北京師範大學出版社,1996 年。

10. 〔清〕吳綺:《選聲集》,《四庫全書存目叢書》本,臺南:莊嚴文化出版公司,1997 年 6 月。

11. 劉崇德校譯:《新定九宮大成南北詞宮譜校譯》,天津:天津古籍出版社,1998 年 7 月。

12. 〔清〕郭鞏輯:《詩餘譜式》,《四庫未收書輯刊》本,北京:北京出版社,2000 年。

13. 〔清〕謝元淮:《碎金詞譜》,《續修四庫全書》本,上海:上海古籍出版社,2002 年 3 月。

14. 〔清〕萬樹輯:《詞律》,臺北:世界書局,2009 年 4 月。

(三)詩文集、全集

【總、選集】

1. 〔南朝梁〕蕭統編:《昭明文選》,北京:華夏出版社,2000 年 2 月。

2. 〔清〕聖祖敕撰:《全唐詩》,北京:中華書局,2005 年 4 月。

【別集】

1. 〔東晉〕陶淵明撰：《陶淵明集》，香港：中華書局香港分局，1987年2月。

2. 〔宋〕范仲淹：《范文正公文集》，《宋集珍本叢刊》本，北京，線裝書局，2004年5月。

3. 〔宋〕張孝祥：《于湖居士文集》，《宋集珍本叢刊》本，北京，線裝書局，2004年5月。

4. 〔元〕戴元表：《剡源文集》，《文津閣四庫全書》本，上海：上海古籍出版社，2002年3月。

5. 〔清〕朱彝尊：《曝書亭集》，《景印文淵閣四庫全書》本，臺北：臺灣商務印書館，1983年。

6. 〔清〕屬鶚：《樊榭山房全集》，《近代中國史料叢刊續編》本，臺北：文海出版社，1983年10月。

7. 〔清〕蔣士銓：《忠雅堂詩集》，收錄於邵海清校、李夢生箋：《忠雅堂集校箋》，上海：上海古籍出版社，1993年12月。

（四）筆記雜錄

1. 〔晉〕葛洪：《神仙傳》，《叢書集成初編》本，北京：中華書局，1991年。

2. 〔南朝宋〕劉義慶著、余嘉錫箋：《世說新語箋疏》，臺北：華正書局，1989年3月

3. 〔北齊〕顏之推：《顏氏家訓》，臺北：鼎文書局，2002年1月。

4. 〔唐〕張彥遠：《歷代名畫記》，南京：江蘇美術出版社，2007年8月。

5. 〔宋〕陳起：《江湖小集》，《景印文淵閣四庫全書》本，臺北：臺灣商務印書館，1983年。

6. 〔宋〕王楙：《野客叢書》，臺北：新文豐出版社，1984年6月。

7. 〔宋〕張邦基：《墨莊漫錄》，《叢書集成初編》本，北京：中華書局，1985年。

8. 〔宋〕俞文豹：《吹劍續錄》，《說郛三種》本，上海：上海古籍出版社，1988年10月。

9. 〔宋〕周密：《武林舊事》，臺北：廣文書局，1995年6月。

10. 〔元〕劉壎：《隱居通議》，《叢書集成初編》本，北京：中華書局，1985年。

11.〔明〕李日華:《六研齋筆記》,南京:鳳凰出版社,2010 年 3 月。

12.〔清〕錢謙益:《列朝詩集小傳》,《明代傳記叢刊》本,臺北:明文書局,1991 年 1 月。

13.〔清〕清涼道人:《聽雨軒筆記》,《筆記小說大觀》本,揚州:廣陵書社,2007 年 12 月。

14. 鄧子勉編:《宋金元詞話全編》,南京:鳳凰出版社,2008 年。

　　〔宋〕葉紹翁:《四朝聞見錄》。

　　〔宋〕陳鵠《耆舊續聞》。

　　〔宋〕羅大經《鶴林玉露》。

　　〔宋〕陳世崇《隨隱漫錄》。

　　〔宋〕周密《齊東野語》。

　　〔清〕俞希魯《至順鎮江志》。

(五)史部、子部

1.〔戰國〕列禦寇:《列子》,臺北:臺灣古籍出版社,1996 年 6 月。

2.〔東漢〕班固:《漢書》,臺北:鼎文書局,1983 年 10 月。

3.〔唐〕房玄齡等撰:《晉書》,臺北:鼎文書局,1992 年 11 月。

4.〔宋〕歐陽修等撰:《新唐書》,臺北:鼎文書局,1981 年 1 月。

5.〔宋〕張淏:《會稽續志》,臺北:成文出版社,1983 年 3 月。

6.〔宋〕李心傳:《建炎以來繫年要錄》,上海:上海古籍出版社,2008 年 4 月。

7.〔元〕托客托等撰:《宋史》,臺北:鼎文書局,1984 年 1 月。

8.〔元〕托克托等撰:《金史》,臺北:鼎文書局,1985 年 6 月。

9.〔元〕馬端臨:《文獻通考》,臺北:臺灣商務印書館,1987 年 2 月。

10.〔明〕田汝成:《西湖遊覽志》,臺北:成文出版社,1983 年 3 月。

11.〔明〕蕭良幹等修、張元忭等撰:《紹興府志》,臺北:成文出版社,1983 年 3 月。

12.〔清〕張廷玉等撰:《明史》,臺北:鼎文書局,1975 年 6 月。

13.〔清〕徐松:《宋會要輯稿》,臺北:新文豐出版社,1976 年 10 月。

14.〔清〕王先謙撰:《莊子集解》,臺北:文津出版社,1988 年 7 月。

15. 陳鼓應註譯:《莊子今註今譯》,臺北:臺灣商務印書館,1989 年 5 月。

（六）評論資料

1. 〔唐〕孟棨《本事詩》,《中國文言小說》本,北京:北京出版社,2000 年 3 月。

2. 〔宋〕張炎:《詞源》,臺北:木鐸出版社,1987 年 7 月。

3. 〔宋〕劉克莊:《後村詩話》,《宋集珍本叢刊》本,北京:線裝書局,2004 年。

4. 〔明〕徐師曾:《詩體明辨》,臺北:廣文書局,1972 年 4 月。

5. 〔明〕瞿佑:《歸田詩話》,《全明詩話》本,濟南:齊魯詩社,2000 年 6 月。

6. 〔明〕李東陽:《懷麓堂詩話》,《文津閣四庫全書》本,上海:上海古籍出版社,2002 年 3 月。

7. 〔明〕王驥德:《曲律》,《續修四庫全書》本,上海:上海古籍出版社,2002 年 3 月。

8. 〔明〕毛晉:《汲古閣書跋》,上海:上海古籍出版社,2006 年 4 月。

9. 〔清〕趙翼:《甌北詩話》,臺北:木鐸出版社,1982 年 4 月。

10. 〔清〕王士禛著、張宗柟纂集、戴鴻森校點:《帶經堂詩話》,北京:人民文學出版社,1998 年 2 月。

11. 〔清〕張宗柟編、楊寶霖補正:《詞林紀事,詞林紀事補正合編》,上海:上海古籍出版社,1998 年 11 月。

12. 〔清〕喬億:《劍溪說詩》,《續修四庫全書》本,上海:上海古籍出版社,2002 年 3 月。

13. 〔清〕何文煥、丁福保編:《歷代詩話統編》,北京:北京圖書館出版社,2003 年 5 月。

    〔宋〕韋居安:《梅磵詩話》。

    〔清〕吳騫:《拜經樓詩話》。

14. 〔清〕徐釚著、王百里校箋:《詞苑叢談校箋》,北京:人民文學出版社,2006 年 6 月),頁 3。

15. 〔清〕何文煥輯:《歷代詩話》,北京:中華書局,2006 年 6 月。

    〔宋〕陳師道:《後山詩話》。

16. 〔清〕李調元:《雨村詩話（十六卷本）》,四川:巴蜀書社,2006 年 12 月。

17. 〔清〕陳廷焯:《雲韶集》,收錄於孫克強、楊傳廣校點整理:《《雲韶集》輯評（之一）》,《中國韻文學刊》,第 24 卷第 3 期,2010 年 9 月,頁 67。

18. 映庵輯：《彙輯宋人詞話——補詞話叢編》，臺北：廣文書局，1960年 10 月。

19. 王國維著、施議對譯注：《人間詞話譯注》，臺北：貫雅文化，1991年 5 月。

20. 金啓華、張惠民等編：《唐宋詞集序跋匯編》，臺北：臺灣商務印書館，1993 年 2 月。

21. 張惠民編：《宋代詞學資料匯編》，廣州：汕頭大學出版社，1993年 11 月。

22. 施蟄存主編：《詞籍序跋萃編》，北京：社會科學出版社，1994 年 12 月。

23. 錢鍾書撰：《宋詩選注》，北京：生活・讀書・新知三聯書店，2001年 1 月。

24. 張璋、職承讓等編：《歷代詞話》，鄭州：大象出版社，2002 年 3月。

25. 吳熊和主編：《唐宋詞匯評・兩宋卷》，杭州：浙江教育出版社，2004年 12 月。

26. 唐圭璋：《詞話叢編》，北京：中華書局，2005 年 10 月

〔宋〕王灼：《碧雞漫志》。

〔宋〕張侃撰：《拙軒詞話》。

〔宋〕黃昇：《中興詞話》。

〔明〕王世貞：《藝苑巵言》。

〔明〕楊慎：《詞品》。

〔清〕王又華：《古今詞論》。

〔清〕劉體仁：《七頌堂詞繹》。

〔清〕鄒祗謨：《遠志齋詞衷》。

〔清〕賀裳撰：《皺水軒詞筌》。

〔清〕沈雄撰：《古今詞話》。

〔清〕王奕清等輯：《歷代詞話》。

〔清〕先著、程洪撰：《詞潔輯評》。

〔清〕李調元撰：《雨村詞話》。

〔清〕田同之撰：《西圃詞說》。

〔清〕焦循撰：《雕菰樓詞話》。

〔清〕許昂霄撰：《詞綜偶評》。

〔清〕馮金伯:《詞苑萃編》。

〔清〕葉申薌:《本事詞》。

〔清〕吳衡照:《蓮子居詞話》。

〔清〕宋翔鳳:《樂府餘論》。

〔清〕謝元淮:《填詞淺說》。

〔清〕丁紹儀:《聽秋聲館詞話》。

〔清〕杜文瀾:《憩園詞話》。

〔清〕黃蘇撰:《蓼園詞評》。

〔清〕江順詒:《詞學集成》。

〔清〕謝章鋌:《賭棋山莊詞話》。

〔清〕馮煦撰:《蒿庵論詞》。

〔清〕沈曾植:《菌閣瑣談》。

〔清〕劉熙載:《詞概》。

〔清〕陳廷焯:《詞壇叢話》。

〔清〕陳廷焯:《白雨齋詞話》。

〔清〕譚獻撰:《復堂詞話》。

〔清〕張德瀛:《詞徵》。

〔清〕陳銳撰:《裒碧齋詞話》。

〔清〕徐珂撰:《近詞叢談》。

〔清〕王國維:《人間詞話》。

〔清〕王闓運:《湘綺樓評詞》。

〔清〕況周頤:《蕙風詞話》。

〔清〕況周頤:《蕙風詞話續編》。

〔清〕蔣兆蘭:《詞說》。

〔清〕陳匪石:《聲執》。

27. 鄧子勉編:《宋金元詞話全編》,南京:鳳凰出版社,2008 年。

〔宋〕劉克莊《後村詩話》。

〔宋〕張孝祥《張孝祥詞話》。

(七) 文學研究專著

1. 昌彼得等撰:《宋人傳記資料索引》,臺北:鼎文書局,1975 年。

2. 裴普賢:《集句詩研究》,臺北:臺灣學生書局,1975 年 11 月。

3. 郭紹虞：《宋詩話考》，臺北：漢京文化事業公司，1983 年 1 月。

4. 韋勒克（Rene Wellek）、華倫（Austin Warren）著，王夢鷗、許國 横譯：《文學論》，臺北：志文出版社，1983 年 2 月。

5. 鄭振鐸：《中國俗文學史》，上海：上海書店，1984 年 6 月。

6. 王師偉勇：《南宋詞研究》，臺北：文史哲出版社，1987 年 9 月。

7. 俞陛雲：《唐五代兩宋詞選釋》，臺北：文史哲出版社，1988 年 7 月。

8. 黃兆漢：《金元詞史》，臺北：臺灣學生書局，1992 年 12 月。

9. 劉慶雲編著、王師偉勇編審：《詞話十論》，臺北：祺齡出版社，1995 年 1 月。

10. 朱崇才：《詞話學》，臺北：文津出版社，1995 年 1 月。

11. 龍沐勛：《詞學十講》，臺北：里仁書局，1996 年 1 月。

12. 李劍亮：《唐宋詞與唐宋歌妓制度》，杭州：杭州大學出版社，1999 年 5 月。

13. 祝尚書：《宋人別集敘錄》，北京：中華書局，1999 年 11 月。

14. 嚴迪昌：《清詞史》，南京：江蘇古籍出版社，1999 年 8 月。

15. 陶然：《金元詞通論》，上海：上海古籍出版社，2001 年 7 月。

16. 黃撥莉：《中國詞史》，福州：福建人民出版社，2003 年。

17. 王師偉勇：《詞學專題研究》，臺北：文史哲出版社，2003 年 4 月。

18. 王師偉勇：《宋詞與唐詩對應研究》，臺北：文史哲出版社，2004 年 3 月。

19. 王兆鵬著：《詞學史料學》，北京：中華書局，2004 年 5 月。

20. 方智范等撰：《中國古典詞學理論史（修訂版）》，上海：華東師範 大學出版社，2005 年 12 月。

21. 吳梅撰：《詞學通論》，北京：中國書籍出版社，2006 年 5 月。

22. 朱崇才著：《詞話史》，北京：中華書局，2007 年 3 月。

23. 黃雅莉：《宋代詞學批評專題探究》，臺北：文津出版社，2008 年 4 月。

24. 唐圭璋：《宋詞紀事》，北京：中華書局，2008 年 5 月。

25. 江合友：《明清詞譜史》，上海：上海古籍出版社，2008 年 5 月。

26. 王兆鵬著：《詞學史料史》，北京：中華書局，2009 年 2 月。

27. 譚新紅：《清詞話考述》，武漢：武漢大學出版社，2009 年 9 月。

28. 朱崇才：《詞話理論研究》，北京：中華書局，2010 年 6 月。

29. 王師偉勇著:《清代論詞絕句初編》,臺北:里仁書局,2010 年 9 月。

30. 夏承燾:《唐宋詞人年譜》,《夏承燾集》本,杭州:浙江古籍出版社,出版年月不詳。

(八)接受美學理論及研究專著

【文學理論】

1. Hans Robert Jauss:《Toward an aesthetic of reception》,Minneapolis:University of Minnesota Press,1982。

2. 〔德〕姚斯、霍拉勃著,周寧、金元浦譯:《接受美學與接受理論·走向接受美學》,瀋陽:遼寧人民出版社,1987 年 9 月。

3. 〔德〕沃爾夫岡·伊瑟爾著、周寧、金元浦譯:《接受美學與接受理論》,瀋陽:遼寧人民出版社,1987 年

4. 赫魯伯著,董之林譯:《接受美學理論》,板橋,駱駝出版社,1994 年 6 月。

5. 伊麗莎白·弗洛伊德著,陳燕谷譯:《讀者反應理論批評》,板橋,駱駝出版社,1994 年 6 月。

6. 馬以鑫著:《接受美學新論》,上海:學林出版社,1995 年 10 月。

7. 〔德〕漢斯·羅伯特·耀斯著,英譯者麥克爾·肖,顧建光、顧建宇、張樂天譯:《審美經驗與文學解釋學》,上海:上海譯文出版社,1997 年 11 月。

8. 金元浦著:《接受反應文論》,濟南:山東教育出版社,1998 年 10 月。

9. 王金山、王青山著:《文學接受研究》,呼和浩特:內蒙古大學出版社,2005 年 7 月。

10. 鄔國平著:《中國古代接受文學與理論》,哈爾濱:黑龍江人民出版社,2005 年 11 月。

11. 朱健平著:《翻譯:跨文化解釋–哲學詮釋學與接受美學模式》,長沙:湖南人民出版社,2007 年 4 月。

12. 朱立元主編:《當代西方文藝理論》,上海:華東師範大學出版社,2008 年 5 月第 2 版(增補版)。

【接受史專著】

1. 高中甫:《歌德接受史》,北京:社會科學文獻出版社,1993 年 4 月。

2. 楊文雄:《李白詩歌接受史》,臺北:五南圖書出版有限公司,2000 年 3 月。

3. 陳文忠:《文學美學與接受史研究》,合肥:安徽人民出版社,2008 年 4 月。

4. 鄧新華:《中國古代接受詩學》,武漢:武漢出版社,2000 年 10 月。

5. 蔡振念:《杜詩唐宋接受史》,臺北:五南圖書出版股份有限公司, 2002 年。

6. 李劍鋒:《元前陶淵明接受史》,濟南:齊魯書社,2002 年 9 月第 1 版。

7. 劉學鍇著:《李商隱詩歌接受史》,合肥:安徽大學出版社,2004 年 8 月。

8. 朱麗霞著:《清代辛稼軒接受史》,濟南:齊魯書社,2005 年 1 月第 1 版。

9. 王玫著:《建安文學接受史論》,上海:上海古籍出版社,2005 年 7 月。

10. 李冬紅著:《花間集接受史論稿》,濟南:齊魯書社,2006 年 6 月。

11. 查清華著:《明代唐詩接受史》,上海:上海古籍出版社,2006 年 7 月。

12. 曾軍:《接受的復調:中國巴赫金接受史研究》,濟南:齊魯書社, 2007。

13. 陳文忠:《文學美學與接受史研究》,合肥:安徽大學出版社,2008 年 4 月。

(九)目錄、辭典、彙編

【目錄】

1. 〔宋〕陳振孫撰:《直齋書錄解題》,《叢書集成初編》本,北京:中華書局,1985 年。

2. 〔清〕阮元:《四庫未收書目提要》,臺北:臺灣商務印書館,1971 年 3 月。

3. 〔清〕紀昀等:《四庫全書總目提要》,北京:中華書局,1997 年 1 月。

4. 〔清〕彭元瑞編:《天祿琳琅書目續編》,李學勤主編《中華漢語工具書書庫》,合肥:安徽教育出版社,2002 年 1 月。

5. 傅增湘:《藏源羣書經眼錄》,北京:中華書局,1983 年。

6. 傅增湘：《藏源羣書題記》，上海：上海古籍出版社，1989 年 6 月。

7. 張元濟：《涵芬樓燼餘書錄》，《古書題跋叢刊》本，北京：學苑出版社，2009 年。

8. 羅偉國、胡平編：《古籍版本題記索引》，上海：上海書店，1991 年。

【辭典】

1. 侯忠義主編：《中國歷代小說辭典》，昆明：雲南人民出版社，1993 年 3 月。

2. 吳藕汀、吳小汀：《詞調名辭典》，上海：上海書店出版社，2005 年。

二、論文

【碩、博士論文】

1. 劉少雄：《宋代詞選集研究》，臺北：國立臺灣大學中國文學研究所碩士論文，1986 年 6 月。

2. 陶子珍：《明代詞選研究》，臺北：東吳大學中國文學系博士論文，2001 年 6 月。

3. 黃慧忻：《《放翁詞》研究》，廣州：暨南大學碩士論文，2006 年 5 月。

4. 王平：《《放翁詞》綜論》，武漢：華中師範大學碩士論文，2006 年 5 月。

5. 張莉姍：《陸游詞心初探》，貴陽：貴州大學碩士論文，2008 年 4 月。

6. 薛乃文：《馮延巳詞接受史》，臺南：國立成功大學碩士論文，2009 年 6 月。

7. 許淑惠：《秦觀詞接受史》，臺南：國立成功大學碩士論文，2010 年 6 月。

8. 柯瑋郁：《晏幾道小山詞接受史》，臺南：國立成功大學碩士論文，2010 年 6 月。

9. 蘇振杰：《陸游詞研究》，彰化：國立彰化師範大學碩士論文，2010 年 6 月。

10. 趙福勇著：《清代「論詞絕句」論北宋詞人及其作品研究》，彰化：國立彰化師範大學國文研究所博士論文，2011 年 1 月。

11. 夏婉玲：《張先詞接受史》，臺南：國立成功大學碩士論文，2011 年 6 月。

12. 唐玉鳳：《焦袁熹「論詞長短句」及其詞研究》，臺南：國立成功大學中國文學系碩士論文，2011 年 7 月。

13. 張巽雅：《賀鑄詞接受史》，臺南：國立成功大學碩士論文，2012 年 1 月。

【期刊論文】

1. 裴溥言：〈歷代集句詩發展總論〉，《東吳文史學報》，第 3 期，1978 年 6 月。

2. 陳水雲：〈放翁詞及其感情生活〉，《哲學與文化》，1980 年 1 月。

3. 陳冠明：〈秦觀陸游名字解詁〉，《中華文史論叢》第二輯，上海：上海古籍出版社，1982 年 5 月。

4. 陳香：〈《釵頭鳳》及其他：磨折陸游一生的感情觸礁〉，《東方雜誌》，1982 年 5 月。

5. 龍沐勛：〈選詞標準論〉，《詞學季刊》，第 1 卷第 2 號，上海：上海書店，1985 年 12 月。

6. 施蟄存：〈歷代詞選序錄〉，《詞學》，第 4 輯，上海：華東師範大學出版社，1986 年 8 月。

7. 薛順雄：〈陸游「釵頭鳳」詞辨析〉，《東海中文學報》，1992 年 8 月。

8. 張雪松：〈陸游的婚姻悲劇〉，《國文天地》，1992 年 9 月。

9. 陳秀端：〈心在天山，身老滄洲——談放翁詞〉，《國文天地》，1993 年 8 月。

10. 劉少雄：〈周濟與南宋典雅詞派〉，《中國文哲研究集刊》，第 5 期，1994 年 9 月，。

11. 黃文吉：〈詞學的新發現——明抄本《天機餘錦》之成書及其價值〉，《宋代文學研究叢刊》，第 3 期，高雄：麗文文化股份有限公司，1997 年 9 月。

12. 王兆鵬：〈詞學祕籍《天機餘錦》考述〉，《文學遺產》，1998 年第 5 期。

13. 吳建華：〈此恨綿綿無絕期——陸游與唐琬的愛情悲劇〉，《中國語文》，1998 年 3 月。

14. 陶子珍：〈戈載《宋七家詞選》試析〉，《中國國學》第 26 期，1998 年 11 月。

15. 黃文吉：〈《天機餘錦》見存宋金元詞輯佚〉,《宋代文學研究叢刊》,第 4 期,高雄：麗文文化股份有限公司,1998 年 12 月。

16. 傅明善：〈近百年來陸游研究綜述〉,《中國韻文學刊》,2001 年第 1 期。

17. 宮紅英：〈從陸游的詠梅詩詞看其人格美——兼評郭沫若關于〈卜算子〉的分析〉,《邯鄲師專學報》,第 13 卷第 4 期,2003 年 12 月。

18. 梁桂芳：〈陸游詞的心態——兼論陸詞風格及其在詞史上的地位〉,《新疆師範大學學報（哲學社會科學版）》,第 25 卷第 4 期,2004 年 10 月。

19. 林玫儀：〈罕見詞話——張綖「草堂詩餘別錄」〉,《中國文哲研究通訊》,第 14 卷第 4 期,2004 年 12 月。

20. 蔣方：〈陸游《渭南文集》的編纂與流傳〉,《古典文學知識》,2005 年第 2 期。

21. 張仲謀：〈《詞學筌蹄》考論〉,《中國文化研究》,2005 年第 3 期。

22. 劉軍政：〈論陸游詞風之變〉,《南陽師範學院學報（社會科學版）》,第 5 卷第 2 期,2006 年 2 月。

23. 劉揚忠：〈陸游、辛棄疾詞內容與風格異同論〉,《中國韻文學刊》,第 20 卷第 1 期,2006 年 3 月。

24. 胡元翎：〈陸游詞之缺失及原因探析〉,《北京大學學報（哲學社會科學版）》,第 43 卷第 4 期,2006 年 3 月。

25. 侯雅文：〈論朱祖謀《宋詞三百首》所建構的「宋詞史」及其在清代宋詞典律史上的意義〉,《彰化師大國文學誌》,第 12 期,2006 年 6 月。

26. 徐秀菁：〈由選詞與評點的角度看張惠言《詞選》中比興寄託說的實踐〉,《彰化師大國文學誌》,第 12 期,2006 年 6 月。

27. 黃世中：〈〈釵頭鳳〉公案考辨〉,《中國海洋大學學報（社會科學版）》,2006 年第 1 期。

28. 張師高評：〈北宋讀詩詩與宋代與宋代詩學——從傳播與接受之視角切入〉,《漢學研究》,第 24 卷第 2 期,2006 年 12 月。

29. 姜榮：〈茫茫夢境 畢竟成塵——陸游記「夢」詞創作類型及創作原因探究〉,《樂山師範學院學報》,第 22 卷第 1 期,2007 年 1 月。

30. 王師偉勇：〈兩宋詞人仿擬典範作品析論〉,《人文與創意學術研討會論文集》,臺北：里仁書局,2008 年 6 月。

31. 謝永芳：〈顧太清的宋詞選及其價值〉,《詞學》,第 19 輯,上海：華東師範大學出版社,2008 年 6 月。

32. 農遼林：〈陸游詞研究綜述〉，《南寧師範高等專科學校學報》，第 25 卷第 2 期，2008 年 6 月。

33. 胡金佳：〈近十年陸游研究綜述〉，《齊齊哈爾師範高等專科學校學報》，2009 年第 5 期。

34. 丁海燕：〈南宋陳鵠《耆舊續聞》研究〉，《廊坊師範學院學報》，第 25 卷第 3 期，2009 年 6 月。

35. 何淑貞：〈橋下春波驚鴻照影——談陸游的感情本質〉，《中國語文》，2009 年 11 月。

36. 馬曉妮：〈論丹陽詞人賀裳的詞學思想和詞作〉，《江蘇教育學院學報》，第 26 卷第 1 期，2010 年 1 月。

37. 劉揚忠：〈陸游及其詩詞八百年來的影響和被接受簡史〉，《紹興文理學院學報》，第 31 卷第 1 期，2011 年 1 月。

38. 焦寶：〈陸游詞論與詞的傳播研究初探〉，《紹興文理學院學報》，第 31 卷第 1 期，2011 年 1 月。

39. 歐陽明亮：〈清代陸游詞的批評歷程〉，《中國韻文學刊》，第 25 卷第 3 期，2011 年 7 月。

附錄一：歷代詞選擇陸游詞概況
（包含通代詞選、斷代詞選、專題詞選）

朝代	作者	詞選名稱	水龍吟·摩訶
宋編詞選	黃大輿	梅苑	
	曾慥	樂府雅詞	
	書坊、何士信	草堂詩餘	V
	趙聞禮	陽春白雪、中興以來絕妙詞選	V
明編詞選	周密	絕妙好詞	
	楊慎	詞林萬選、百琲明珠、天機餘錦	V
	張綖	草堂詩餘別錄	V
	顧從敬	類選箋釋草堂詩餘	V
	錢允治	類選箋釋草堂詩餘續選	V
	沈際飛	草堂詩餘四集	V
	陳耀文	花草粹編	V
	周履靖	唐宋元明酒詞	
	茅暎	詞的	
	卓人月	古今詞統	V
	陸雲龍	詞菁	
	潘游龍	古今詩餘醉	V
	朱彝尊	詞綜	V
	先著	詞潔	V
清編詞選	沈辰垣	御選歷代詩餘	V
	沈時棟	古今詞選	V
	夏秉衡	清綺軒詞選	
	張惠言	詞選	
	董毅	續詞選	
	黃蘇	蓼園詞選	V
	葉申薌	天籟軒詞選	V
	許寶善	自怡軒詞選	
	陳廷焯	詞則·大雅集	
	陳廷焯	詞則·放歌集	
	陳廷焯	詞則·別調集	
	王國維	湘綺樓詞選	
	梁令嫻	藝蘅館詞選	
	周濟	宋四家詞選	
	戈載	宋七家詞選	V
	馮煦	宋六十一家詞選	V
	端木埰	宋詞十九首	
	朱祖謀	宋詞三百首	
	顧春	宋詞選	
各闋入選總計			15

詞作	次數
朝中措·怕歌	13
南鄉子·歸夢	11
釵頭鳳·紅酥	11
卜算子·驛外	9
鵲橋仙·華燈	9
沁園春·一別	8
鵲橋仙·茅簷	8
浣沙溪·懶向	7
臨江仙·鳩雨	7
烏夜啼·金鴨	7
真珠簾·山村	7
漁家傲·東望	7

																					數
浪淘沙·綠樹									ˇ		ˇ		ˇ		ˇ ˇ	ˇ					ˇ	6
鷓鴣天·梳髮		ˇ							ˇ ˇ		ˇ ˇ	ˇ ˇ						ˇ				5
蕎山溪·躬山		ˇ ˇ							ˇ ˇ	ˇ	ˇ			ˇ				ˇ				5
木蘭花·三年								ˇ	ˇ		ˇ				ˇ ˇ							5
朝中措·幽姿	ˇ	ˇ ˇ						ˇ	ˇ		ˇ		ˇ	ˇ							ˇ	5
夜遊宮·獨夜			ˇ					ˇ		ˇ		ˇ ˇ	ˇ	ˇ								5
玉胡蝶·倦客				ˇ				ˇ	ˇ		ˇ	ˇ	ˇ					ˇ				5
齊天樂·角殘		ˇ			ˇ			ˇ ˇ		ˇ	ˇ	ˇ										5
雙頭蓮·華鬢	ˇ					ˇ	ˇ	ˇ				ˇ	ˇ ˇ							ˇ		5
月照梨花·霽景								ˇ ˇ	ˇ ˇ		ˇ ˇ	ˇ ˇ						ˇ				5
月照梨花·悶已								ˇ ˇ	ˇ ˇ									ˇ				5
青玉案·西風	ˇ			ˇ				ˇ														4

感皇恩·小閣	∨										∨∨	∨∨					4
好事近·歲晚	∨		∨							∨	∨			∨			4
蝶戀花·陌上	∨		∨			∨				∨							4
采桑子·寶釵			∨		∨					∨	∨			∨			4
安公子·風雨						∨∨				∨			∨				4
極相思·江頭		∨				∨∨				∨	∨		∨				4
上西樓·江頭		∨				∨				∨			∨				4
太平時·竹裏		∨					∨			∨			∨				4
南鄉子·早歲		∨								∨			∨				3
好事近·揮袖上		∨								∨		∨					3
鷓鴣天·家住東		∨		∨									∨				3
朝中措·鬢鬙										∨	∨		∨				3

附錄一：歷代詞選擇陸游詞概況

詞牌・句								3
蝶戀花·水漾	V							3
水龍吟·樽前		V V		V	V			3
漢宮春·羽箭		V	V	V	V	V		3
月上海棠·斜陽		V		V	V		V	3
月上海棠·蘭房		V		V	V		V	3
齊天樂·客中		V	V	V				3
一叢花·尊前		V		V	V		V	3
隔浦蓮近拍·飛花		V		V	V		V	3
隔浦蓮近拍·騎鯨		V		V				3
醉落魄·江湖		V	V		V	V		3
長相思·橋如		V	V	V	V			3
長相思·暮山		V V		V				3

詞	數														
訴衷情·青衫	3						∨		∨		∨				
生查子·梁空	3	∨						∨	∨						
破陣子·仕至	3						∨	∨					∨		
謝池春·賀監	3						∨	∨		∨					
一落索·滿路	3						∨	∨		∨					
真珠簾·燈前	3	∨						∨		∨					
風流子·佳人	3						∨	∨			∨			∨	
蝶戀花·禹廟	3						∨	∨		∨					
水調歌頭·江左	2						∨	∨		∨					
滿江紅·危堞	2							∨		∨					
好事近·華表	2		∨		∨				∨						
好事近·湓口	2							∨							

詞作												2
鷓鴣天・南浦						V		V				2
蝶戀花・桐葉		V			V					V		2
沁園春・粉破				V	V							2
烏夜啼・我校					V		V					2
烏夜啼・紈扇					V				V			2
夜遊宮・雪曉	V									V		2
蘇武慢・澹靄	V				V							2
洞庭春色・壯歲					V	V	V					2
繡停針・歎牛					V	V						2
南歌子・異縣					V		V					2
鵲橋仙・一竿	V				V	V						2
長相思・雲千			V									2

詞作	1	2	3	4	5	6	7	8	9	10	11	12	13	14	15	16	17	18	19	20	21	22	23	合計
菩薩蠻‧江天						V															V			2
菩薩蠻‧小院												V								V				2
訴衷情‧當年												V								V				2
破陣子‧看破									V			V												2
點絳唇‧采藥									V			V												2
謝池春‧壯歲						V						V												2
一落索‧識破								V				V												2
戀繡衾‧不惜								V		V														2
風入松‧十年									V			V												2
雙頭蓮‧風卷						V			V															2
如夢令‧獨倚		V							V															2
赤壁詞‧禁門									V															1

詞目				1
定風波·皷帽	V			1
滿江紅·疎蕊	V			1
感皇恩·春色	V			1
好事近·羈雁			V	1
好事近·風露	V			1
好事近·客路			V	1
好事近·揮袖別		V		1
好事近·秋曉	V			1
鷓鴣天·看盡		V		1
鷓鴣天·家住蒼		V		1
鷓鴣天·插腳		V		1
鷓鴣天·懶向		V		1

詞題			
	一	一	一
驀山溪·元戎		∨	
清商怨·江頭			∨
秋波媚·曾散		∨	
沁園春·孤鶴	∨		
憶秦娥·玉花		∨	
漢宮春·浪迹		∨	
烏夜啼·簥角		∨	
烏夜啼·世事			∨
烏夜啼·素意		∨	
烏夜啼·園館		∨	
烏夜啼·從臣		∨	
好事近·混迹			∨

詞作								計
柳梢青·錦里				✓				一
柳梢青·十載	✓							一
木蘭花慢·閱邯				✓				一
望梅·壽非						✓		一
桃園憶故人·欄干				✓				一
桃園憶故人·城南				✓				一
一叢花·仙姝		✓						一
昭君怨·畫永			✓	✓				一
豆葉黃·春風				✓				一
長相思·面蒼		✓						一
長相思·悟浮		✓						一
生查子·還山				✓				一

謝池春·七十		∨	1
杏花天·老來		∨	1
夜遊宮·宴罷	∨		1
解連環·淚淹	∨		1
浣沙溪·浴罷			0
好事近·小倦			0
好事近·覓箇			0
好事近·平旦			0
秋波媚·秋到			0
桃園憶故人·斜陽			0
桃園憶故人·一彈			0
桃園憶故人·中原			0

詞牌・詞題																																							擇選數量
豆葉黃·一春																																								0
戀繡衾·無方																																								0
鵲橋天·杖屨																																								0
漁父·石帆																																								0
漁父·晴山																																								0
漁父·鏡湖																																								0
漁父·湘湖																																								0
漁父·長安																																								0
戀繡衾·雨斷																																								0
采桑子·三山																																								0
大聖樂·電轉																																								0
擇選數量	0	0	1	20	6	3	4	1	1	1	4	16	44	0	2	45	1	14	15	16	90	6	3	0	0	1	35	2	1	2	6	1	0	2	3	0	36	1	1	4

存目詞（指《全宋詞》列入存目詞，不作陸游詞，而他本誤作陸游詞者）									數量
浣溪沙·花市		ｖ	ｖ			ｖ ｖ	ｖ ｖ ｖ		5
江月晃重山·芳草	ｖ		ｖ						2
戀繡衾·長夜			ｖ						1
戀繡衾·病來			ｖ						1
南鄉子·泊雁								ｖ	1

依據版本：

1. ［宋］黃大輿輯：《梅苑》，《唐宋人選唐宋詞》本，上海：上海古籍出版社，2004年10月。

2. ［宋］曾慥輯：《樂府雅詞》，《唐宋人選唐宋詞》本，上海：上海古籍出版社，2004年10月。

3. ［宋］書坊原編、何士信增修：《增修箋注妙選群英草堂詩餘》，《唐宋人選唐宋詞》本，上海：上海古籍出版社，2004年10月。

4. ［宋］黃昇輯：《中興以來絕妙詞選》，《唐宋人選唐宋詞》本，上海：上海古籍出版社，2004年10月。

5. ［宋］趙聞禮輯：《陽春白雪》，《唐宋人選唐宋詞》本，上海：上海古籍出版社，2004年10月。

6. ［宋］周密輯：《絕妙好詞》，《唐宋人選唐宋詞》本，上海：上海古籍出版社，2004年10月。

7. ［宋］黃昇：《花庵詞選》，《唐宋人選唐宋詞》本，上海：上海古籍出版社，2004年10月。

8. ［金］元好問輯：《中州樂府》，臺北：臺灣商務印書館，1979年。

9. ［元］陳恕可輯：《樂府補題》，《文津閣四庫全書》本，上海：上海古籍出版社，2002 年 3 月。

10. ［元］鳳林書院輯，程端麟校點：《精選名儒草堂詩餘》，瀋陽：遼寧教育出版社，2003 年 3 月。

11. ［元］周南端輯：《天下同文》，臺北：臺灣商務印書館，出版年月不詳。

12. ［元］彭致中輯：《鳴鶴餘音》，臺北：藝文印書館，1962 年。

13. ［明］周履靖輯：《唐宋元明酒詞》，臺北：臺灣商務印書館，1969 年 4 月。

14. ［明］陳耀文輯：《花草稡編》，《景印文淵閣四庫全書》本，臺北：臺灣商務印書館，1983 年。

15. ［明］徐師曾：《文體明辨》，《四庫全書存目叢書》本，臺南：莊嚴文化出版公司，1997 年 6 月。

16. ［明］南宋書賈輯，王兆鵬、黃文吉、童向飛校點：《天機餘錦》，瀋陽：遼寧教育出版社，2000 年 1 月。

17. ［明］茅暎輯：《詞的》，《四庫未收書輯刊》本，北京：北京出版社，2000 年 1 月。

18. ［明］顧從敬輯：《類選箋釋草堂詩餘》，《續修四庫全書》本，上海：上海古籍出版社，2002 年 3 月。

19. ［明］卓人月匯選，徐士俊參評：《古今詞統》，《續修四庫全書》本，上海：上海古籍出版社，2002 年 3 月。

20. ［明］楊慎輯：《詞林萬選》，《楊升庵叢書》本，成都：天地出版社，2002 年。

21. ［明］楊慎輯：《百琲明珠》，《楊升庵叢書》本，成都：天地出版社，2002 年。

22. ［明］潘游龍輯：《翠娛閣評選古今詞醉》，瀋陽：遼寧教育出版社，2003 年 3 月。

23. ［明］陸雲龍輯：《精選古今詩餘醉》，明末刊行及汲摭詞菁，藏於中國國家圖書館。

24. ［明］卓人月，何士俊編：《草堂詩餘》，明末刊約變蕭印本，現藏於國家圖書館。

25. ［明］沈際飛輯：《古香岑草堂詩餘四集》，明崇禎間大木翁少鹿刊本，現藏於國家圖書館。

26. ［清］許寶善輯：《自怡軒詞選》，清嘉慶元年許氏刊本，現藏於國家圖書館。

27. ［清］葉申薌輯：《天籟軒詞選》，清道光間周刊本，現藏於國家圖書館。

28. ［清］王闓運輯：《湘綺樓詞選》，王氏湘綺樓刊本，1917 年。

29. ［清］沈時棟輯：《古今詞選》，臺北：東方書局，1956 年 5 月。

30. ［清］夏秉衡輯：《清綺軒詞選》，《歷代名人詞選》本，臺北：大西洋圖書公司，1966 年 5 月。

31. ［清］馮煦輯：《宋六十一家詞選》，臺北：文化圖書公司，1956 年 3 月。

32. ［清］梁令嫻輯：《藝蘅館詞選》，臺北：臺灣中華書局，1970 年 10 月。

33. ［清］沈辰垣、王奕清等：《御選歷代詩餘》，臺北：廣文書局，1972 年 5 月。

34. ［清］端木埰輯：《宋詞十九首》，臺北：正中書局，1977 年 7 月。

35. ［清］戈載輯、杜文瀾校注：《宋七家詞選》，臺北：河洛圖書，1978 年。

36. ［清］陳廷焯輯：《詞則》，上海：上海古籍出版社，1984 年 5 月。

37. ［清］黃蘇輯：《蓼園詞選》，濟南：齊魯書社，1988 年 9 月。

38. ［清］宋犖：《瑤華集》，《四庫禁燬叢刊》本，北京：北京出版社，2000 年。

39. ［清］周銘：《林下詞選》，收錄於《續修四庫全書》本，上海：上海古籍出版社，2002 年 3 月。

40. ［清］張惠言輯：《詞選》，《續修四庫全書》本，上海：上海古籍出版社，2002 年 3 月。

41. ［清］董毅輯：《續詞選》，《續修四庫全書》本，上海：上海古籍出版社，2002 年 3 月。

42. ［清］周濟輯：《詞辨》，《續修四庫全書》本，上海：上海古籍出版社，2002 年 3 月。

43. ［清］周濟輯：《宋四家詞選》，《續修四庫全書》本，上海：上海古籍出版社，2002 年 3 月。

44. ［清］鄒祇謨、王士禛輯：《倚聲初集》，《續修四庫全書》本，上海：上海古籍出版社，2002 年 3 月。

45. ［清］朱祖謀輯：《宋詞三百首》，臺北：臺灣古籍出版社，2005 年 11 月。

46. ［清］先著、程洪輯、劉崇德、徐文武點校：《詞潔》，保定：河南大學出版社，2007 年 8 月。

47. ［清］朱彝尊、汪森編：《詞綜》，上海：上海古籍出版社，2008 年 3 月。

附錄二：歷代詞譜體詞選擇錄陸游詞概況

（包含格律譜及音樂譜）

詞選名稱（作者）	明編詞譜體詞選						清編詞譜體詞選（格律譜）								清編詞譜體詞選（音樂譜）		各闋入選統計
詞選名稱	詞學筌蹄 詩餘圖譜	詩餘圖譜	嘯餘譜	選聲集	填詞圖譜	填詞圖譜續集	詩餘譜式	詞律	詞律拾遺	詞律補遺	御定詞譜	詞繫	天籟軒詞譜 白香詞譜		九宮大成曲譜	碎金詞譜	
作者	周瑛	張綖	徐師曾	程明善	吳綺	賴以邠	郭鞏	萬樹	徐本立	杜文瀾	王奕清	蔡嵩	葉申薌 舒夢蘭		周祥鈺	謝元淮	
謝池春·賀監		Ｖ	Ｖ	Ｖ	Ｖ	Ｖ	Ｖ	Ｖ			Ｖ		Ｖ			Ｖ	10
鈒頭鳳·紅酥		Ｖ	Ｖ	Ｖ	Ｖ	Ｖ	Ｖ	Ｖ					Ｖ				8
夜遊宮·獨夜		Ｖ	Ｖ	Ｖ	Ｖ		Ｖ	Ｖ									6

											數
戀繡衾・不惜	∨	∨	∨			∨					6
繡亭針・數牛				∨		∨	∨		∨	∨	5
雙頭蓮・華鬢		∨	∨			∨	∨		∨		5
好事近・客路							∨	∨			3
月上海棠・蘭房		∨	∨			∨		∨			3
真珠簾・山村				∨					∨		3
安公子・風雨						∨	∨	∨			3
蘇武慢・澹靄						∨	∨	∨			3
水龍吟・摩訶	∨				∨	∨	∨				3
沁園春・孤鶴						∨				∨	2
齊天樂・角殘						∨	∨		∨		2
真珠簾・燈前					∨	∨		∨			2
雙頭蓮・風卷					∨		∨	∨			2
月照梨花・霽景					∨	∨		∨			2
南鄉子・歸夢						∨					1
纛山溪・元戎	∨										1
纛山溪・窮山							∨				1
朝中措・幽姿										∨	1
清商怨・江頭	∨										1

詞牌							數
水龍吟・樽前						V	1
月上海棠・斜陽						V	1
洞庭春色・壯歲				V			1
隔浦蓮近拍・飛花					V		1
謝池春・壯歲		V					1
風入松・十年						V	1
月照梨花・悶已					V		1
赤壁詞・禁門							0
浣沙溪・懶向							0
浣沙溪・浴罷							0
青玉案・西風							0
水調歌頭・江左							0
浪淘沙・綠樹							0
定風波・敧帽							0
南鄉子・早歲							0
滿江紅・危堦							0
滿江紅・疎蕊							0
感皇恩・春色							0
感皇恩・小閣							0

	0
好事近・鷁雁	0
好事近・風露	0
好事近・歲晚	0
好事近・華表	0
好事近・揮袖	0
好事近・溢口	0
好事近・揮袖	0
好事近・小倦	0
好事近・覓簡	0
好事近・平日	0
好事近・秋曉	0
鷓鴣天・家住東	0
鷓鴣天・看盡	0
鷓鴣天・梳髮	0
鷓鴣天・家住蒼	0
鷓鴣天・插腳	0
鷓鴣天・懶向	0
鷓鴣天・南浦	0
木蘭花・三年	0

	0
朝中措・怕歌	0
朝中措・鼕鼕	0
臨江仙・鳩雨	0
蝶戀花・陌上	0
蝶戀花・桐葉	0
蝶戀花・水漾	0
秋波媚・秋到	0
秋波媚・曾散	0
采桑子・寶釵	0
卜算子・驛外	0
沁園春・粉破	0
沁園春・一別	0
憶秦娥・玉花	0
漢宮春・浪迹	0
漢宮春・羽箭	0
烏夜啼・金鴨	0
烏夜啼・簷角	0
烏夜啼・我枝	0
烏夜啼・世事	0

烏夜啼・素意	0
烏夜啼・園館	0
烏夜啼・從臣	0
烏夜啼・紈扇	0
好事近・混迹	0
柳梢青・錦里	0
柳梢青・十載	0
夜遊宮・雪曉	0
玉胡蝶・倦客	0
木蘭花慢・閬邯	0
齊天樂・客中	0
望梅・壽非	0
漁家傲・東望	0
桃園憶故人・斜陽	0
桃園憶故人・欄干	0
桃園憶故人・一彈	0
桃園憶故人・城南	0
桃園憶故人・中原	0
極相思・江頭	0

一叢花・尊前										0
一叢花・仙姝										0
隔浦蓮近拍・騎鯨										0
昭君怨・晝永										0
南歌子・異縣										0
豆葉黃・春風										0
豆葉黃・一春										0
醉落魄・江湖										0
鵲橋仙・華燈										0
鵲橋仙・一竿										0
鵲橋仙・茅簷										0
長相思・雲千										0
長相思・橋如										0
長相思・面蒼										0
長相思・暮山										0
長相思・悟浮										0
菩薩蠻・江天										0
菩薩蠻・小院										0
訴衷情・當年										0

	0
訴衷情・青衫	0
生查子・還山	0
生查子・梁空	0
破陣子・仕至	0
破陣子・看破	0
上西樓・江頭	0
點絳唇・采藥	0
謝池春・七十	0
一落索・滿路	0
一落索・識破	0
杏花天・老來	0
太平時・竹裏	0
戀繡衾・無方	0
風流子・佳人	0
鷓鴣天・杖屨	0
蝶戀花・禹廟	0
漁父・石帆	0
漁父・晴山	0
漁父・鏡湖	0

詞牌														
漁父·湘湖														0
漁父·長安														0
戀繡衾·雨斷														0
采桑子·三山														0
夜遊宮·宴罷														0
如夢令·獨倚														0
解連環·淚淹														0
大聖樂·電轉													4	0
擇錄統計	1	7	4	6	4	6	1	13	2	0	13	4	10	1	1

存目詞（指《全宋詞》列入存目詞，不作陸游詞，而他本誤作陸游詞者）

詞牌				
江月晃重山·芳草	V	V	V	V
戀繡衾·長夜				0
戀繡衾·病來				0
南鄉子·泊雁				0
浣溪沙·花市				0

依據版本：

1. 〔明〕程明善輯：《嘯餘譜》、《四庫全書存目叢書》本，臺南：莊嚴文化出版公司，1997 年 6 月。
2. 〔明〕周瑛輯：《詞學筌蹄》、《續修四庫全書》本，上海：上海古籍出版社，2002 年 3 月。

3. 〔明〕張綖撰：《詩餘圖譜》，《續修四庫全書》本，上海：上海古籍出版社，2002 年 3 月。

4. 〔清〕葉申薌：《天籟軒詞譜》，清道光間刊本，現藏於國家圖書館。

5. 〔清〕王奕清：《欽定詞譜》，《景印文淵閣四庫全書》本，臺北：臺灣商務印書館，1983 年。

6. 〔清〕賴以邠輯：《填詞圖譜》，《詞學全書》本，北京：書目文獻出版社，1986 年 11 月。

7. 〔清〕賴以邠輯：《填詞圖譜續集》，《詞學全書》本，北京：書目文獻出版社，1986 年 11 月。

8. 〔清〕舒夢蘭：《白香詞譜》，臺北：世界書局，1994 年 3 月。

9. 〔清〕秦巘編著、劉永濟校點：《詞繫》，北京：北京師範大學出版社，1996 年。

10. 〔清〕吳綺：《選聲集》，《四庫全書存目叢書》本，臺南：莊嚴文化出版公司，1997 年 6 月。

11. 劉崇德校譯：《新定九宮大成南北詞宮譜校譯》，天津：天津古籍出版社，1998 年 7 月。

12. 〔清〕郭鞏輯：《詩餘譜式》，《四庫未收書輯刊》本，北京：北京出版社，2000 年。

13. 〔清〕謝元淮：《碎金詞譜》，《續修四庫全書》本，上海：上海古籍出版社，2002 年 3 月。

14. 〔清〕萬樹輯：《詞律》，臺北：世界書局，2009 年 4 月。

附錄三：陸游詞對歷代詞人的影響暨創作

（一）和韻部分

1. 宋、元代

詞調名	陸游原詞	作者	詞題（序）	和詞	出處
鷓鴣天	南浦舟中兩玉人。誰知重見楚江濱。憑教後苑紅牙版，引上西川綠錦茵。　纔淺笑，卻輕顰。淡黃楊柳又催春。情知語言難傳恨，不似琵琶道得真。	史浩	次韻陸務觀賀東歸	我本飄然出岫雲。掛冠歸去岸烏巾。但教名利休韁鎖，心地何時不是春。　竹葉美，菊花新。百杯且聽繞梁塵。故鄉父老應相貫，林下方今見一人。	《全宋詞》，冊三，頁1268

詞牌	陸游原詞	作者	題目	詞作	出處
生查子	已佚	史浩	即席次韻陸務觀	雙蛟畫鼓催，一水銀瞻滿。見藕錦標回，卻倚花枝看。已擘冷金陵，更醱玻璃碗。歸去託鄉關，不負平生眼。	《全宋詞》，冊二，頁1270
水調歌頭	江左占形勝，最數古徐州。連山如畫，佳處縹緲著危樓。鼓角臨風悲壯，烽火連空明滅，往事憶孫劉。千里曜戈甲，萬竈宿貔貅。露沾草，風落木，歲方秋。使君宏放，談笑洗盡古今愁。不見襄陽登覽，磨滅遊人無數，遺恨黯難收。叔子獨千載，名與漢江流。	毛开	次韻務觀觀碧大守方務德登多景樓	襟帶大江左，平望見三州。鑿空遺跡，千古奇勝米公樓。太守中朝舊老，人物眇今豪逸，別乘當今豪逸。此地一尊酒，歌吹擁貔貅。楚山曉，淮月夜，海門秋。須信詩眼不供愁，恨我相望千里。空想一時高唱，零落幾人收。妙賞頻回首，誰復繼風流。	《全宋詞》，冊二，頁1360
念奴嬌	禁門鐘曉，憶君來朝路，初翔鸞鵠。西府中臺推獨步，行對金蓮宮燭。慶繡華幡，仙葩寶帶，看即飛騰速。人生難料，一尊此地相屬。回首紫陌青門，素壁棲鴉應，鎖千稍修竹。殘夢不堪重續，短艷無多綠。好在看名鏡，功名看鏡，一歡休惜，與君同醉浮玉。	毛开	次韻客陸務觀、韓無咎	少年奇志，笑功名畫虎，文章刻鵠。永夜漫漫悲畫短，難挽蒼龍銜燭。飛纛飄零，浮雲遷變，渦眼郵傳速。昔人真意，眇然千載誰屬。猶喜孤竹，諸公籍甚，翰墨流知幾許，遺響雲和宮商相續。夢裏京華，不須驚嘆，春草年年綠。亦看拜電，更看拜電。	《全宋詞》，冊二，頁1362
滿江紅	危堞朱欄，登覽處、一江秋色。人正似、征鴻社燕，幾番輕別。	韓元吉	再至丹陽、每裹務觀	江繞層城，重樓迥、依然山色。口有、佳人猶記、舊家離別。把酒口	《全宋詞》，冊二，頁1397

詞牌	陸游原詞	作者	和詞題	和詞	出處
	繾綣難忘當日語，淒涼又作它鄉客。問舊鴦邊，都有幾多絲，真堪織。楊柳院，秋千陌，無限事，成塵跡。如今何處覓也，夢魂難覓。金鴨微溫香縹渺，錦茵初展情蕭瑟。料也應，紅淚伴秋霖，燈前滴。		有歌其所製者，因用其韻是王季夷，草冠之。	只如當日醉，揮毫贈久尊前客。算湖平不林，有恨寄惆心，煙如織。楊柳邊，花連陌，風景是，光陰易。歎新聲豔渾在，斷雲難覓。暮雨不成巫峽夢，數峯遠認湘波瑟。但與君，同看小槽紅，真珠滴。	《全宋詞》，冊二，頁1399
念奴嬌	禁門鐘曉，憶君來朝路，初翔鵷鷺。西府中臺推獨步，行對金蓮。看宮燭，燭繡華鴛帶，仙館寶料。人生難即飛騰速，一等此地。相屬，回首紫陌青門，西湖間院，鎖千稍修竹。殘夢不堪重續，棠壁鴉應。好在看鸞鏡，歲月驚。功名看處，短鬢無多綠。惜，與君同醉浮玉。	韓元吉	次陸務觀見貽念奴嬌韻	湖山泥影，弄晴絲，目送天涯孤鴻。春水移船花似霧，醉裏惺惺底恨光陰。雕別經年，相逢猶健，浩然起舞屬。長記入洛聲名，風流暢詠，有零落蘭亭修竹。有金紹誰續。北固煙鐘，西州雪岸，看臺青瑣上羣玉。目共杯中綠。	
水調歌頭	江左占形勝，最數古徐州。連山如畫，佳處縹緲著危樓。鼓角臨風悲壯，烽火連空明滅，往事總方秋。孫劉千里曜戈甲，萬竈宿貔貅。露沾草，風落木，歲方秋。使君宏放，談笑洗盞古今愁。不見襄陽登覽，磨滅遊人無數，遺恨黯難收。叔子獨千載，名與漢江流。	王奕	和陸放翁多景樓	沼沼蹈冢水，直瀉到東州。不撼秦淮吳楚，明月一家樓，何代非聊相。底事柴桑老子，偏怎不推劉。過牛體鹿皮服，千古晉貔貅。容北固，感春秋，莫任少陵愁。說長蕭鍋曹石，古矣蘇吟米章，黑白滿盤收。對水注杯酒，為我向東流。	《全宋詞》，冊五，頁3298

詞調名	陸游原詞	作者	詞題（序）	和詞	出處
鵲橋仙	一竿風月，一蓑煙雨，家在釣臺西住。賣魚生怕近城門，況肯到、紅塵深處。　潮生理棹，潮平繫纜，潮落浩歌歸去。時人錯把比嚴光，我自是、無名漁父。	韓奕	漁父詞和放翁詞	三江秋水、五湖春雨。渺渺波浪與天浮。住。只在釣船中。釣時認得魚多處。　罷釣有時閒落草。雖年八十垂編，口不是、姓姜漁父。	《全金元詞·元詞》，頁1153

2. 明代

詞調名	陸游原詞	作者	詞題（序）	和詞	出處
水龍吟	摩訶池上追遊路，紅綠參差春晚。韶光妍媚，海棠如醉，桃花欲暖。挑菜初閒，禁煙將近，一城絲管。看金鞍爭道，香車飛蓋，爭先占、新亭館。　惆悵年華暗換。點銷魂、雨收雲散。鏡奩掩月，釵梁拆鳳，秦箏斜雁。身在天涯，亂山孤壘，危樓飛觀。歎春來只有，楊花和恨，向東風滿。	陳鐸	和陸務觀	十二平橋湖上路，一笛梅花弄晚。禁煙時候，午雨還晴，輕寒不暖。春服重裁，紅顏未老，又聞絃管。看燕觴紅注綠，酒罏花擔，漸塞滿、閒亭館。　一刻千金不換。登時間、夕陽人散。嬌雲送馬，高林啼鳥，遠波低雁。斷鐘鴉城郭，回首那堪、擬明朝、來拾墜鈿遺珥、怕待紅填滿。	《全明詞》，冊二，頁454
雙頭蓮	風卷征塵，堪歎處、青驄正搖金轡。客燈明時夜，漫萬點猶血，歷江南、誰持寄。行想驪龍態，都江南、千里。春正麗。怎忍見、長亭芳草，匆匆目斷淡日平蕪，頓分連理。	王屋	和放翁	待去還遲留、無奈是扁舟、定須歸去、何緣得住。欲言不語。共飲淚吞血，聽千秋分袂、衡玉箸。不敢輕垂，酒彈向無人處。　只窗眼角眉尖，最恨解纜西風，送斷帆一聲。	《全明詞》，冊四，頁1674

詞牌	原詞	和者	題名	和詞	出處
洞庭春色	煙漲樹遠，倦忙如齊。悲歡夢裏。奈倦客，又是關河千里。最苦當唱徹驪歌，重遷留無計。何限事，待與丁寧，行時已醉。 壯歲文章，暮年勳業，自昔誤人。算英雄成敗，軒裳得失，難如人意。空喪天真。請看邯鄲當日夢，待收罷黃梁徐欠伸。方知道，許多時富貴，何處關身。 人間定無可意，怎換得，玉鱠絲蓴。且釣竿漁艇，筆床茶灶，閒聽瀟雨。一洗衣塵。向櫨暗銅駝陀空惆神，圖像定遠。封侯萬戶，何須麒麟。	王屋	次陸務觀韻	東飛初注。他思我憶。料各自夢裏。勤勤偷遇。只怕夢不緣人，便須臾難聚。空憶編，那夕燈邊，親人倚柱。 肉眼芬芸，誰明孰暗，我學宋人。笑陵陽當日，三遭刖足，一番封國。畢竟竟誰真。牽着一毛全軀動，怕屆了求伸難再伸。 山花半開末落，待、七只閑身。 清溪裏，純是水尊。愛草堂泥壁。前溪汎掃，不須汎塵。近日無塵。躬達原來有命，道錢可通神誰是。從今後，等壚東都，概做祥麟。	《全明詞》，冊四，頁1680
戀繡衾	不惜貂裘換釣蓑。嗟時人、誰識放翁。歸櫂借、樵風穩，數聲聞、林外暮鐘。 小舟有雲山、煙水萬重。半世向、丹青看，喜如今、身在畫中。	彭孫貽	和放翁漫興	蠣屋棕簑斗笠蓑。任村兒、笑殺比翁。榮甲苞丁蒻子、素俟鱸、何減縱行。 一壺濁酒三升綠、山灣水面、何用學、於陵子、濫姓名、高士傳中。	《全明詞》，冊四，頁1708
水龍吟	摩訶池上追游路，紅綠參差春晚。韶光妍媚，海棠如醉，桃花欲暖。挑菜初閑，禁煙將近，一城絲管。看金鞍爭道，香車飛蓋，爭先占、新亭館。	俞懷	和陸放翁	白雲黃石人家，山中宰相推前輩。布衾似鐵，湘簾似水，有人酣睡。劍削芙蓉，書裝狄珥，都無塵累。聽鷯鶬喈喈能，霓裳舞破、千日酒，說起英雄兒女、哭東真誰醉。	《全明詞》，冊五，頁2402

詞牌	作者	詞題	陸游原詞	和作內容	出處
玉樓春	陸嘉淑	和先渭南立春	三年流落巴山道。破盡青衫塵滿帽。身如西瀼渡頭雲，愁抵瞿唐關上草。 春盤春酒年年好。試戴銀旛判醉倒。今朝一歲大家添，不是人間偏我老。	廿年風雪江南道。猶是當時遼海帽。也知我意欲云云，爭奈謀生真草草。 滿山晴雪風光好。可惜梅花偏凍倒。但看臘盡又春回，無論年少無論老。	《全明詞》，冊五，頁2601
玉樓春	陸嘉淑	和先渭南立春	三年流落巴山道。破盡青衫塵滿帽。身如西瀼渡頭雲，愁抵瞿唐關上草。 春盤春酒年年好。試戴銀旛判醉倒。今朝一歲大家添，不是人間偏我老。	少時走馬邯鄲道。風撲征衣沙磧帽。依然春發王孫草，歸來高臥幾滄桑。 松膠凍拍浮蛆好。一尊頻自倒。已知一歲是半添，可能偏遣英雄老。	《全明詞》，冊五，頁2601
驀山溪	唐世濟	春暮衙齋對花獨酌，次陸放翁韻	窮山孤壘。寂寞摧空齋。好一箇，無聊賴，嘯罷倚臺龍岫。臨溪照影，閑攬胡床坐。三杯徑醉，不覺紗巾墮。 畫角喚人歸。籃輿夜過城門漸近，官驛外，酒壚前，幾點坡衣紅，也有閒燈火。	故園歸計。好夢風吹破。也剩得，殘春還我，錦攢霞簇。不合在官衙，歌笑侶，莫道紅，對黃鶯坐。 池面微香，開足便思飛。麗詞初賦，嗅色起深紅，還好過，意憀然，意憀然，畫障圍燈火。	《全明詞補編》，下冊，頁677
水龍吟	茅維	春思，步陸務觀韻	摩訶池上追遊路，紅綠參差春晚。韶光妍媚，海棠如醉，桃花欲暖。	西園幾樹飛紅紫，斜照滿窗晴晚。庭花作態，初含素冷，半舒欹嬾。	《全明詞補編》，下冊，頁727

出處	和詞	詞題（序）	作者	陸游原詞
	淪茗松軒，攜尊羅石，鶯簧調管。待隴陽微歛，林光歷亂，郤收拾、清森館。　四十韶絲將換、數前歡、多時滸散，粗豪年少、今鈎雕弓號鳳，夢想山中、白雲窗偏，未霞樓觀。擲年華總似，游絲空滿，向晴空滿。			欲暖。挑菜初閒，禁煙將近，一城絲柳。看金鞍爭道，香車飛蓋，爭先古、新亭館。　惆悵年華暗換。點鈿魂、雨收雲散。鏡盒掩月，釵梁拆鳳，秦箏斜雁，身在天涯，亂山孤壘，危樓飛觀。嘆春來只有，楊花和恨，向東風滿。

3. 清代

詞調名	陸游原詞	作者	詞題（序）	和詞	出處
玉樓春	三年流落巴山道。破盡青衫塵滿帽。身如西瀼渡頭雲，愁抵瞿唐關上草。　春盤春酒年年好。試戴銀旛判醉倒。今朝一歲大家添，不是人間偏我老。	陸瑤林	草江，用放翁韻	當年曾走草江道。淅淅霜風吹破帽。息機倦羽憩郊垌，鋤地栽花先雄草。　秋雲秋月今年好。濁醪堪共斟醉倒。頻看華髮鏡中添，讓前人不服老。	《全清詞·順康卷》冊二，頁1189
鷓鴣天	看盡巴山看蜀山。子規江上過春殘。慣眠古驛常安枕，熟聽陽關不慘顏。　慵服氣，懶燒丹。不妨青鬢戲人間。秘傳一字神仙訣，說與君知只是頑。	何五雲	自遣，和陸放翁霞萌韻	來去東山愧北山。易教秋謝易冬殘。不甘逆旅翻甘夢，翻解浮生不解顏。　霜鬢白，寸心丹。荒堂即花間，銷時患難催金進，褪筆才華學石頑。	《全清詞·順康卷》冊四，頁1932
釵頭鳳	紅酥手。黃縢酒。滿城春色宮牆柳。東風惡。歡情薄。一懷愁緒，幾年離索。錯。錯。錯。　春	賀裳	效放翁體	人初瞑。同吹醒。換郎不覺推郎枕。膏沉炷。天應悟。黃昏將怪，綠楊驚鸚。應相應。　私覲。去。去。去。	《全清詞·順康卷》冊四，頁2414

詞牌	陸游詞	詞人	詞題	和作	出處
	如舊。人空瘦。淚痕紅浥鮫綃透。桃花落，閒池閣，山盟雖在，錦書難托。莫。莫。莫。			疑還聽。羅衣着罷仍歸寢。水難遣。歸難遣。銀燭雖在，銅瓶猶注。住。住。住。	
戀繡衾	不惜貂裘換釣蓬。嗟時人、誰識放翁。歸樵借、樵風穩，數聲聞、林外暮鐘。幽棲莫笑蝸廬小，有雲山、煙水萬重。丹青看，喜如今、身在畫中。	支遵范	閒居，次放翁韻	莫訝苔錢不似蓬。同才名、誰似放翁。聽到密林深處，帶霜咸、塵外廖翁。暁鐘。桎牆借情山頭補，座上春風消息，怕雲、幽沼幾重，座上春風消息，而今、還往夢中。	《全清詞·順康卷》，冊六，頁3226
隔浦蓮近拍	騎鯨雲路倒閒。醉面風吹醒。笑把浮丘袂。寥然非煙塵境。震澤秋萬頃。煙霏散。水面飛金鏡。露華冷。湘妃睡起，襄傾釵。墜橫整。河漢橫斜夜漏永。人靜。吹簫同過鉄嶺。	董元愷	醉後人渦胡，和陸放翁韻	扁舟遠泛暮景。溥醉涼颭醒。似隔萬金。深深浦。幽壑引入清境。低鎖雲萬頃。芳葉淨。泳水明於鏡。波泠。玉人憑檻，鵶翎亂挽猶整。一般皓月，斜送滿身花影。斗轉參橫開夜永。風靜。夢回應到巫嶺。	《全清詞·順康卷》，冊六，頁3292
漢宮春	羽箭雕弓，憶呼鷹古壘，截虎平川。吹笳茄歸野帳，雪壓青氈。淋漓醉墨，看青龍蛇飛落溪箋。人誤許、詩情將略，一時才氣超然。何事又作南來，看重陽陽藥市，元夕燈山。花時萬人樂處，欹帽垂鞭。渭尊前，曾記取、封侯事在。功名不信由天。	陳祚明	丁未臘月，和冰修燕立春，用渭南韻	短律無春，正車洄雪巷，馬立冰川。青陽漸移斗柄，春到寒氈。同鄉斛聚珠水，分染詩陵。思放棹、似西湖綠水，東風凍解溶然。投年年歲歲，但寒依鄰谷，曉看燕山。幾回霸陵芳草，目送窗前。盤生菜，喜今朝、故友歸鞭。同是客、主人將酒，醉吟休共青天。	《全清詞·順康卷》，冊六，頁3463

詞牌	陸游詞作	作者	詞題	仿作	出處
點絳唇	采藥歸來，獨尋茅店沽新釀。暮莽醉舞。處處聞漁唱。煙艇干嶂，不怕黏天浪。江湖上。遮回疏放。作個閒人樣。	何采	辭免徵薦，寄高陽、臨公兩相胸韻，用放翁韻	啓事收回，眉間喜氣如春釀。用東坡話綠灣青嶂。省識黃雞唱。早歲金門，薄得浮名浪。瓜丘上。半生閒放。不記葫蘆樣。	《全清詞·順康卷》，冊八，頁4614
好事近	揮袖別人間，飛躡峭崖蒼壁。見古仙丹壯、有白雲成積。如潭水靜無風、息夜牛忽驚奇事。看鯨波靜日。	王士祿	憶柳菴舊隱，次放翁韻	回首碧山樓，四面遠天爲壁。附臨層巒、看偃松薈積。長晝不曾開、猿鳥共休息。卓午晤回幽夢，是崙峰唱日。	《全清詞·順康卷》，冊八，頁4727
清商怨	江頭日暮痛飲。午霽晴檐氣。山驛凄涼、燈昏人獨暖。怨機新寄斷錦。嘆往事、不堪重省。夢破南樓，綠雲堆一枕。	仲恆	別意，依陸遊體	擎杯話別不飲。耐西風嚴寒。前路蕭條、離人何處樓。似冰沈、奈漏水、是堪揩省。淚珠淋滿枕。	《全清詞·順康卷》，冊八，頁4782
青玉案	西風挾雨聲翻浪。恰洗盡、黃茅瘴。老貫人間齊得喪。千岩高臥，五湖歸棹，替卻凌煙像。故人小駐腰君欲狂。白羽腰間氣何壯。我老漁樵君將相。小槽紅酒，晚香丹荔，記取籬江上。	萬樹	自題小像，放翁韻	三年吃盡烊江浪。怕底是、鸚哥瘴。瘦骨雖存精采喪。沈郎多病，庾郎慵困，歸賦偃臥。梅花帳、但剩揮毫興猶壯。原沒銅山金印相。一丘一壑，一簷一詠，合老雲溪上。	《全清詞·順康卷》，冊十，頁5546
雙頭蓮	華鬢星星，驚壯志成虛，此身如寄。蕭條病驥。向暗裏、消盡當年豪氣。夢斷故國山川，隔重重煙水。身萬里。舊社凋零，靑門俊遊誰記。盡道錦裏繁華，歎官閒晝永，柴荊添睡。清秋望	萬樹	志慨，放翁韻	從員遊驩，因甘載爲滓，任風飄寄。聞他市釀。望壋館、空見林丘雲氣。興盡柯馬歸來，掩柴門流水。纔故裏。又赴南溪、盧郎那堪書記。日坐小閣低窗，頌官廚飽啖，客休濃睡。清酌把盃有，各休荊外懂有，自此外懂有，	《全清詞·順康卷》，冊十，頁5585

詞牌	詞作	作者	題序	出處
謝池春	賀藍湖邊，初系放翁歸棹。小閣林、時時醉倒。春眠驚起，聽簷鶯催曉。歡功名。不許京塵飛到。朱橋翠徑，誤人堪笑。掛朝衣、東歸風雨。連宵風雨，送春人老。卷殘紅如掃。恨樽前醉。念此際、付與何人心事。縱有誰、吳楚望，知何時東逝。空悵望、鱠美孤香，秋風又起。	方炳	懷孫執升，用放翁韻	《全清詞‧順康卷》，冊十，頁5806
	山閣晴空，應望千來棹。相見白然，傾倒。春眠驚起，料旁人難曉。幾年心事。子非魚、惠施一笑。落花滿徑，偏有高軒時到。惟君獨早。論知名、借君驕馬。承恩輕掃。似蛾眉輕掃。有人空老。澆花公事。向晚獨倚迴欄，俯清江飛逝。長羨殺、物外蕭閒，烟汀鷗鷺起。			
月上海棠	蘭房繡戶闌人睡病，數春醒、時醒甚，和恨甚。燕子空歸。幾夢傳、玉關邊重。熏籠消歇沈煙冷，淚痕深、釀轉看花影。漫攤餘香，怎禁他、悄寒孤枕。西窗曉，幾度銀鈑玉井。看花怕說新來病，問海棠、曉夢誰驚醒。疏雨微涼，雁聲傳、塞垣霜精。天信，關情處、一片玲瓏碎錦。蜚翠袖應知命，伴東闌、紅燭偷偷親影。昌國餘芬，怎經他、素馨昵枕。書幃悄，幾度光分藻井。	范荃	曉起看盆中海棠，用陸放翁韻	《全清詞‧順康卷》，冊十一，頁6361
夜遊宮	獨夜寒侵翠被。奈幽夢、不成還起。欲寫新愁浸澹紙。憶承恩，歎求燈花墜。問此際、報人何事。恩尺長門過萬里。恨君心，似危欄、難久倚。王殿寒光遠被。有千斛、桂香飄起。試舞霓裳白如紙。怪常娥、耐幽清。長住此。免滿遮西影。揭不盡、藥苗多事。擲杖盧處誰計里。羨仙翁，鄉難求、空徒荷。	王暉	咏月宮事，次陸放翁韻	《全清詞‧順康卷》，冊十一，頁6677
安公子	風雨初經社。子規聲裏春光謝。零落盡、薔薇一架、最是無情。憔悴幽窗下。人盡怪、忘卻沉我今年、向藥爐經卷。詩酒消聲價。海燕初經社。飛來恰似依王謝。一阮風響亭邊、看徧挂鳥號滿架。決拾著苔下。人盡賞、沒雨金鏃價。令妖童小史、挈榼花壼柳樹。	金烺	安豐亭觀季戊子衡角射，用陸渭南原韻	《全清詞‧順康卷》，冊十四，頁8087

詞牌				
鷓鴣天	鶯窗柳樹。萬事收心也。粉痕猶在香羅帕。恨月愁花，爭遣道、如今都罷。空憶前身，便匹馬草台馬，禁得心腸舊話。縱遇歌逢酒		猿臂輕舒也。錦靴窄袖紅綃帕。角技爭雄，紗巧奪、紅心纏罷。更復翻身，馳控連錢馬。弦響處、贏得雙雕月上，任酒酣月上、滅燭留髭再再話。	
驀山溪	窮山孤壘破。寂莫掩空齋。好一個、無聊底我。臨淺瀨、三杯經龍眠，隨分有雲山、閒攲胡床坐。長松，不覺紗巾墮。畫角喚人歸。落梅村、籃輿夜過。城門漸近，官驛外、酒壚前。幾點坡衣紅，也有閒燈火。	張鎡	月下，用陸放翁韻	窮山孤壘對窗月。怪一向、渾忘故我。酒中滋味、伴我頹唐坐。鶴翅橫空，片片閒雲墮。海燕日愁歸、戀故巢、堂前雲墮。蒼龍天嬌、石虎背生苔、蟲數過、竹簾唧唧、寂莫新螢火。	《全清詞·順康卷》·冊十八·頁10266
賣花聲	賀監湖邊，初采放翁歸棹。小園林、時時醉倒。鶯催曉、誤人樓笑。朱橋翠徑、不許京塵飛到。掛朝衣、東歸久早、恨殘紅如綿、送春人老。	陳王猷	歸舟，用放翁韻	病目歸歟。春水長江孤棹共。幾乎共、舟陰傾倒。波法覆、雨陰雲暗。如有難陵曉、任來一笑。黃鸝、聲聲喑早、醒時人瘦、負他花信風吹老。	《全清詞·順康卷》·冊十八·頁10720
沁園春	粉破梅梢，綠動萱叢，春意已深。漸珠簾低卷、斜枝微步、冰開躍鯉、林暖鳴禽。荔子扶疏、竹枝哀怨、濁酒一尊和淚斟、憑欄久、歎山川冉冉、歲月駸駸。當	唐夢賚	同用陸放翁韻志歸意	短垣短燈繁、微聲紫杜、良夜初深。正青蒻疏簾、連墻高樹、紅墻高樹、早宿瞑禽。小啓鳴尊、頻烘獸炭、濁望清賢仔細斟、江湖裏、憶孤篷、蹉跎佳往到而、邀邀、雙騎駸駸。	《全清詞補編》·冊二·頁946

陸游詞接受史

詞牌	作者	詞題	詞作	出處
			今，恰落木陰森暮景侵。有歸裝緊鑑樓、圖書東壁、同遊麗洛、大略南金。晨閣蛛絲，晚簷筆寄，花報好音，蕭齋上、沉松柯葯葉，不改初心。	《全清詞補編》，冊二，頁1062
真珠簾	吳陳琰	官橋泉憩，次放翁韻	花聰踏遍高低路。怪枯楊、塞到無無絹無絮。路轉東蒙，卻入萬峰深處。遺名碑、披露坐諳署。煙暮。房官橋殘照，臨流坐語。　豈戀利名身誤。任匆匆、車馬行人來去。暫爾走風塵，似江頭鷗鷺。到處山川休放過，忍便道、指鄭公堂下、論文風雨。 時豈料如今。漫一事無成鬢鬢侵。看故人強半、沙堤黃合、魚懸帶玉、貂映蟬金。許國雖堅，朝天無路，萬里淒涼誰寄音。東風裏、有灞橋煙柳，知我歸心。 山村水館參差路。感、遊＿遊、正似殘春風絮。掠地穿簾、知是竟歸時。何處、鏡裏華新，還嘆高樓遠。鬟台教響，遲暮。語空獨步。自古、儒冠多誤。悔當年、早不扁舟歸去。醉下白蘋洲，看夕陽鷗鷺。孤菜爐魚都棄了，只換得、青衫塵土、休顧。早收身江上，一蓑煙雨。	
沁園春	王霖	七月十四夜同闉林東齋對月，用放翁韻	好笛今昔，但少閒人，如我兩人。恰優池藻荇，一庭竹柏，承天夜坐、團團皓月。洗盡囂塵，習習清風，想蓮歌。誰道秋光不及春、江南路、回思往事如雲。奈憔悴京華、歡戴逢辛。菱唱纔新。稔處穀冷、馮生劍囊。負、煙鎖漁磯、苕封釣艇、何日西湖重采蕙。須歸去、黛公尋舊隱，找願爲鄰。	《全清詞補編》，冊四，頁2207

詞牌	陸游原詞	詞人	題序	和作	出處
沁園春	孤鶴歸飛，再過遼天，換盡舊人。念累累枯塚，茫茫夢境，王侯螻蟻，畢竟成塵。載酒園林，尋花巷陌，當日何曾輕負春。流年改，歎圍腰帶剩，點鬢霜新。交親散落如雲。又豈料如今餘此身。幸眼明身健，茶甘飯軟，非惟我老，更有人貧。躲盡危機，消殘壯志，短艇湖中閒采蒓。吾何恨，有漁翁共醉，溪友為鄰。	王秫	十五夜賀賓林復用前韻	說甚紛紛，古月今人，今月古人。料古時明月，今時明月，尋常一樣，皎潔無塵。只恨秋光，照人離別，淒慘心情不似春。看青杉，徘徊何處，紅淚詞飲濤新。點濤。總同作天涯流落身。對娟娟修竹，與君並倚，天寒袖薄，轉更愁秋。一夜思歸，張翰多情，布帆無志，端端為蓴。從今後，怕微詞未玉，不任東鄉。	《全清詞補編》，冊四，頁2207
沁園春	孤鶴歸飛，再過遼天，換盡舊人。念累累枯塚，茫茫夢境，王侯螻蟻，畢竟成塵。載酒園林，尋花巷陌，當日何曾輕負春。流年改，歎圍腰帶剩，點鬢霜新。交親散落如雲。又豈料如今餘此身。幸眼明身健，茶甘飯軟，非惟我老，更有人貧。躲盡危機，消殘壯志，短艇湖中閒采蒓。吾何恨，有漁翁共醉，溪友為鄰。	王秫	通惠河之遊，僕與闓林，而皆有詩，晚楓以腹疾，未和，詞以促之，仍用前韻	為問前遊，樂乎否耶，君曰可哉。早恍然身入，南華仙子，一篇秋水，醉脫單衫。不受纖塵。晚楓方讀，狂歌破帽，爛醃詩篇勝似春。休參軍後逸，開府精新。君詩謁謁如雲多。且莫尚休文孝。縱河魚腹疾，鞠窮末辦，轉病首，書卷非貧。撩卻鄉思，只恐吟情，夢到垂虹亭下尊，還攜我想三高祠畔，同結比鄰。	《全清詞補編》，冊四，頁2207
雙頭蓮	華鬢星星，驚壯志成虛，此身如寄。蕭條病驥。向暗裏、消盡當年豪氣。夢斷故國山川，隔重重煙水。身萬里。舊社凋零，青門俊遊誰記。盡道錦裏繁華，	陳維崧	夏日過叔岱水野蘆蒲同諸子觀荷用放翁詞韻	老樹空村，借風嫩斜張，盡楼栖寄。飲如渴驥，碧筒勸頫略，野香荷氣。依稀詎了蒼莽中原，有黏天雲水。風光故園還記。似，蕈脆鱸肥，攜手散布林塘，羨無秋歐鳥，	《清詞別集》，冊二，頁1087

	原　詞	出　處
歎官閑晝永，柴荊添睡。清秋自醉。念此際，付與何人心事。知何時東逝，空悵望、鱠美菰香，秋風又起。	像菱蘆睡。江南遊子。誰憐我水上，倚闌情繫日長繩，奈斜陽貪逝。風颭旋處，十萬紅衣，午眠旋起。	

仿擬部分

作　者	詞調名	詞題（序）	原　詞	出　處
賀裳	釵頭鳳	效放翁體	人初瞑。同吹醒。天應曙。黃目將怪。驚相應。疑還聽，銀燭雖殘，歸無還遽。換郎不覺推郎枕。膏沉注。綠鸚私覷。羅衣著罷阡歸處。來難遇。住。住。住。	《全清詞·順康卷》，冊四，頁2414
仲恒	清商怨	別意，依陸游體	擘杯話別不飲。耐西風嚴凜。前路蕭條，離人何處憩。強憑鴛衾。涙珠淋滿枕。歸來寬覓似沈。奈漏水、是堪堪省。住。住。住。	《全清詞·順康卷》，冊八，頁4782
仲恒	月照梨花	依陸放翁體	葉落如卸。蕭條庭樹。幾陣西風，蟲鳴四野。天外無限砧聲。不堪聽。怎生睡也。不管薰龍爵。啟還停。鸚哥漫把雙囊罵。塞嶂乍明乍暗，欲捲簾乍堆。	《全清詞·順康卷》，冊八，頁4826
錢芳標	鎖窗寒	歲暮，戲學放翁	冷雨昏烟。重屏靜掩。宛然空合。軍持棗兒，淡貯水仙天竹。咽銅壺、譙更漸深，剪聲向伴。攤書燭。喜復陶擁處，挽煙不散，小屏斜簇。涼颱。隙駒速。算塵世難消，莫渦開福。	《全清詞·順康卷》，冊十三，頁7602

作者	詞調名		原詞	出處
尤珍	鵲橋仙	寄詞同館年友，擬放翁體	名韁利鎖，一笑須從馳逐。記年時、青綾夜寒，曉來陡減雙鬟綠。問爭似、臘酒憒憒、蝶夢松床熟。 退朝歸院，吟詩飲酒，同館年年歡聚。青門一別最相思，空目斷、暮雲春樹。昨宵夢裏，留連話舊，猶是昔年情緒。玉堂天上故人多，誰念我、雙髦如許。	《全清詞·順康卷》，冊十，頁8510

集句部分

作 者	詞調名	集句所用陸游詞調名	原 詞	出 處
傅燮詷	搗練子	第三句集陸游〈南鄉子〉（水驛）江程去路長	秋脈脈、陳克 淚雙雙、秦觀 水驛江程去路長、陸游 暗思何事立斜陽、李珣	《全清詞·順康卷》冊十四，頁8224
董儷龍	鷓鴣天	第四句集陸游〈南鄉子〉（煙樹）參差認武昌	醉裏無何即是鄉、蘇軾〈破陣子〉，欲攜斗酒答秋光、劉禹錫〈踏莎行〉，暮江萋碧萋長路、陸游〈菩薩蠻〉，煙樹參差認武昌、劉禹錫〈賀新郎〉，易成傷、歐陽修〈訴衷情〉。燕歸帆盡水茫茫、薛昭蘊〈浣溪紗〉，轆轤金井梧桐晚、李煜〈采桑子〉，若聽離歌須斷腸、劉德修〈長相思〉。	《全清詞·順康卷》頁8562